COSACNAIFY

KOBO
ABE

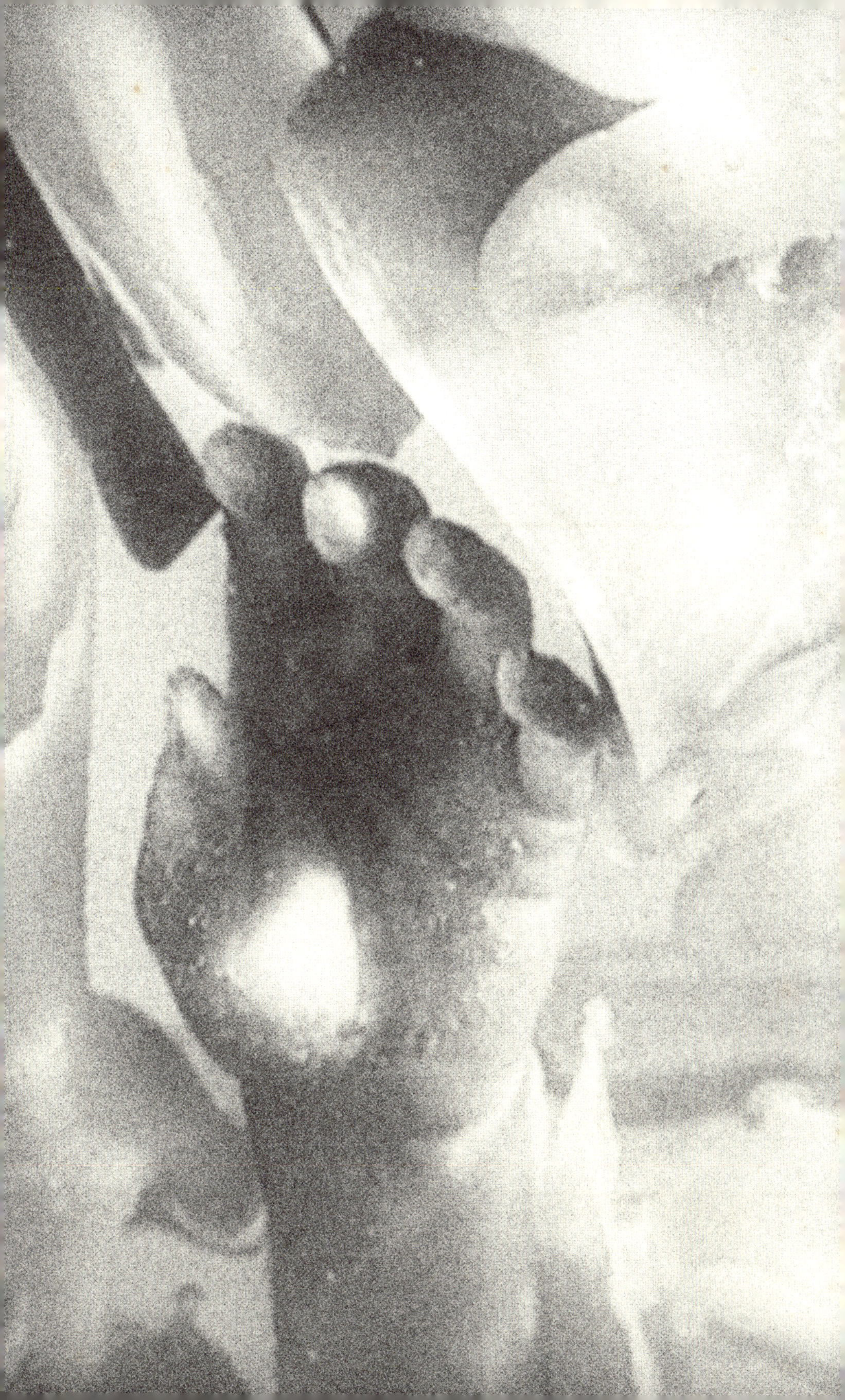

O ROSTO DE UM OUTRO

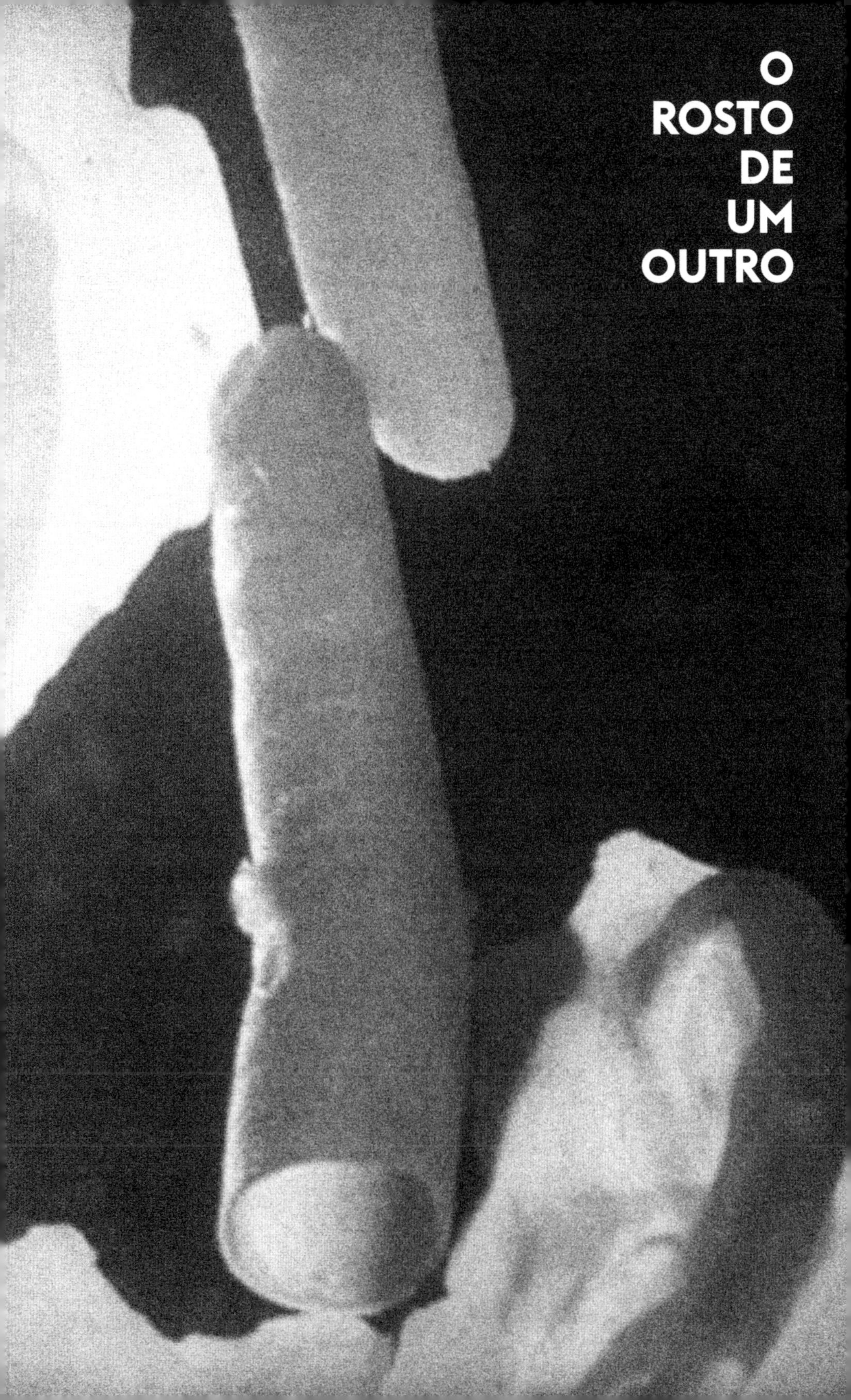

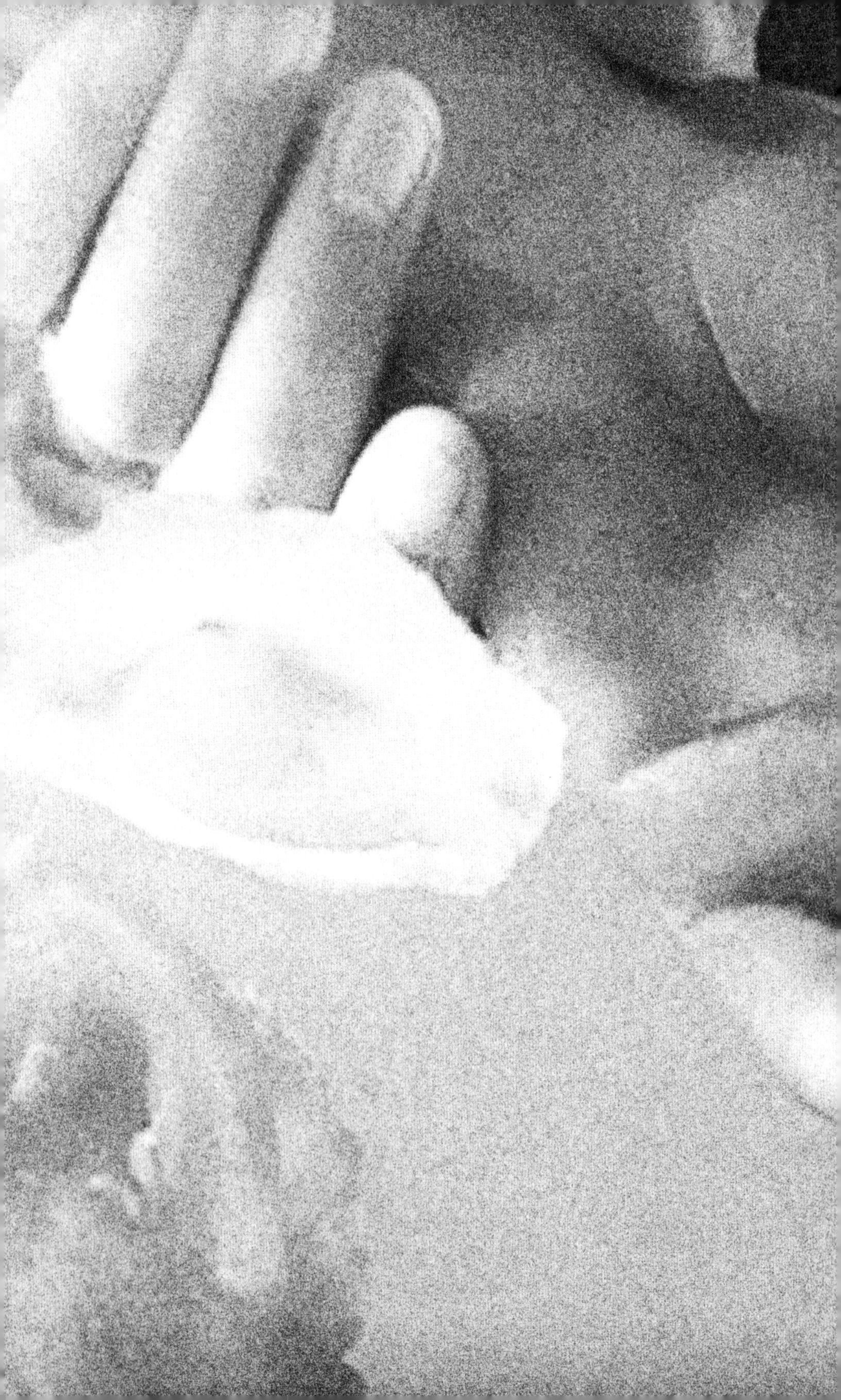

TRADUÇÃO
LEIKO GOTODA

Depois de percorrer os meandros de um remoto labirinto, você chegou afinal. Servindo-se do mapa que *ele* lhe deu, foi com dificuldade que conseguiu alcançar este esconderijo. Passos levemente embriagados que decerto produziram som semelhante ao dos pedais de um órgão. Primeiro quarto, topo da escada. Contendo a respiração, bateu à porta mas, estranho, não obteve resposta. Em vez disso, uma garota se aproxima correndo como um gatinho e abre a porta para você. Algum recado para mim?, você pergunta, mas, sem lhe dar resposta, a garota escapa, deixando um leve sorriso.

Você espia lá dentro procurando por *ele*. Porém não *o* vê em lugar algum, quarto morto em que paira cheiro de ruína. Seu olhar é devolvido por uma parede de expressão esquecida e você se arrepia. No momento em que, constrangida, pensa em retroceder, repara nos três cadernos e na carta a eles anexada sobre a escrivaninha e só então percebe que caiu numa armadilha. A despeito de tudo e por mais amargos que sejam os sentimentos que a invadem, você não será capaz de resistir à sedutora tentação que deles emana. Rasga o envelope com mãos trêmulas e, agora, começa a ler esta carta...

Você sentirá raiva e humilhação mas, peço-lhe, contenha com firmeza o olhar que por vezes tenta projetar-se para longe deste papel e continue lendo. Você não faz ideia de quão intensamente desejo que supere este momento com segurança e dê um passo mais em minha direção. Não sei se *ele* me destruiu ou se eu *o* destruí: seja como for, o fato é que aqui cai o pano sobre a mascarada. Penso em matá-*lo*, em me apresentar espontaneamente como sendo o assassino, em confessar tudo sem nada ocultar. Quero que você continue lendo, não importa se movida por complacência ou por sentimento oposto. Àquele a quem foi dado o direito de julgar, cabe também o dever de ouvir a confissão.

É verdade, se você me abandonar friamente enquanto aqui me encontro rendido, nada impede que sobre você recaia a suspeita de uma cumplicidade que não existiu. Vamos, sente-se e tentemos relaxar. Se está julgando o ar do aposento estagnado e desagradável, abra a janela agora mesmo. Se quiser, encontrará chaleira e xícara na cozinha. A partir do momento em que se acomodar, este aposento prontamente deixará de ser um esconderijo no extremo de um labirinto para se transformar em tribunal. Enquanto você examina todos os manuscritos, eu mesmo estarei aplicando remendos à cortina da mascarada para tornar o seu final ainda mais definitivo e aguardarei, não importa quanto. Pois tantas são as lembranças *dele* que não hei de sentir tédio por muito tempo.

Muito bem. Neste ponto quero voltar um tanto no meu tempo. Provavelmente à meia-noite de três dias antes do seu *agora*. Esta noite, o vento e uma chuva espessa como mel diluído sacodem janela e esquadria em súplicas incessantes. Durante o dia cheguei a suar um pouco, mas, quando o Sol se foi, passei a ansiar por um bom fogo. Segundo os jornais, houve um breve retorno do inverno mas, uma vez que não há como negar o alongamento dos dias, tenho a impressão de que, quando a chuva estiar, o verão estará logo aí. O pensamento me deixa apreensivo. Neste momento estou na condição de um artefato de cera, ou seja, sinto muito medo do calor. Só de pensar em raios de sol inclementes minha pele se enche de bolhas semelhantes às que surgem na superfície da água em ebulição.

Concluo portanto que será melhor resolver tudo antes da chegada do verão. De acordo com o serviço meteorológico, há uma zona continental de alta pressão se expandindo e dentro de três ou quatro dias o clima será de verão. Por conseguinte, tenho apenas três dias para terminar os preparativos para recebê-la aqui, e assim atrelar sua chegada ao começo desta carta. Três dias, porém, não são de modo algum suficientes. Como você mesma pode ver, o manuscrito em questão é o registro de fatos ocorridos durante um ano inteiro, anotado em três cadernos grandes. Escrever, apagar, corrigir e transformar as minhas anotações em algo compreensível na proporção de um caderno por dia foi um trabalho insano. Decidido a cumprir o prazo, tomei algumas medidas auxiliares, por exemplo comprar para a refeição noturna alguns bolinhos recheados com carne e bastante alho e, hoje, voltar quase três horas mais cedo que de costume.

Mas como resultado... e isso é irritante... comprovei apenas que o tempo foi mesmo insuficiente. Na verdade, aconteceu o seguinte: depois de passar os olhos por tudo o que havia escrito, fiquei desgostoso comigo mesmo por causa do tom por demais justificativo do manuscrito. É muito desanimador o fato de eu ter conseguido rejeitar o teor úmido e lacrimejante das minhas anotações nesta madrugada impregnada de água, deprimente por si só. Não vou negar que o cair do pano foi bastante penoso para mim, mas, ainda assim, eu mesmo sempre tive a convicção de não estar iludido. Sem essa certeza, não teria me obstinado em escrever estas anotações que podem se transformar tanto em reforço de álibi como, ao contrário, em evidência de culpa. Com toda a franqueza – e não digo isso apenas para não me dar por vencido – ainda acredito firmemente que o labirinto para o qual me vi impelido representou um suplício lógico. Não obstante, e contra minhas expectativas, meus cadernos continuam a emitir um pranto lamurioso e incessante, como gato sem dono preso num canto qualquer. Pergunto-me então se não seria preferível trabalhá-los a meu contento, sem me preocupar com o prazo de três dias.

Não, basta. Justo agora que a muito custo firmei a intenção de confessar tudo, já não suporto a ideia de me sentir como se tivesse um naco duro de carne mal mastigada preso na garganta. Afinal, os trechos que parecem gritar em desespero são todos acessórios, ignore-os a seu critério e o problema estará resolvido. Por exemplo, você detesta brocas elétricas, baratas e o rangido de vidro friccionado, mas com certeza não os definirá como problemas cruciais em sua vida. Brocas elétricas devem estar associadas ao aparelho do consultório dentário, mas as demais antipatias são proposições difíceis, uma espécie de urticária psicológica, segundo deduzo. E nunca ouvi falar de ninguém que tivesse morrido de urticária.

Mas chega, vamos acabar com isso. De nada adianta acrescentar justificativas às minhas justificativas. Muito mais importante é que, neste momento, você ainda esteja lendo esta carta. E que o meu tempo tenha se ajustado integralmente ao seu presente. E também que, em seguida, você passe a ler os cadernos... e que continue a lê-los, sem esmorecer, até a última página, na qual alcanço o seu tempo...

(Você está se sentindo confortável neste momento? Por falar nisso, as folhas do chá verde estão na lata verde pequena. Enchi a garrafa térmica com a água que acabei de ferver; use-a por favor.)

Apenas como um lembrete, estabeleci a ordem dos cadernos de acordo com a cor das capas: primeiro o preto, depois o branco e, por último, o cinza. Não há nenhuma relação entre cores e conteúdo, claro. Escolhi-as de maneira aleatória visando apenas a facilitar o ordenamento.

Suponho que deva começar falando deste esconderijo. Por onde quer que comece, não fará muita diferença. No entanto, é mais fácil para mim começar por aquele dia. Refiro-me ao momento, cerca de quinze dias atrás, em que decidi viajar a trabalho para a região de Kansai pelo período de uma semana. Por ser minha primeira viagem importante desde a alta hospitalar, acredito que o dia também tenha sido significativo para você. O objetivo da viagem era inspecionar o desenvolvimento industrial de certa fábrica de tinta tipográfica, mas isso foi apenas um pretexto: na verdade, encerrei-me neste aposento do "Recanto S" desde o referido dia e me dediquei em tempo integral à finalização do meu plano.

Abro o diário nessa data e vejo:

26 de maio: dia chuvoso. Visito o Recanto S anunciado no jornal. Ao ver meu rosto, uma criança que brincava no jardim põe-se a chorar. Mas como a localização é boa e as condições do aposento são quase ideais, decido ficar por aqui. O cheiro de madeira nova e de tinta são impactantes. O aposento vizinho me parece ainda desocupado. Seria muito interessante se conseguisse alugá-lo também, sem levantar suspeitas...

Mas não usei nome falso nem menti a meu respeito quando me registrei no Recanto S. Pode parecer imprudência, mas é que já tinha feito meus cálculos. A esta altura, truques baratos não surtirão efeito algum sobre o aspecto do meu rosto. Tanto é verdade que, mal me viu, uma menina dos seus seis ou sete anos que brincava no jardim se pôs a soluçar como se estivesse assistindo à continuação de um pesadelo. O zelador, porém, mostrou-se extremamente atencioso, talvez por exigência de seu cargo.

Aliás, atencioso não foi só o zelador. Para minha tristeza, quase todos com quem me encontrei foram pródigos em me dispensar gentilezas. Todos foram excepcionalmente atenciosos, contanto que eu não tentasse aprofundar a relação para além de determinado limite. Claro. Se não pretendiam me olhar de frente, devem ter se sentido ao menos na obrigação de me tratar com cortesia. Sorte minha, pois assim pude também escapar de escrutínios inconvenientes. Barrado por uma parede de cortesia, permaneci sempre em perfeito isolamento.

O Recanto S, talvez por ser recém-construído, estava com quase metade de seus dezoito aposentos vagos. Apesar de eu nem haver pedido, o zelador deu a entender que compreendera muito bem o meu problema e me destinou o último quarto do segundo andar, ao lado da escada de incêndio. Isto é, assim me pareceu. A bem da verdade, devo reconhecer que o aposento se mostrou à altura da escolha do zelador. Tem banheiro anexo, naturalmente, um conjunto de mesa e duas cadeiras de qualidade mediana e uma janela francesa que se abre para uma pequena varanda, detalhe inexistente nos demais aposentos. Além de tudo, ao pé da escada de incêndio há uma pequena área de estacionamento para quatro a cinco carros, a partir da qual se tem acesso direto a uma viela lateral. E, claro, o aluguel é salgado, à altura de tais vantagens.

Como porém desde o princípio eu já havia me preparado para a eventualidade de ter de gastar além do previsível, paguei na mesma hora o valor correspondente ao aluguel de três meses. Aproveitei também para pedir ao zelador que providenciasse a entrega de um conjunto de cobertores e roupas de cama, comprados em uma loja próxima. Aparentando crescente entusiasmo, o homem me deu intermináveis informações a respeito da direção dos ventos, da insolação etc. Se porventura o assunto se esgotasse, na certa ele se poria a falar da própria vida, tamanha era sua animação. Felizmente para mim, o homem soltou a chave que pretendia me entregar antes de depositá-la com segurança em minha mão, de modo que a peça caiu, produzindo um som metálico agudo. Muito constrangido, o zelador rompeu às pressas o lacre do registro de gás e me fez o grande favor de se retirar em seguida. Que alívio... A vida seria bem mais fácil se o fingimento sempre desmoronasse como um frágil castelo de areia...

Já havia escurecido, a ponto de não me ser possível enxergar os dedos de minha mão espalmada diante do rosto. O quarto, inexperiente ainda em matéria de abrigar seres humanos, tem um ar frio, desprovido de cortesia. Mas prefiro isso à cortesia das pessoas. Além de tudo, desde o incidente, eu começava a ter afinidade com a escuridão. Francamente, seria maravilhoso se, num átimo, todos os seres humanos do planeta ficassem sem olhos ou esquecessem que a luz existe. No mesmo instante todas as *formas* possíveis e imagináveis se reconciliariam. Todo mundo se daria conta de que pães, sejam eles triangulares ou arredondados, são pães e nada mais... E, por falar nisso, a menina de há pouco também estaria de olhos fechados e apenas ouviria minha voz. Nesse caso, teríamos ido juntos a um parque de diversões e nossa relação evoluiria a ponto de, lado a lado, tomarmos um sorvete... Por causa da existência da luz, a menina se confundiu e, em vez de considerar que o pão triangular era um pão, acabou achando que era um triângulo. Pois isso que chamamos luz, embora seja em si transparente, parece tornar opacos todos os objetos que ilumina.

Mas uma vez que a luz existe, a escuridão corresponde, na melhor das hipóteses, a uma liberdade condicional com vencimento previsto. Abri a janela, e o vento mesclado com chuva invadiu o quarto feito um vapor negro. Tomado por uma tosse convulsiva, retirei os óculos escuros para enxugar as lágrimas e vi então que, à luz dos carros que passavam, os fios elétricos, o topo dos postes e a borda dos beirais das lojas do outro lado da rua brilhavam difusamente como traços de giz mal apagados num quadro-negro.

Passos se aproximavam pelo corredor. Tornei a pôr os óculos, num gesto que já se tornara habitual. O homem da loja trazia as roupas de cama que eu pedira por intermédio do zelador. Passei o pagamento pela fresta sob a porta e lhe pedi que deixasse a encomenda no corredor e se fosse.

Parece-me que agora terminei os preparativos. Tiro o paletó, abro o armário e vejo que há um espelho por trás da porta. Tiro os óculos mais uma vez, removo a máscara cirúrgica que me cobre nariz e boca e, sempre me olhando no espelho, começo a remover as ataduras que envolvem meu rosto. As três camadas de bandagem tinham absorvido plenamente o suor e, agora, parecem pesar duas vezes mais que pela manhã, quando as enrolei em torno do rosto.

Logo, das áreas expostas surge a massa rastejante de sanguessugas com cara de donas do pedaço... De um preto avermelhado, emaranhadas e intumescidas... Que visão repulsiva! Mas a esta altura eu já devia ter-me acostumado com elas, pois esta é uma operação que repito todos os dias... rotineiramente...

O horror que as sanguessugas inspiram me irrita ainda mais por parecer exagerado. Pensando bem, o sentimento é irracional, não tem nenhum fundamento. Por que o receptáculo do ser humano, aliás apenas uma pequena parte dele, a pele, haveria de provocar tamanho horror? Claro, preconceitos e obsessões desse tipo não são nada raros. Por exemplo, acreditamos em mandingas… temos preconceitos raciais… pavor desmedido de cobras (ou repulsa de baratas, conforme escrevi na carta que você leu há pouco…). Esse tipo de urticária psicológica pode até abalar um jovenzinho de rosto coberto de acne, ansioso e totalmente iludido, mas é constrangedor quando acomete um homem respeitável como eu, que tem sob seu comando um departamento de laboratório e devia estar ancorado com firmeza à sociedade com algo tão pesado quanto uma âncora. Saber que não existe nenhum outro motivo além da aversão diretamente associada a um ninho de sanguessugas e ainda assim ser incapaz de me livrar da angústia me deixa inconformado comigo mesmo.

Claro que me esforcei à minha maneira. Melhor mesmo seria encarar o problema e me habituar com ele, em vez de passar à distância para tentar evitá-lo. Se eu deixasse de me incomodar, os outros também já não se importariam. Assim imaginando, eu mesmo passei a falar de meu rosto no laboratório. Por exemplo, comparava-me aos misteriosos indivíduos mascarados dos desenhos animados da televisão e fazia pilhérias exageradas. Divertia-me salientando a vantagem de poder espiar os outros sem nunca ser visto por eles. Habituar os outros era com certeza o caminho mais rápido para me habituar.

E tudo indicava que a medida surtira algum efeito. Logo, passei a não me sentir tão constrangido no ambiente do laboratório. O misterioso homem mascarado deixou de ser um simples fanfarrão e cheguei até a ter a impressão de que o repetido e incansável aparecimento desses personagens em gibis e na televisão tinha perfeita razão de ser. Reconheço também que me sentia até certo ponto confortável com a máscara, não fosse o fato de sob ela existir um ninho de sanguessugas. Se cobrir o corpo com roupas era progresso, usar a máscara também será normal futuramente, quem sabe? De fato, até hoje máscaras vêm sendo usadas em cerimônias importantes e em festivais. Não consigo me expressar direito, mas pergunto-me se a máscara não aprimoraria a relação entre os indivíduos, tornando-a mais universal do que a relação entre indivíduos de rostos descobertos.

Em alguns momentos cheguei a acreditar que, embora aos poucos, eu começava a me recuperar. Acontece que ainda não sabia quão horrorosa era a natureza do meu rosto. Pois durante todo esse tempo a corrosão das sanguessugas progredia passo a passo sob a bandagem. A despeito da garantia médica de que ulcerações provocadas por ar líquido não produziam efeito tão devastador quanto queimaduras por fogo e, portanto, a recuperação também deveria ser rápida... o exército de sanguessugas derrubou barreiras defensivas compostas de diferentes produtos e métodos de tratamento, como ingestão de terramicina, injeções de cortisona, tratamento radioativo, e... arregimentou novos soldados de maneira incessante, aprofundando e expandindo a ocupação do meu rosto.

Por exemplo, certo dia... Era hora do almoço e meus colegas e eu acabávamos de voltar de uma reunião em outro departamento... Uma jovem assistente recém-formada na faculdade se aproximou folheando um livro e me olhando com malícia.

– Olhe, professor, que ilustração divertida!

Sob seu dedo fino havia um desenho em bico de pena de Klee intitulado *Rosto falso*. O referido rosto estava dividido por inúmeros traços horizontais e, dependendo de como fosse considerado, podia até ser a representação de uma face enrolada em voltas e mais voltas de bandagem. Apenas na área dos olhos e da boca havia finas brechas que ressaltavam cruelmente a inexpressividade daquela fisionomia. Um indescritível sentimento de humilhação me assaltou. Não devia haver nenhuma intenção maldosa na garota, claro. Além do mais, eu mesmo, conscientemente, a induzira àquilo... Portanto, calma! Se eu me irritar agora, todo o esforço despendido até ali irá por água abaixo! Embora tentasse convencer-me disso, não conseguia me conter, e logo comecei a sentir que o desenho era o meu próprio rosto visto através dos olhos dela... Um rosto falso que todos viam, mas incapaz de vê-los por sua vez... Pensar que ela me via daquela maneira era realmente insuportável.

De repente, dei-me conta de que havia rasgado o livro de cima a baixo. Com isso, meu coração também se rasgou. Pelo corte, meu íntimo escorreu como ovo podre. Eu, agora uma casca vazia, juntava os pedaços das páginas rasgadas e os devolvia à jovem assistente com hesitação. Tarde demais. O som do termostato do tanque isotérmico, que normalmente eu não seria capaz de ouvir nem que quisesse, reboou pelo aposento de maneira tão exagerada que parecia uma chapa de zinco sendo dobrada. A jovem friccionava uma perna na outra por baixo da saia como se esperasse transformá-las num único bastão.

Creio que eu não havia compreendido direito o sentido oculto na perturbação daquele momento. Embora a vergonha fosse aguda a ponto de me retorcer o íntimo, eu ainda não entendera com precisão o que tanto me envergonhava. Ou melhor, acho até que teria entendido se de fato quisesse, mas talvez tenha me ocultado por trás da tão batida expressão "comportamento infantil", evitando instintivamente espiar as profundezas do abismo. Por mais que eu pense, a importância relativa de um mero rosto não deve ser tão grande num ser humano. Seja como for, a importância de um homem deve ser avaliada por seu trabalho, e embora ela possa estar relacionada ao córtex cerebral, nesse âmbito não deve haver espaço para o rosto intervir. Se a simples perda do rosto faz com que a gradação na balança se altere de maneira visível, isso significa que, desde o princípio, tal avaliação era desprovida de sentido.

Só que, pouco depois... creio que alguns dias depois do incidente do livro de gravuras... fui forçado a reconhecer que a importância de meu rosto superava em muito essa espécie de opinião esperançosa. O aviso se aproximou silenciosamente pelo lado de dentro. Eu, que cuidara apenas de me defender de ataques externos, fui apanhado de surpresa e abatido com a maior facilidade. E tão contundente e repentino fora o ataque que, mesmo enquanto era abatido, não consegui de imediato compreender o que acontecia.

Naquela noite, depois de voltar para casa, senti vontade de ouvir Bach, acontecimento raro. A rigor, não precisava ser Bach mas, no estado de espírito em que me encontrava, de humor trepidante e nervos encrespados, não podia ser jazz nem Mozart: Bach era realmente o mais adequado. Não sou nenhum grande entendido em música, mas acho que sei tirar bom proveito dela. Por exemplo, se o trabalho não progride satisfatoriamente, escolho uma música adequada ao grau de dificuldade que enfrento. Quando quero parar de pensar por alguns momentos, escolho um disco estimulante de jazz; se tenciono dar um salto vigoroso, um especulativo de Bartók; se quero uma sensação de liberdade, quarteto de cordas de Beethoven; se pretendo concentrar minha atenção num único ponto, Mozart, de movimento helicoidal; e, finalmente, Bach, quando preciso acima de tudo de equilíbrio emocional.

Naquele instante, porém, imaginei ter escolhido o disco errado ou que houvesse algum defeito no aparelho, a tal ponto a composição me soara estranha. Nunca ouvira um Bach assim. Se Bach podia ser considerado um bálsamo para a alma, aquilo era uma massa informe, não servia nem para veneno, nem para remédio.

E foi justo nesse instante que você entrou no aposento trazendo duas xícaras de chá preto. Ao me ver silencioso, retirou-se pisando leve, talvez por imaginar que eu estivesse absorto na apreciação da música. Isso significava que o louco era realmente eu! Ainda assim, era difícil acreditar... que lesões num rosto chegassem a influenciar a audição... Mas, uma vez que a composição informe de Bach não voltava a ser o que era, por mais que eu apurasse os ouvidos, não me restou outro recurso senão acreditar que influenciara. Introduzi um cigarro na brecha entre as ataduras e me perguntei, titubeante, se não perdera outra coisa além do rosto. Tudo indicava que urgia rever as bases de minha filosofia facial.

Em seguida, vi-me de repente vivendo uma lembrança de trinta anos antes, como se o piso do tempo tivesse cedido abruptamente. O acontecimento, cuja lembrança se apagara por completo de minha memória, ressurgira de súbito com o frescor de uma gravura em cores. Começava com o aplique que minha irmã mais velha usava no cabelo. Não consigo expressar direito em palavras, mas a verdade é que eu percebia algo obsceno e imoral naquele conjunto de fios de cabelo e, certo dia, lancei-o furtivamente ao fogo e o queimei. No entanto, não sei como, minha mãe acabou descobrindo o que eu fizera. Ela me inquiriu com estranho rigor e determinação e, embora eu achasse que meu ato era justificado, apenas corei e me contorci por não saber como me explicar. Pode até ser que tivesse conseguido se me obrigasse a isso, porém tinha a sensação de que me conspurcaria só de falar naquilo: um senso de pureza extrema me arrolhava a boca... E agora, se substituísse a palavra *aplique* por *rosto*, aquela insuportável irritação se ajustaria perfeitamente à sonoridade vazia da música de Bach.

Parei o disco e, ao sair do escritório como se demônios me perseguissem, encontrei você enxugando os copos enfileirados sobre a mesa de refeições. O que se passou em seguida foi um ato impulsivo de minha parte, e nem eu, que o cometi, me lembro direito em que ordem se sucederam os fatos. Tanto é verdade que, só depois de enfrentar sua resistência, entendi finalmente o sentido de minha atitude. Eu havia segurado seu ombro com a mão direita e estava tentando introduzir a esquerda sob sua saia. Você soltou um gemido e, como que impulsionada por molas, esticou os pés de repente e se ergueu com um salto. A cadeira tombou, um copo caiu e se espatifou.

Com a cadeira caída entre nós, ficamos ambos estáticos, contendo a respiração. Minha atitude pode ter sido demasiado violenta, admito. Mas também tive minhas razões. Aquilo havia sido uma tentativa desesperada de recuperar num único gesto tudo o que, cerceado pelas lesões em meu rosto, eu começava a perder. Desde o acidente, deixáramos de ter relações sexuais. Embora teoricamente eu reconhecesse apenas um sentido acessório ao rosto, creio em última análise que estava fugindo de um confronto direto com ele. Sentindo-me encurralado, só me restou enfrentar o problema e partir para o ataque. Tudo indica que, com esse comportamento, eu tentasse provar que a treliça em meu rosto era simples ilusão.

Mas mesmo essa tentativa acabou frustrada. Na ponta dos meus dedos, a sensação granulada de pedra-sabão da área interna de sua coxa se transformara em pequenos e mornos fogos-fátuos. Na garganta, entalado, eu sentia um bloco de gritos espinhentos. Queria dizer-lhe alguma coisa... pois assunto é o que não devia me faltar, mas... surpreendentemente, não consegui pronunciar uma palavra sequer. Justificativas...? Consolo...? Ou censura...? Se era para abrir a boca, tinha de optar por uma dessas alternativas, mas nenhuma opção parecia satisfazer as necessidades daquele momento. Se era para me justificar ou para censurá-la, preferia mil vezes me dissolver como fumaça. Se tivesse optado por agir... nesse caso, teria dilacerado seu rosto, transformando-a num monstro no mínimo tão feio quanto eu. De repente, você começou a chorar alto. Seu choro soava como o ar que escapa aos borbotões de uma torneira após longo período de supressão de água, e era apavorante.

De repente, uma cova profunda se abriu em meu rosto. Tão funda que poderia conter meu corpo inteiro e ainda sobrar espaço. Um líquido que lembrava pus de dente cariado minava de pontos indistintos e caía, chapinhando. E ao captar esse som, todos os cheiros fétidos do aposento... provenientes do ventre das poltronas, dos cantinhos dos armários, do ralo da pia, do vidro da luminária embaçado por insetos mortos... afluíram como um exército de baratas. Eu queria alguma coisa, não importava o quê, para tapar a cova em meu rosto. Não desejava mais continuar aquela brincadeira de pega-pega em que não havia um pegador.

Desse ponto até o planejamento da mascarada foi apenas um passo. Como a ideia, aliás nada original, era uma espécie de semente de erva daninha, não foi preciso mais que um pouco de terra e algumas gotas de água. Sem maior empenho ou animação, já a partir do dia seguinte eu começara a examinar os sumários de antigas publicações de minha área como se tivesse programado tudo com muita antecedência. Se não me equivocava, o artigo sobre próteses plásticas fora publicado no verão do ano retrasado. Isso mesmo, minha meta era confeccionar uma máscara de plástico para tapar a cova em meu rosto. Se bem que, de acordo com certa teoria, a máscara, muito mais que mero suplemento, é a expressão de um intenso desejo metafísico do ser humano de transcender a si próprio e metamorfosear-se em alguma outra coisa. Aliás, nem eu via a máscara como reles peça de vestuário – camisa ou calça que pudesse trocar a meu bel-prazer. Mas não faria sentido algum, àquela altura, cultuar a máscara que supostamente me daria segunda vida, como talvez fizessem jovens adolescentes ou povos antigos que acreditam em ídolos. Não importa quantos rostos eu tenha, nada deve alterar o fato de eu ser eu mesmo. Quero apenas preencher com uma insignificante mascarada o intervalo excessivamente longo entre um ato e outro do teatro da minha vida.

Não demorei a encontrar a revista que procurava. De acordo com o artigo, parece ser possível construir próteses quase idênticas à peça real, ao menos no aspecto. Contudo, a semelhança se restringia apenas ao formato, pois restavam, pelo visto, diversos pontos não resolvidos, como a questão da mobilidade. Mas, já que ela seria confeccionada, preferia que a máscara fosse expressiva. Queria algo que pudesse ser distendido ou contraído em consonância com os músculos faciais, e que me possibilitasse chorar ou rir livremente. Não era impossível no estágio atual da química macromolecular, mas eu precisaria ir além do conhecimento ora existente. No entanto, agarrar-me a essa possibilidade já me serviu como potente sedativo. Se naquele momento não podia obter um tratamento dentário completo, não me restava outro recurso senão tomar um analgésico.

Resolvi, portanto, num primeiro momento, encontrar-me com o sr. K, autor do trabalho, e trocar ideias com ele.

O sr. K, que atendeu a meu telefonema, mostrou-se no entanto bastante frio, e suas respostas foram secas. Talvez se ressentisse do fato de eu mesmo ser um profissional da área da química macromolecular. Apesar de tudo, concordou em me atender depois das quatro da tarde e me reservar uma hora de seu tempo.

Confiei ao chefe do grupo de plantonistas a tarefa de inspecionar as mudanças do comutador elétrico, liquidei algumas faturas pendentes e parti em seguida. Uma claridade cortante inundava as ruas da cidade e havia um leve aroma amadeirado no ar. Fui tomado por um doloroso ciúme dessa claridade e desse odor. Enquanto esperava o táxi, senti-me observado por todos os lados, como um intruso. Mas tudo isso não passava de negativo fotográfico, com seu preto e seu branco invertidos: bastava-me conseguir a máscara e num instante recuperaria o positivo, pensei, suportando estoicamente a excessiva luminosidade daquele dia.

O endereço a que eu me dirigia ficava próximo à estação da linha circular, no meio de um bairro residencial de ruas confusamente emaranhadas. Era uma casa de aspecto bastante comum na área, que só se distinguia das outras pela discreta tabuleta "Laboratório K de Pesquisa Macromolecular". Logo ao lado da entrada havia três caixotes transformados em coelheiras, empilhados de qualquer jeito.

Na apertada sala de espera havia apenas um banco de madeira, um cinzeiro provido de suportes e alguns exemplares atrasados de revistas... Eu estava começando a sentir um vago arrependimento. "Laboratório de Pesquisa" soava importante, mas não havia a menor diferença entre aquilo e um consultório médico de bairro. Perguntei-me se o dr. K não seria um simples vigarista que vivia de tirar proveito das fraquezas de seus clientes. Voltei-me e vi duas fotos em molduras encardidas enfeitando a parede. Uma delas mostrava o perfil de uma mulher sem queixo que lembrava um rato-silvestre. A outra, talvez tirada após uma cirurgia plástica, era do mesmo rosto, um pouco melhorado, sorrindo vagamente.

O acúmulo das noites de insônia transformou-se num caroço que começou a se expandir em meu cenho e, quando a dureza do banco se tornava quase insuportável, fui finalmente conduzido pela enfermeira ao aposento adjacente. A claridade estagnada que atravessava o toldo era de uma brancura leitosa. Embora não houvesse seringa, outros instrumentos igualmente ameaçadores, alguns pouco familiares, enfileiravam-se sobre a escrivaninha, e ao lado desta ficavam um arquivo de prontuários médicos e uma cadeira giratória. Frente a frente com esta última, uma cadeira giratória para o paciente. Um pouco mais adiante, um biombo com estrutura de ferro e um cesto sobre armação provida de rodinhas para as roupas despidas por pacientes... O conjunto, perfeitamente previsível, me deprimiu ainda mais.

Acendi um cigarro. Ergui o corpo à procura de um cinzeiro e me sobressaltei ao avistar o conteúdo de um prato esmaltado sobre a escrivaninha. Uma orelha, três dedos, um punho, uma face desde a pálpebra até os lábios... os itens estavam expostos de maneira descuidada, vívidos como órgãos recém-mutilados. Comecei a sentir-me nauseado. Pareciam mais reais que os reais. Eu nunca havia imaginado que "réplicas exatas" fossem tão atrozes. Bastava observar o corte para ter a certeza de que eram apenas modelos de plástico, mas de repente pareceu-me que chegava a sentir o cheiro desagradável da morte.

De repente, o sr. K surgiu de trás do biombo. Contrariando o que eu esperava, tem uma aparência gentil, o que me faz respirar aliviado. Cabelos ralos e crespos, óculos sem aro de lentes grossas como fundo de garrafa, queixo carnudo... Além do mais, havia em torno do sr. K um odor de substâncias medicinais familiares.

Mas agora foi a vez de o sr. K ficar perturbado. Com expressão atarantada, examinava ora meu nome no cartão de visitas em sua mão, ora meu rosto, momentaneamente incapacitado de falar.

– Isto significa que o senhor... – disse o sr. K, interrompendo-se em seguida, observando uma vez mais meu cartão de visitas e continuando depois a falar num tom diferente e mais contido do que quando conversáramos ao telefone – veio me procurar na qualidade de paciente?

De paciente, sem dúvida. Mas, por mais avançada que fosse a capacitação técnica do sr. K, ela não seria suficiente para satisfazer a minhas expectativas. Quando muito eu poderia contar com alguns conselhos. Por outro lado, revelar tudo francamente e ofendê-lo seria uma atitude imatura. Imaginando talvez que eu tivesse me calado por estar constrangido, o sr. K continuou em tom bondoso:

– Sente-se, por favor... Que foi que lhe aconteceu?

– Fui atingido por uma explosão de ar líquido ao fazer uma experiência, entende? Acho que me descuidei, porque estou habituado a trabalhar com nitrogênio líquido e...

– Queloides?

– Em todo o rosto, como o senhor pode ver. Parece que meu tipo físico favorece essa reação. Tanto assim que o médico que cuidava de mim declinou de toda responsabilidade. Disse que qualquer falha na maneira de tratar as cicatrizes provocaria o surgimento de novas lesões.

– Mas parece que nada aconteceu em torno dos lábios, não é?

Removi os óculos, aproveitando o rumo da conversa, e disse:

– Por sorte os olhos também se salvaram. Felizmente, estava com meus óculos de miopia.

– Foi sorte, realmente! – disse o sr. K com entusiasmo, como se o problema fosse dele. – Seja qual for a situação, olhos e lábios são importantes... Os dois precisam manter o movimento... Caso contrário fica impossível disfarçar, por mais que a forma seja perfeita.

Pelo jeito, o sr. K era um profissional dedicado. Enquanto me olhava fixamente, sua mente já parecia preparar um esboço. Mudei depressa de assunto para não desapontá-lo:

– Li o artigo que o senhor escreveu. É do verão do ano passado, se não me engano.

– Isso mesmo, do ano passado.

– Pois o seu trabalho me espantou. Nunca imaginei que fosse tão requintado.

Aparentando satisfação, o sr. K apanhou um dedo macilento, depositou-o na palma da mão e o fez rolar com cuidado:

– Este é um trabalho que exige muita perseverança. Vê como a impressão digital na ponta do dedo não difere em nada de uma real? Por causa disso, recebi um pedido inusitado da polícia: eles querem que eu a registre...

– O senhor também faz os moldes em gesso?

– Nada disso, uso pasta de silicone. O gesso não captura minúcias... Está vendo como reproduziu com nitidez até esse pedacinho de pele levantado na base da unha?

Ao pegar a peça temerosamente com a ponta dos dedos, percebi que era viscosa como um ser vivo e, embora soubesse que não passava de um artefato, fiquei horrorizado ao pensar que poderia ser infectado pela *morte*.

– Isto me parece até sacrílego...

– De todo modo, o corpo humano não passa disso...

Demonstrando orgulho, o sr. K apanhou outro dedo e o depositou em posição vertical sobre a escrivaninha, com o corte voltado para baixo. Pareceu-me que um morto havia rompido o tampo da escrivaninha e espetado o dedo no ar.

– O segredo é dar ao acabamento esse aspecto meio sujo. Quando você procura atender às demandas perfeccionistas dos clientes, acaba produzindo algo totalmente incoerente... Por exemplo, este é um dedo médio, de modo que acrescentei uma nódoa no lado interno da falange. Dá a impressão de uma mancha de nicotina, não dá?

– Foi pintado com um pincel ou algo parecido?

– Nem pensar... – disse o sr. K, rindo alto pela primeira vez em nosso encontro. – Ora, se eu fizesse isso, desbotaria num instante, não é? De baixo para cima, vou sobrepondo materiais de cores diferentes. Por exemplo, acetato de vinila para a área das unhas... Se for preciso, um pouco de sujeira debaixo das unhas... sombra na área das articulações e nas rugas... um leve tom azulado bordejando vasos sanguíneos... e por aí vai.

– Isto é um objeto de arte. Não é trabalho para qualquer um...

– Concordo – disse K, imprimindo movimentos miúdos e nervosos ao joelho –, mas isto é rudimentar se comparado à confecção de um rosto. Um rosto representa sempre o máximo da complexidade... Para começar, existe esse transtorno chamado expressão facial, não é? Pois, veja bem, toda ruga ou saliência de apenas um décimo de milímetro, quando sobreposta a um rosto, se transforma de imediato em algo muito significativo...

– Mas não há como fazê-lo mover-se, certo?

– Ah, isso é impossível – disse K, descruzando as pernas e reposicionando-se. – No momento, o máximo que consigo é cuidar do aspecto externo do rosto, não me sobra tempo para pensar em movimentos. De modo que o único jeito é ir preenchendo aos poucos, escolhendo áreas que quase não se movem. Além disso, temos outro transtorno que é a questão da porosidade. No seu caso, por exemplo, embora não possa afirmar nada sem um exame direto... noto, mesmo por cima das bandagens, que o senhor transpira muito... Acredito que suas glândulas sudoríparas sobreviveram. E se continuam ativas, não convém recobrir o rosto inteiro com algo não poroso. Isso não só lhe será nocivo do ponto de vista fisiológico, como também, e principalmente, terá um efeito sufocante, não lhe será possível suportar o material nem durante a metade de um dia. Melhor mesmo é não radicalizar nessas questões. Veja bem: um velho com dentes imaculadamente brancos como os de uma criança se tornaria ridículo. Muito mais eficaz do que isso é fazer retificações quase imperceptíveis ao olhar alheio... O senhor é capaz de remover sozinho essas bandagens?

– Sou, mas... pois é... – eu disse, imaginando como dar-lhe a entender que não era o tipo de paciente que ele inferira. – Para falar com franqueza, sinto-me um tanto perdido, sem saber direito que decisão tomar... Fico imaginando se, a esta altura da vida, de fato preciso ser exigente com relação às cicatrizes de meu rosto a ponto de lançar mão desses artifícios complicados...

– Claro que sim!

O sr. K imprimiu um tom mais enérgico à voz, como se quisesse me encorajar:

– Ferimentos em qualquer parte do corpo, mas especialmente no rosto, não podem ser tratados como se fossem simples problemas morfológicos. Acho que é, antes, uma questão de higiene mental. Do contrário, por que alguém haveria de se empenhar num trabalho que chega a parecer trabalho de amador? Veja bem, também tenho meu orgulho de médico, sabe? Não estou de maneira alguma me resignando à condição de artesão de imitações.

– Isso eu compreendo.

– Será? – disse K, mostrando um súbito lampejo de ironia nos cantos dos lábios. – Pois foi o senhor mesmo que afirmou que este meu trabalho era um "objeto de arte", não é mesmo?

– Mas não nesse sentido.

– Ora, não se preocupe... – disse K com a condescendência de um professor compreensivo. – O senhor não é o único que hesita no momento decisivo. Resistir a procedimentos que alteram a face é ideia comum à maioria das pessoas. Provavelmente desde o início dos tempos modernos... Mesmo assim, ainda hoje, povos primitivos não hesitam em submeter o rosto a procedimentos... Onde reside a base de tal ideia é algo que eu, não especializado na área, infelizmente não sei explicar... Mas a ideia está bem definida do ponto de vista estatístico. Por exemplo, dados indicam que, em matéria de ferimentos externos, os infligidos ao rosto são aproximadamente uma vez e meia mais numerosos que os impostos aos quatro membros do corpo humano. Apesar disso, note que a procura por tratamento de pernas e braços, sobretudo por perda de dedos, é, pelo contrário, oito vezes maior. Fica óbvio que existe um tabu com relação ao rosto. E isso acontece mesmo no seio da classe médica. Para alguns mais preconceituosos, meu tipo de trabalho é visto como o de um esteticista de alto nível, ávido por dinheiro...

– Mas não há nada de errado em atribuir maior valor ao conteúdo do que à aparência, há?

– Prezar um conteúdo que não tem o respectivo recipiente...? Não confio muito nisso... Creio com firmeza que a alma humana reside na pele, sabe?

– Claro, metaforicamente falando...

– Não tem nada a ver com metáfora... – disse K em tom calmo mas categórico. – A alma humana está na pele... Acredito nisso literalmente. Vou lhe falar de uma experiência marcante por que passei durante a guerra, quando estive na frente de batalha como médico. Casos de soldados com rostos estraçalhados ou que perderam braços ou pernas eram corriqueiros. Mas o que o senhor acha que era mais importante para esses soldados feridos? Não era a vida, nem a recuperação das funções vitais, mas, acima de tudo, a recomposição do aspecto externo. No começo, eu ria disso. Pois, veja bem, estávamos num campo de batalha onde nenhum valor era reconhecido exceto o número de estrelas na gola do uniforme e a robustez do indivíduo, não é verdade? Mas então, certo dia, aconteceu que um soldado que não tinha nenhum problema digno de menção a não ser o fato de ter ferido o rosto com gravidade, se suicidou momentos antes de receber alta hospitalar. Aquilo me abalou... Desde então, passei a observar com atenção o comportamento dos soldados feridos... E, afinal, cheguei a uma conclusão. Aliás, a uma triste conclusão: ferimentos externos, em especial os infligidos ao rosto, subsistem na alma de maneira integral, como se tivessem sido decalcados sobre ela...

– Isso... pode ser que isso... aconteça às vezes. Mas, por mais numerosos que sejam os exemplos, não creio que devamos aceitar sua conclusão como regra geral, uma vez que não existe comprovação lógica – disse eu, sentindo uma irritação repentina e insuportável. Não viera em busca de conselhos para meus problemas pessoais. – Tanto é verdade que eu mesmo não estou considerando o problema com seriedade e... Seja como for, acho que lhe devo desculpas... por ter ocupado suas preciosas horas de trabalho e transformado esta entrevista em pura perda de tempo para o senhor...

– Calma, espere um pouco! – disse K em tom confiante e até parecendo reprimir um sorriso. – Talvez eu lhe pareça um tanto impositivo, mas se expus minha opinião é porque, à minha maneira, estou seguro do que digo... Se não tomar alguma providência, na certa o senhor acabará com o rosto envolto em bandagens pelo resto da vida. Pois o próprio fato de o senhor estar agora com o rosto enfaixado é prova de que considera essa aparência um pouco melhor do que a existente debaixo dessas ataduras. Olhe, bem ou mal, durante algum tempo seu rosto anterior ao acidente viverá na lembrança das pessoas ao seu redor... Mas o tempo não espera por ninguém, sabe? Aos poucos, a lembrança vai se apagando... Em seguida, o número de pessoas que nunca viu seu rosto vai aumentar gradativamente e, por fim, a promissória dessas bandagens acabará protestada por falta de pagamento... O senhor será enterrado vivo pela sociedade.

– Que exagero! Que quer dizer com isso?

– Encontramos pessoas mutiladas, com defeitos em mãos e pés, em qualquer lugar. Pessoas cegas ou surdas-mudas também não são raras... Mas o senhor já viu alguém sem rosto? Acho que não. E que fim o senhor acha que tais pessoas tiveram? Evaporaram?

– Sei lá! Os outros não me interessam!

Sem que eu me desse conta, minha voz se tornara áspera. Sentia-me como um indivíduo que, tendo ido a um posto policial reclamar de um roubo, acaba ouvindo um longo sermão e, para cúmulo dos males, se vê obrigado a comprar um cadeado. Mas meu interlocutor também não se deu por achado.

– Acho que o senhor não está me entendendo direito. Rosto significa, em última análise, expressão fisionômica. E a expressão fisionômica é... vamos dizer... em resumo, algo assim como uma equação destinada a demonstrar nossa relação com os outros. Um caminho que nos conecta com os demais. Mas se esse caminho se vê obstruído por uma queda de barreira ou algo semelhante, um indivíduo que por acaso tenha se dado ao trabalho de passar por ali pode simplesmente seguir adiante imaginando que a cabana está abandonada.

– Não faz mal. Nem eu quero que esse indivíduo faça um desvio para me visitar.

– Em outras palavras, o senhor está me dizendo que seguirá seu próprio caminho?

– E estou errado?

– Segundo uma teoria estabelecida na área da psicologia infantil, parece que um ser humano só consegue identificar a si mesmo através do olhar dos outros. Já reparou na expressão fisionômica de retardados mentais e de esquizofrênicos? Se o caminho permanece interrompido por muito tempo, no fim a pessoa se esquece de que esse caminho algum dia existiu.

Encurralado, tento um contra-ataque sem chegar a definir o alvo com clareza.

– Está bem, vamos admitir como verdadeira essa história de expressão fisionômica. Mas ela tem suas contradições! Como é que esse seu método quebra-galho de cobrir apenas uma parte qualquer do rosto poderia de alguma maneira restaurar a expressão fisionômica?

– Se o problema é esse, não se preocupe. Deixe por minha conta. Afinal, é a minha especialidade. Confio em minha capacidade de tornar seu rosto no mínimo mais apresentável do que parece agora com essas bandagens. Seja como for, remova-as, por favor. Tirarei algumas fotos e, com base nelas, farei, pelo método da eliminação, uma escolha gradual dos elementos necessários à recuperação de sua expressão fisionômica. E entre elas escolheremos áreas com menos mobilidade, de fácil fixação...

– Desculpe se o interrompo mas... – Àquela altura eu só tinha uma coisa em mente: fugir dali. Sem maiores explicações, pedi: – Antes de qualquer outra consideração, o senhor poderia me ceder esse dedo?

Apesar de toda a sua fleuma, o sr. K pareceu atônito e disse, friccionando a área interna do pulso contra a coxa:

– Dedo? Este dedo?

– Se não pode ser o dedo, pode ser a orelha, pode ser qualquer coisa...

– Mas o senhor está aqui por causa dos queloides em seu rosto?

– É verdade, peço desculpas. Se não for possível, eu me conformo.

– Não consigo entender o que o senhor quer... Até posso cedê-lo, mas... esta peça, apesar de pequena, ainda assim é cara... Veja bem, preciso fazer uma fôrma de antimônio para cada peça e... Só de material, tenho aqui algo em torno de cinco a seis mil ienes... orçando por baixo...

– Não tem importância.

– Não entendo, não sei o que se passa em sua cabeça...

Claro que não... Afinal, nosso diálogo se assemelhava a dois trilhos assentados lado a lado sem nenhuma medição. Saquei a carteira e, enquanto contava o dinheiro, só me restou pedir repetidas desculpas.

Apertando como um louco o dedo artificial no interior do bolso, saí do prédio, e o claro-escuro daquele entardecer era tão vívido que, este sim, me pareceu artificial. Mal me viram, crianças que jogavam *catch-ball* na passagem estreita empalideceram e se achataram contra o muro. Parecia que o rosto delas tinha sido pendurado num varal pelas orelhas, com o auxílio de pregadores. Mais apavorados ainda ficariam se eu removesse as ataduras. Senti um estranho ímpeto de arrancar as ataduras de fato e mergulhar naquela paisagem que lembrava uma colagem. Acontece que eu, indivíduo sem rosto, não podia avançar um passo além de minha máscara feita de ataduras. Visualizo um quadro em que, furioso, avanço sobre o cenário e o dilacero com o dedo artificial guardado em meu bolso em riste, e mastigo a custo, como se fosse uma obturação em meu molar, a expressão sarcástica "enterrado vivo", usada pelo sr. K. Pois espere, espere e verá: se eu conseguir cobrir meu rosto com outro, artificial mas impossível de ser diferenciado de um verdadeiro, nenhum cenário, por mais artificial que pareça, será capaz de me expulsar...

Naquela noite... Com o dedo artificial que obtive a prumo como uma vela sobre minha escrivaninha, lembro-me de não ter pregado o olho enquanto minha mente vagava errática e interminavelmente em torno desse objeto "falso", mais real que o verdadeiro.

Talvez imaginasse, para além dele, um baile de máscaras de conto de fadas, no qual em breve haveria de fazer minha aparição. Mas não seria emblemático o fato de ter sentido necessidade de acrescentar *de conto de fadas* mesmo em minha imaginação? Conforme já escrevi antes, escolhi esse plano sem muita determinação, com a leveza mental de quem transpõe um córrego sujo numa passada. Isso porém não quer necessariamente dizer que a conclusão tivesse surgido depois de muito pensar. Teria sido porque eu me empenhara de um jeito inconsciente em considerar que a máscara era algo sem grande importância, em consequência dessa firme visão autodefensiva de que a perda do rosto não podia significar a perda de algo essencial? Por conseguinte, dependendo da maneira como a questão fosse encarada, a própria máscara não era o problema: aqui, desempenhando função mais consistente, havia uma atitude de desafio ao rosto e à autoridade do rosto. Caso não estivesse me sentindo tão encurralado pelo já referido desmoronamento da música de Bach e também pela recusa que você me opôs, talvez até tivesse conseguido fazer pilhéria a respeito do meu próprio rosto.

Nesse ínterim, porém, uma sombra escura se espalhava no fundo da minha mente como uma gota de tinta *sumi* caída num copo de água. Era a ideia defendida por K de que o rosto se constituía como via de comunicação entre seres humanos. Pensando agora, se K porventura me deixou alguma impressão negativa, esta não foi de maneira alguma causada por seu modo presunçoso de ser ou pela tentativa de me impor seu tratamento, mas por essa ideia. Aceitá-la significaria que eu, que havia perdido o rosto, estaria para sempre preso numa solitária, sem via de comunicação com o exterior, e nesse contexto a máscara passaria a ter um significado de assustadora profundidade. Meu plano representaria então uma tentativa de fuga, em cuja execução estaria arriscando a própria existência como ser humano, caso em que minha condição atual seria também tão desesperadora quanto esse quadro. Situação aterrorizante de verdade é aquela em que nos damos conta do terror. Ali estava um raciocínio inaceitável para mim.

Claro que eu também reconhecia sem discutir a necessidade de haver vias de comunicação entre seres humanos. E é exatamente por reconhecer essa necessidade que lhe escrevo neste momento. Não obstante, pergunto-me agora se apenas e tão somente o rosto seria em verdade essa via de comunicação. Não creio. Minha tese de reologia se propaga e é compreendida à perfeição até por pessoas cujos rostos nunca vi. Não tenho, é claro, nenhuma intenção de dar por resolvida a questão do relacionamento humano só com essa tese puramente teórica. Tanto é verdade que o que busco em você também é algo diferente. Busco um símbolo do relacionamento humano que não tem contorno definido mas é muito pujante e que se convencionou chamar de alma, de espírito. Ainda assim, como a relação humana é muito mais complexa do que a existente entre animais selvagens, que se expressam apenas por intermédio do odor de seus corpos, talvez a expressão fisionômica seja um meio de comunicação bem adequado para humanos. Da mesma maneira que, comparada ao escambo, a moeda é sem dúvida alguma um sistema de troca muito mais avançado. Mas mesmo a moeda não passa no fim das contas de um artifício, pois não pode ser considerada de utilidade em todas as circunstâncias. Em algumas, selos e ordens de pagamento, em outras, joias e metais preciosos podem ser até meios de troca mais oportunos.

O mesmo se dá com a alma e o espírito: pensar que sua circulação pode ser efetuada apenas por intermédio do rosto não seria uma espécie de ideia preconcebida advinda do hábito? Em algumas circunstâncias, aliás nada raras, um poema, um livro ou um disco são um caminho em que a comunicação espiritual se processa de maneira incomparavelmente mais significativa do que em cem anos de contemplação mútua de rostos. Para começo de conversa, se rostos fossem algo indispensável à comunicação, os cegos acabariam perdendo a condição humana, não é verdade? Pergunto-me com certa preocupação se, ao nos apoiarmos com tanta tranquilidade nesse hábito de pensar em rosto como único meio da expressão, não estaríamos estreitando e moldando a comunicação interpessoal. Aliás, bom exemplo disso é o preconceito tolo em torno da cor da pele. Delegar essa pesada responsabilidade – a via de comunicação da alma – ao rosto, ou seja, a um elemento tão imperfeito que é capaz de ter sua função interrompida só porque preto, branco ou amarelo são cores diferentes, isso sim seria uma desconsideração para com a alma.

PS *Ao reler agora o que escrevi, percebo que no afã de não me ater ao rosto andei apresentando argumentos que são óbvias evasivas. Por exemplo o fato irrefutável de que foi por seu rosto que me apaixonei, antes de mais nada. E ainda hoje, quando penso no abismo que nos separa, o índice que uso para medi-lo é nada mais, nada menos que a expressão distante que entrevejo em seu rosto. Realmente, talvez eu já devesse ter imaginado há mais tempo a situação inversa, na qual seria você a ter perdido o rosto. Tanto a supervalorização como a subvalorização do rosto não diferem num aspecto: ambas são artificiais. E por falar nisso, também na referida questão do aplique de cabelo de minha irmã, parece-me que a mencionei com o intuito de explicar que não dava importância ao rosto mas, pensando bem, é bastante duvidosa sua adequação ao caso. Ou seja, tudo não passou de um misto de interesse e antipatia por cosméticos, fenômeno muito comum na adolescência, de modo que teria sido, ao contrário, um exemplo adequado de importância dada ao rosto, não é? Ou talvez estivesse me sentindo um tanto enciumado por minha irmã estar tentando abrir as portas do rosto para algo que eu desconhecia.*

Aproveito também para falar de mais um assunto: li certa vez, não me lembro se em jornal ou revista, que um coreano nascido da união de dois indivíduos, um da raça coreana e outro da japonesa, submeteu-se a uma operação plástica com o intuito de tornar-se mais parecido com coreanos, uma notícia estranha que me fez pensar muito. Embora seja um caso claro de reafirmação dos direitos de um rosto, não se pode associá-lo à problemática do preconceito, por mais argumentos que se procure. No fim das contas, concluo que não tinha compreendido absolutamente nada. Caso houvesse oportunidade, gostaria muito de perguntar a esse coreano o que ele me aconselharia, a mim, que perdi o rosto.

Pouco depois... exausto desse solilóquio inconclusivo a respeito do rosto... e por outro lado sem nenhum motivo sólido para desistir do plano que a custo começara a engendrar... decidi devotar-me a pesquisas de caráter técnico.

O dedo artificial apresentava diversos aspectos interessantes, até mesmo do ponto de vista técnico. Quanto mais o examinava, mais percebia como era esmerada a sua confecção. Tanto como um dedo real, aquela prótese me revelava uma profusão de detalhes. A tensão da pele me dizia que tinha mais ou menos trinta anos... Unha chapada... achatamento da área entre os dedos... rugas profundas nas articulações... quatro cicatrizes de pequenos cortes paralelos que lembravam guelra de tubarão... decerto, o dedo pertencera a alguém que se dedicava a trabalhos manuais leves.

Apesar de tudo, por que razão era tão feio...? Feio demais...! Feiura inexistente tanto em seres vivos como em mortos, feiura de tipo especial...! Não, não me parece que tenha ocorrido alguma falha em sua confecção... Ao contrário, o dedo talvez tivesse sido reconstituído com excessiva fidelidade... (e, nesse caso, minha máscara também...?) Está vendo?, é por isso que digo: se você atribui demasiada importância à forma, é até capaz de se afastar da realidade... O sr. K pode dar a importância que quiser ao rosto mas, antes de mais nada, deveria considerar essa feiura!

Tem razão, talvez seja isso mesmo, uma cópia excessivamente fiel torna-se, de maneira inversa, irreal. Nesse caso, porém, seria de fato possível evocar a imagem de um dedo sem a sua forma? Uma cobra sem o seu comprimento, um vasilhame sem a sua capacidade, um esquadro sem seus ângulos... Dificilmente veríamos tais raridades a não ser que fôssemos a alguma estrela onde elas existam. Nesse caso, um rosto sem expressão não seria uma exceção. Algo que um dia se chamou, mas já não é rosto. Concluindo, uma máscara também teria sua razão de ser.

Nesse caso, a animalidade seria o problema? Para começo de conversa, talvez seja errado dar-se o nome de forma a uma *forma* incapaz de executar movimentos. Este dedo também pareceria mais bonito se conseguisse mover-se. Experimentei pegar o dedo e movê-lo. De fato, ele agora me parecia bem melhor do que quando o deixava em pé sobre a escrivaninha. Mas se esse é o problema, não se preocupe. Exatamente por isso declarei desde o início que tinha de ser uma máscara dotada de movimento.

Mesmo assim, restava ainda algo que não me satisfazia. O que estaria na base dessa incômoda preocupação? Comparo a prótese com meu dedo e concentro neles toda a minha atenção, aguçando o olhar. Que há uma diferença, isso há, com certeza, mas... se o problema não está na área do corte nem na mobilidade... Estará no aspecto da pele...? Talvez seja isso mesmo, algo que forma ou cor não conseguem mascarar, algo peculiar a uma pele viva...

NOTA À MARGEM 1 *Do aspecto da pele.*
Tenho a impressão de que a epiderme humana é protegida por um material vítreo sem pigmentos. Por conseguinte, o aspecto da pele não resultaria de uma composição de dois tipos de luz, uma refletida em sua superfície, e outra que, atravessando-a, é refletida na superfície pigmentada? Assim, no caso deste dedo artificial, esse resultado não é reconhecível porque a superfície pigmentada está diretamente exposta.

Perguntar a um especialista a respeito da composição e das propriedades ópticas do material vítreo da epiderme.

NOTA À MARGEM 2 *Questões a pesquisar:*
- *Desgaste do material.*
- *Elasticidade, bem como capacidade de expansão e contração.*
- *Recursos de fixação.*
- *Tratamento das linhas limítrofes.*
- *Porosidade.*
- *Como obter o protótipo e como tratá-lo.*

Pensando bem, por mais fiel que eu seja ao registrar os fatos, de nada adiantará se você se entediar na leitura deles. Mesmo assim, gostaria que você soubesse, ao menos em linhas gerais, a história desta máscara que, sem dar a mínima importância ao que eu sentia ou deixava de sentir, foi evoluindo por conta própria.

Para começar, o material vítreo da epiderme, que se denomina ceratina, era uma espécie de proteína córnea contendo mínima quantidade de material fluorescente. Quanto ao problema das linhas limítrofes, acho que conseguirei contorná-lo de algum modo reduzindo a espessura da borda da máscara para algo inferior à profundidade de uma ruga rasa e, depois, camuflando a área de maneira conveniente com um bigode postiço. Sobretudo, a questão que, segundo eu esperava, se transformaria em maior obstáculo, qual seja, a da elasticidade, também não era de todo insolúvel desde que eu encarasse o mecanismo da expressão do ponto de vista fisiológico.

A base da expressão, nem é preciso dizer, são os músculos de expressão facial. Músculos de expressão facial têm, cada um, seu direcionamento, expandindo-se e contraindo-se de acordo com ela. Recobre-os a estrutura da pele, que, por sua vez, tem seus próprios direcionamentos, e, segundo entendi, as fibras das duas estruturas se entrecruzam de maneira quase perpendicular. De acordo com um livro de medicina que tomei emprestado da biblioteca, essa disposição das fibras da pele são as linhas de Langer. A conjugação desses dois direcionamentos origina rugas e sombras específicas. Portanto, também no caso da máscara, se quero atribuir-lhe os movimentos de um ser vivo basta sobrepor feixes de fibras de acordo com as linhas de Langer. Felizmente, certo tipo de plástico começa a apresentar forte elasticidade no momento em que recebe carga direcional. Haveria muito trabalho a fazer, mas bastava não ter medo disso e a questão estaria praticamente resolvida.

Num canto do laboratório, decidi iniciar logo testes de elasticidade em células epiteliais escamosas. Nesse aspecto, meus colegas também se mostraram extremamente gentis. Tirei pleno proveito das instalações quase sem levantar suspeitas.

Apesar disso, não me pareceu que conseguiria resolver o quesito "como obter o protótipo e como tratá-lo" apenas com procedimentos técnicos. Para o protótipo, isto é, para fazer a fôrma inicial, teria de me servir, querendo ou não, do rosto de um outro indivíduo, caso quisesse reproduzir todas as minúcias de uma pele. É claro que isso não quer dizer que estarei andando por aí com o rosto de um outro dependurado em mim, pois o que tomarei emprestado de alguém será apenas a camada superficial da pele que contém glândulas sebáceas e sudoríparas, camada essa que será transformada para ajustar-se a minha estrutura óssea. Assim, não corria risco de infringir o direito autoral sobre o rosto de quem quer que fosse.

Mas então... surge aqui uma dúvida atroz... Essa máscara não acabaria afinal muito parecida com meu rosto original? Dizem que certo tipo de profissional habilidoso é capaz de reproduzir as feições de um original vivo modelando sobre os ossos do crânio. Se isso for verdade, o fator definitivo de uma feição é a estrutura óssea subjacente, sendo portanto de todo modo impossível a alguém evadir-se daquilo que é de fato o seu rosto sem desbastar a própria ossatura ou ignorar o princípio anatômico fundamental da expressão facial, a qual então já não poderá ser classificada como expressão facial propriamente dita.

Esse raciocínio me perturbou. Por mais que a produção tenha sido perfeita, a máscara não perderia toda a razão de ser, caso fosse idêntica ao meu rosto original?

Por sorte, lembrei-me de um colega dos tempos do colegial que se especializara em paleontologia. Um paleontólogo deve ter como parte de sua profissão a modelagem de fósseis descobertos em escavações. Procuro no diretório e, por sorte, descubro que ele mantém sua carreira acadêmica na universidade. Eu pretendia fazer uma simples consulta telefônica mas, uma vez que não nos víamos desde a formatura – e talvez porque a profissão de paleontólogo o tornasse, por mais incongruente que pareça, sequioso por companhia humana –, meu amigo logo propôs, com a maior naturalidade, que nos encontrássemos em algum lugar e não quis saber de plano alternativo. Eu, de meu lado, reagi ao constrangimento que as ataduras em meu rosto sempre me provocam e, quando dei por mim, já havia aceitado. Logo em seguida, porém, me arrependi amargamente. Que ideia idiota eu tivera! Quando um homem com o rosto envolto em ataduras – por si só capaz de despertar a curiosidade alheia – começa a especular em detalhes sobre anatomia e técnicas de moldagem facial, assuntos que aliás nem são de sua especialidade, obtém o mesmo resultado encontrado por um ladrão mascarado que perambula em público em pleno dia. Mal-estar por mal-estar, era melhor ter recusado o encontro desde o começo. Além do mais, detesto ir à cidade. Os olhares que me lançam, por mais discretos e casuais que sejam, escondem pavorosos espinhos corrosivos que apenas os alvos de tais olhares são capazes de detectar... A cidade me deixa exausto. Porém, já perdera a oportunidade de recuar. Só me restou portanto o recurso de, sempre relutando, dirigir-me ao local combinado, transformado em trapo encharcado pelo suor frio da vergonha.

O café onde havíamos combinado encontrar-nos estava localizado na esquina da cidade universitária, bastante familiar para mim, por isso consegui chegar de táxi e entrar no estabelecimento quase sem despertar curiosidade. Porém o horror demonstrado por meu amigo ao me ver foi grande a ponto de, paradoxalmente, provocar em mim certa comiseração por ele, fato que me fez recuperar a compostura e até me levou, de modo perverso, ao regozijo. Viu no que deu a sua insistência?, pensei então. Não, dizer que recuperei a compostura vai lhe dar uma falsa impressão. Quero que você faça um pequeno esforço para imaginar a infelicidade de alguém que se transforma numa ofensa para outra pessoa só pelo fato de sentar-se ao lado dela, aliás, o mesmo tipo de infelicidade que sente um cachorro abandonado. Solidão desesperada, semelhante à do olhar de um cão velho e moribundo. Desolação que, como o zunir de brocas, parece propagar-se em ondas pelos trilhos de uma ferrovia em obras no silêncio da madrugada. Acho que resolvi perseverar ao dar-me conta de que, sob bandagens e óculos escuros, podia me matar de tanto fazer caretas, mas nada comunicaria.

– Eu o assustei, não é? – disse eu com voz de brisa noturna, capaz de sugerir qualquer coisa dependendo do ânimo de quem ouve. – Tomei um banho de ar líquido no rosto. Pelo jeito, minha pele é do tipo que forma queloides com facilidade... Pois é, está muito feio... O rosto inteiro se transformou num ninho de sanguessugas. Ataduras também podem ser assustadoras, mas prefiro usá-las por achar que têm melhor aspecto do que aquilo que existe embaixo...

Com expressão visivelmente aturdida, meu amigo murmurava algo ininteligível. A intenção de encontrar-nos para beber alguma coisa num lugar agradável, repetida ao telefone diversas vezes com muita animação por meu amigo havia menos de trinta minutos, talvez estivesse encravada em sua garganta como uma espinha de peixe. Mas uma vez que meu intuito não era de maneira alguma ser desagradável, mudei depressa de assunto e abordei a questão que me levara até ali. Não preciso nem dizer que meu amigo agarrou a abertura que lhe ofereci como um náufrago se aferra a uma leve palha.

Resumindo, a explicação fornecida por ele era, em linhas gerais, a seguinte. Por mais experiente e habilidoso que seja um profissional, seria exagero total esperar que ele reproduzisse com exatidão a forma original modelando sobre ossos, pois o posicionamento dos tendões é a única coisa passível de suposição correta a partir da estrutura anatômica dos ossos. Portanto, em casos como o da baleia, por exemplo, que tem tecidos subcutâneos e camadas de gordura bem desenvolvidos, a reconstituição com base apenas nos ossos resultaria num monstrengo semelhante a um híbrido de cão com foca, muito diferente do animal original.

– Isso quer dizer que, no caso de um rosto ser moldado sobre os ossos da face, a margem de erro também seria considerável?

– Se esse tipo de malabarismo fosse possível, não existiriam mais esqueletos não identificados. A diferença não seria tão grande quanto no caso de uma baleia, mas lembre-se que o rosto humano é de uma incrível delicadeza. Acho que a semelhança não chegaria nem aos pés daquela que se obteria com uma fotomontagem. Claro, pois se a estrutura óssea fosse de fato algo de que não se pode fugir, para começo de conversa a cirurgia plástica cosmética seria algo impossível, concorda?

Nesse ponto, meu amigo avaliou num relance meu rosto enfaixado e deixou as palavras morrerem na boca, aparentando constrangimento. Não era nem preciso perguntar o motivo. Ou melhor, pouco me importava o que ele pensava. O que me ofendeu foi o fato de ele não ter se dado ao trabalho de disfarçar seu constrangimento e de ter evidenciado sua contrição com clareza, ruborizando-se.

PS *O que vem a ser essa sensação de vergonha? A esta altura, talvez seja melhor recordar uma vez mais o episódio da queima do aplique de cabelo já referido. Desta vez, as posições estão invertidas: meu aplique é que fora descoberto, levando meu amigo a se ruborizar, mas, por isso mesmo, a questão me preocupa demais. A chave que solucionará o mistério do rosto não se ocultaria nesse episódio?*

Era porém espantosa a falta de sutileza daquele homem. Chegava a ser ridícula a maneira como ele não só ignorou meu esforço no sentido de encaminhar a conversa para generalidades, como também meteu os pés pelas mãos por conta própria e ainda enrubesceu. Seja como for, eu já tinha extraído em linhas gerais as informações mais necessárias ao meu projeto – ele que ficasse com o desconforto gerado pelo diálogo: eu não tinha de me incomodar com isso –, mas tudo o que resvala por emoções como a vergonha tende a gerar boatos. E se ele saísse falando de meus sentimentos como se os tivesse espiado por um buraco de fechadura, eu acabaria prejudicado. Além de tudo, o encabulamento do meu amigo parecia estar me contaminando. E então, sem conseguir me conter, comecei a me explicar, o que teria sido bem melhor evitar.

– Sei o que você está pensando. Não deve ser difícil imaginar, se você associar as ataduras do meu rosto às minhas perguntas. Mas deixe-me esclarecer que você está muito enganado. Não estou mais em idade de me angustiar por causa de cicatrizes faciais e...

– Você é que deve estar enganado. O que você acha que imaginei?

– Se me enganei, ótimo. Mas você também deve ter passado, mesmo inconscientemente, pela experiência de julgar alguém pelo rosto, não é? Acho até muito natural que esteja preocupado comigo. Mas, pensando bem, um documento de identidade nem sempre diz quem uma pessoa é. Ando pensando muito sobre diversos assuntos por causa desse acidente que me aconteceu. E acho, pensando bem, que talvez estejamos dando excessiva importância a documentos de identidade. Por causa disso, surgem esses corruptos que se dedicam a falsificações e adulterações.

– Concordo, claro... Adulteração, essa é boa... Segundo dizem, mulheres com muita maquiagem costumam ser histéricas e...

– Por falar nisso, o que você acha que aconteceria caso o rosto humano não tivesse nariz nem boca, fosse algo liso como um ovo?...

– Hum, não seria possível distinguir uns indivíduos dos outros.

– O ladrão do policial... o criminoso da vítima...

– E também a minha mulher da mulher do vizinho... – Acendeu um cigarro e riu baixinho, como se buscasse meu apoio. – Essa é uma ideia muito interessante. Muito interessante, mas vejo que existem pequenos problemas nela. A vida então se tornaria mais fácil ou mais difícil...?

Ri com ele e devia ter encerrado a conversa por ali. Mas o movimento circular em torno do rosto já adquirira um ímpeto que seria difícil refrear. Enquanto a força centrífuga não rompesse a corda, não havia outra saída senão correr em círculos, embora ciente do perigo.

– Não tem como se tornar nem mais fácil, nem mais difícil. Para começo de conversa, não há como só uma das alternativas prevalecer, do ponto de vista lógico. Sem oposição, não há comparação.

– Se não há oposição, então há retrocesso.

– Nesse caso, de acordo com sua hipótese, diferenças na cor da pele, por exemplo, teriam revertido em algum progresso, historicamente falando? Pois não consigo admitir esse sentido para oposição.

– Ora, ora, você estava discutindo a questão racial? Mas aí você não estaria tornando a interpretação abrangente demais?

– Pois gostaria que abrangesse cada vez mais. Até alcançar todos os rostos de todos os seres existentes sobre a face da terra... Mas com o meu próprio neste estado, quanto mais eu falar mais vai parecer que não estou querendo me dar por vencido...

– Se você me permite uma observação, e só no campo da questão racial, acho que impingir a responsabilidade de tudo apenas ao rosto é um tanto exagerado...

– Mas então, deixe-me perguntar: por que é que, ao imaginarmos um ser extraterrestre que talvez viva em outro corpo celeste, começamos especulando antes de mais nada sobre qual seria o aspecto de suas feições?

– Ah, mas agora o foco da discussão se distanciou realmente... – Apertou com força no cinzeiro o cigarro que tragara apenas três vezes e o apagou. – Ora, se entendermos que isso resulta de simples curiosidade, o problema se resolve.

Percebi quase dolorosamente o significado da brusca mudança no modo de falar de meu amigo, mas como um prato equilibrado de maneira precária no topo da vara do malabarista, meu rosto artificial se despregaria e cairia no instante em que eu parasse de girá-lo.

– Olhe para aquele quadro – insisti, apontando para o que parecia ser a cópia de um retrato em estilo renascentista, um quadro de uma doçura nauseante que enfeitava a parede. – O que você acha daquilo?

– Bem, tenho até medo de falar qualquer coisa e de você me desancar mas, seja como for, é uma bobagem.

– Pois é. Acrescentar um halo a um rosto, daquele jeito,

representa um tipo de pensamento. Um pensamento mentiroso e enganador. E por causa desse tipo de pensamento, um rosto é induzido a mentir...

Um estranho sorriso aflorou no rosto de meu amigo. Um sorriso contemplativo e distante, de onde toda consideração por mim já havia desaparecido.

– Não adianta. Você pode continuar falando desse jeito grandioso, mas não consigo entender coisa alguma, muito menos sentir. Talvez por falta de uma linguagem comum. Sou paleontólogo mas, por incrível que pareça, sou partidário do modernismo, pelo menos no que tange às artes.

Não, não adianta reclamar. É melhor tratar de me acostumar com aquele tipo de olhar. Ficar imaginando que talvez houvesse um desfecho mais satisfatório é conceder-me uma esperança que, em última análise, apenas me levaria a ser indulgente comigo mesmo. Afinal, eu já conseguira obter todas as informações necessárias, sem falar que iniciara o projeto com o objetivo específico de sobreviver a esse tipo de humilhação.

Acima de tudo, passei a odiar aquele paleontólogo do fundo do coração no instante em que me dei conta de que a presa que pensara ter levado para casa não passava de isca não comestível. Ou melhor, talvez fosse comida, de fato, mas não sabia como prepará-la, e ali fiquei morrendo de fome e condenado a simplesmente contemplá-la.

O fato de haver uma larga margem de erro em reconstituições por modelagem, mesmo quando efetuadas sobre um mesmo esqueleto, representou com efeito um passo à frente na potencialidade da máscara. Ao mesmo tempo, isso não significava que eu poderia obter o tipo de rosto que quisesse, não importando o tipo de base? A expressão "múltiplas opções de escolha" sugere um panorama descontraído e divertido, mas, em algum momento é preciso escolher uma dentre elas. É preciso peneirar os inúmeros rostos potenciais e decidir qual deles será o meu. E que tipo de critério se usa para avaliar um rosto?

Como eu não tinha nenhuma intenção de atribuir um significado especial ao rosto, qualquer um serviria, mas... uma vez que teria o trabalho de confeccioná-lo, também não havia por que fazê-lo intumescido como o de um cardíaco... Ao mesmo tempo, não me convinha usar um ator de cinema como modelo. Essa liberdade de escolha, embora sugerisse descontração, na verdade representava um problema maçante.

Não que eu almejasse algo pouco razoável, como um rosto ideal. Aliás, isso nem poderia existir. Mas, uma vez que havia uma escolha a fazer, eu precisava de alguma coisa que me servisse de critério. Ajudaria um pouco se ao menos tivesse um critério negativo, do tipo "este não quero de jeito nenhum", mas... continuava sem definição alguma, tanto do ponto de vista objetivo como do subjetivo... E, no fim das contas, arrastei a resolução por quase meio ano.

NOTA *Dar por liquidada esta questão alegando ambiguidade de critério será um erro. Será melhor refletir, levando em consideração meu impulso íntimo de resistir à padronização. Escolher a padronização seria, em resumo, sujeitar-me à intenção dos outros. Mas o ser humano possui, simultaneamente, o desejo contrário de se distinguir dos outros. E esses dois desejos devem relacionar-se da seguinte maneira:*

$$\frac{A}{B} = f\left(\frac{1}{n}\right)$$

A: Taxa de sujeição aos outros
B: Taxa de resistência aos outros.

n: idade

f : grau de viscosidade do ego [ou seja, a queda deste valor significa estabilização e ao mesmo tempo solidificação do ego. Em linhas gerais, é inversamente proporcional à idade, mas a curva dos lugares geométricos apresenta considerável variação individual, dependendo de diferenças como sexo, profissão, personalidade etc.]

Em outras palavras, mesmo do ponto de vista apenas etário, o grau de viscosidade do meu ego está bastante baixo e sem dúvida alguma se opõe com firmeza a uma mudança facial a esta altura da minha vida. E por falar nisso, a opinião do arqueólogo, de que mulheres de maquiagem pesada são histéricas, é de fato uma visão bastante perspicaz, tenho de reconhecer. Pois, segundo dizem, em termos psicanalíticos, a histeria é um fenômeno de infantilização.

Mas nem por isso fiquei à toa nesse meio-tempo. Testes com material de epitélio escamoso... trabalhos em sua grande maioria de natureza técnica... coisas que podiam ser consideradas legítimas desculpas para postergar indefinidamente o confronto final... acumulavam-se à espera de minhas providências.

O epitélio escamoso, especialmente, me tomou muito mais tempo do que previra. Era a porção principal da pele também do ponto de vista quantitativo e, sobretudo, nele repousava uma questão crucial, qual seja, a da possibilidade ou não de lhe conferir genuína sensação móvel de pele viva. Tirei proveito do comportamento reservado do pessoal do laboratório e usei instalações e materiais de maneira até certo ponto abusiva; ainda assim, o trabalho me tomou mais de três meses. Creio também que, ao menos nesse período, não me importei muito com a cômica contradição de levar adiante o projeto da máscara sem ao menos me decidir quanto ao formato do rosto. Ocorre que não era possível continuar para sempre no abrigo que o laboratório me oferecia. Passado esse período, o trabalho começou a render muito e, então, me vi cada vez mais acuado.

Encontrei com facilidade um substituto para a camada de tecido ceratinoso da epiderme numa resina vegetal acrílica. E pareceu-me que, para a derme, bastava bater o mesmo material da epiderme até torná-lo esponjoso e depois aglutiná-lo. Quanto à camada de gordura, passaria sem problemas no teste se eu acrescentasse silicone líquido ao material anterior e o envolvesse com uma membrana que o fechasse hermeticamente. E assim, na segunda semana após o Ano-Novo, eu já tinha tudo preparado, ao menos com relação ao material do projeto.

A essa altura, já não podia ficar me esquivando. Tinha de decidir o tipo de rosto fosse como fosse ou me veria impossibilitado de dar um passo sequer à frente. Mas, por mais que pensasse, minha mente era apenas um emaranhado de amostras faciais, confuso como o depósito de um museu. E continuar empacado indefinidamente não era solução. Por não ver outra saída a não ser encher-me de coragem e verificar uma a uma todas as amostras, tomei emprestado o catálogo do acervo. Na primeira página da relação já encontrei uma instrução inesperada e muito útil, com o título "Métodos de classificação: princípios gerais". Prossegui na leitura com o coração palpitando de entusiasmo.

1. O critério de avaliação de um rosto é de ordem objetiva: não cometa o erro de escolher uma falsificação levado por questões pessoais.

2. Não existem critérios de avaliação para o rosto. O que existe é apenas o agradável e o desagradável, e o critério para a escolha terá de ser cultivado apenas por um aprimoramento do gosto.

Aí está. Conselhos do tipo "é preto, mas ao mesmo tempo também é branco", seria preferível que não existissem. Além disso, enquanto lia e comparava os princípios, sentia que os dois podiam estar corretos, e isso tornava a situação cada vez mais complexa. Por fim, comecei a me sentir nauseado só de pensar na existência deste ou daquele tipo de rosto e, até agora, não sei por que não optei por desistir do projeto àquela altura.

Voltando ao retrato: embora o paleontólogo fizesse pouco de mim e risse, não consigo deixar de me importar com o assunto. Aspecto artístico à parte, acho que no conceito de retrato existe uma filosofia que merece ser questionada mais a fundo.

Por exemplo, para que o retrato exista como expressão universal, a universalidade da expressão facial humana tem de ser reconhecida, antes de mais nada e como pré-requisito. Em outras palavras, é preciso que a grande maioria das pessoas acredite que, por trás de expressões faciais iguais, existem invariavelmente cenários internos iguais. Óbvio, o que sustentaria essa crença seria apenas a percepção empírica de que existe uma espécie de correlação entre rosto e alma. No entanto, não existe prova de que toda experiência é sempre verdadeira. Por outro lado, também é impossível chegar à conclusão de que toda experiência é sempre um amontoado de mentiras. Então, não seria mais apropriado pensar que uma experiência, quanto mais se repita, mais verdadeira se torna...? Nessas circunstâncias, creio que há também algo impossível de ser peremptoriamente negado na proposição segundo a qual o critério de avaliação é objetivo.

Ao mesmo tempo, não podemos ignorar o fato de que, com o passar do tempo, esse mesmo retrato alterou seu caráter e foi transferindo seu foco, de clássica harmonia de rosto e alma para uma expressão da personalidade menos harmoniosa, até afinal desabar tragicamente nos rostos octaédricos de Picasso e no *Rosto falso* de Klee.

Mas então, em qual deles acreditar...? A depender de mim, no segundo, claro. Afinal, não estamos numa exposição de cães, e atribuir um critério objetivo para rostos me parece demasiado infantil. Também cheguei a associar personalidades consideradas ideais por mim, e com as quais gostaria de me parecer, com determinados tipos faciais, mas isso foi na minha infância.

NOTA *Em outras palavras, forte disposição de sujeição aos outros originada em alta viscosidade do ego.*

Com naturalidade, uma fisionomia romântica e original começa a se formar através de minha lente imatura... Só que não posso ficar sonhando para sempre. De fato, dinheiro vivo vale mais que qualquer promissória. Só me restava pagar tudo o que podia com o rosto que possuía. Pode ser que homens não vejam com bons olhos a maquiagem masculina por repudiarem o sentido nela implícito, ou seja, o de que não se responsabilizam pelo próprio rosto. (Se bem que as mulheres... a maquiagem feminina... no caso delas, talvez signifique que o dinheiro acabou...)

Então, sem que nenhuma solução se apresentasse... e sentindo-me inseguro como alguém prestes a pegar um resfriado... e como essa angústia se prendia apenas à área superficial do meu rosto, as providências técnicas referentes aos demais pontos continuaram a progredir a despeito de mim mesmo.

Depois de resolvida a questão do material, chegou enfim o momento de pensar na moldagem da parte interna da máscara. Embora o laboratório me concedesse plena liberdade, não me sentia à vontade para abusar dessa condescendência, de modo que levei um jogo de ferramentas para casa e resolvi transformar meu gabinete em local de trabalho. (Lembro-me de que você pareceu considerar minha dedicação ao trabalho como esforço para compensar a perda do rosto e, quase em lágrimas, fez de tudo para me ajudar. Era de fato uma compensação, mas meu devotamento não era ao que você imaginava. Fechei a porta do meu gabinete e tranquei-a a chave, impedindo que você, com sua gentileza de trazer a refeição noturna numa bandeja, entrasse no aposento.)

Pois o trabalho que eu realizava com tanto empenho por trás da porta trancada era o seguinte:

Antes de mais nada, arrumei uma bacia capaz de conter meu rosto inteiro e nela despejei uma mistura líquida cujos componentes eram sal de ácido algínico, gesso, fosfato de sódio e silicone; em seguida, nela mergulhei o rosto num movimento rápido, com todos os músculos de expressão facial relaxados. Três a cinco minutos depois, a solução se transformou em alginato de cálcio, de consistência elástica. Como eu sabia que não poderia reter a respiração durante todo esse tempo, introduzi na boca um cano de borracha fino, cuja ponta deixei para fora da bacia. Gostaria que você imaginasse uma situação em que tivesse de manter o rosto imóvel por diversos minutos diante de uma câmera em exposição contínua. Pois é, é bem penoso. O nariz coçou, músculos da área inferior dos olhos se contraíram em espasmos miúdos e, depois de repetir inúmeros fracassos, foi apenas no quarto dia que consegui obter algo convincente.

Terminada essa fase, iniciei o trabalho de niquelagem a vácuo do lado interno da máscara. Esse era um trabalho que não conseguiria nem em sonho realizar em casa, por isso levei-a em segredo para o laboratório e consegui terminá-la sem ser visto por ninguém.

Depois disso, chegou enfim a fase de acabamento. Naquela noite, esperei você adormecer e levei uma panela de ferro contendo uma liga de antimônio e chumbo à chama de um botijão de gás portátil. O antimônio derretido tinha uma coloração semelhante à de chocolate com leite, com mais leite do que chocolate. Ao derramá-lo com cuidado na concavidade da fôrma de alginato niquelado, grânulos brancos de vapor se elevaram mansamente formando redemoinhos. Uma fumaça azulada e transparente começou a sair do orifício do cano de borracha que eu usara para respirar e, em seguida, jorrou por todos os lados da fôrma. Na certa era o alginato queimando. Como o cheiro era insuportável, abri a janela e o vento gelado de janeiro me golpeou a ponta do nariz, fazendo-me sentir como se tivesse levado um tapa. Virei a fôrma, sacudi o antimônio endurecido e o destaquei da fôrma, jogando em seguida a base de alginato – que continuava a fumegar – dentro da água da pia, e a esfriei. Sobre a escrivaninha, o ninho de sanguessugas, que irradiava um agudo brilho prateado, encarava fixamente sua réplica cor de carne em meu rosto.

Mas não consegui acreditar logo que aquilo fosse o meu rosto. Não... diferente demais... Não era possível que aquilo fosse o ninho de sanguessugas que me cansara de ver todos os dias ao espelho... Mas, pensando bem, aquele molde facial de antimônio e o meu rosto refletido no espelho tinham o lado esquerdo e o lado direito invertidos, de modo que certo grau de estranheza talvez fosse inevitável... Ainda assim, por que estranhar, se já estava cansado de ver esse grau de diferença em minhas fotos?

Nesse caso, seria uma questão de tonalidade? Segundo um livro intitulado *O rosto*, que descobri numa biblioteca, cujo autor é um médico francês de nome Henri Blanc, parece haver entre cor de rosto e feições uma relação mais estreita do que é possível imaginar. Por exemplo, uma máscara mortuária de gesso se tornava masculina ou feminina, dependendo apenas de sua coloração. O autor citava também o exemplo de um homem travestido de mulher que acabara com a identidade prontamente revelada só por ter sido fotografado em preto e branco. Raciocinando dessa maneira, comecei a sentir que talvez fosse esse o problema. Aqueles tênues volumes no molde facial de antimônio, tão sutis que só podiam ser distinguidos quando observados contra a luz... saliências e reentrâncias leves que, no grau de imprecisão que apresentavam, não justificariam minha busca desesperada por uma máscara... Por um breve instante cheguei a pensar se não estaria me apavorando com visões fantasmagóricas e lutando sozinho contra moinhos de vento. Era possível, porém, que aquele mesmo ninho metálico de sanguessugas apresentasse considerável feiura uma vez tingido com o leve tom avermelhado da carne... Era mesmo uma pena que humanos não fossem feitos de metal...

Mas se a cor era algo de tamanha importância, a fase final de tintura, por ocasião da modelagem, teria de ser realizada com extremo cuidado. Como um cego apreciando a sensação transmitida pelo tato, passei os dedos com carinho pela superfície do modelo facial de antimônio que ainda conservava um resto de calor e ali fiquei, impressionado pela dificuldade que a confecção dessa máscara representava, pois ela me criava um novo problema cada vez que eu dava por finda uma etapa. Em que belo desafio fora me meter! Pela quantidade de trabalho realizada e pelo número de horas despendido, já deveria ter avançado um bocado, mas, pensando bem, ainda nem começara a escolha mais importante: o formato do rosto. E a isso se acrescentara mais outra dificuldade, a da coloração. A continuar nesse passo, será que um dia eu realizaria o sonho de renascer com o rosto de um outro...?

Mas nem todos os sinais eram necessariamente negativos. Pois enquanto percorria os sulcos do ninho de sanguessugas de liga metálica pensando em coisas como o papel ilógico do rosto, que nos torna suscetíveis de ser tocados como cão sarnento só por causa de alguns milímetros de saliência desnecessária, eu descobrira, tão de chofre como uma névoa que se dissipa, um ponto vulnerável crucial do meu inimigo.

O próprio ninho de sanguessugas metálico era uma existência negativa destinada a compor o avesso da máscara. Ou seja, algo destinado a ser coberto pela máscara e apagado. Mas seria só isso...? Era uma existência negativa, sem dúvida, mas se não fosse usada como base, a própria máscara destinada a apagá-la não poderia existir... Em outras palavras, essa base de liga metálica era ao mesmo tempo objeto a ser extinto pela máscara e ponto de partida de sua formação.

Vamos pensar de maneira um pouco mais concreta. Por exemplo, falando especificamente dos olhos, só me restava utilizá-los sem alterar posição, formato ou tamanho. Porém, caso quisesse alterar algum aspecto de qualquer maneira, poderia transformar a área dos olhos em linha divisória e escolher uma das três opções seguintes: abaular apenas a testa ou, ao contrário, intumescer apenas a metade inferior do rosto ou, ainda, tornar protuberantes as duas áreas e deixar que os olhos assumissem um aspecto encovado. O mesmo podia ser dito com relação ao nariz e à boca, de modo que a escolha do formato do rosto, pelo visto, não era algo tão impreciso quanto pensara até aquele momento. Limitador sem dúvida podia ser, mas essa condição se coadunava muito mais com meu jeito de ser do que a de absurda liberdade de escolha das lojas onde tudo custa dez ienes. Seja como for, seguindo por esse caminho, eu podia estabelecer um critério de procedimento. Mesmo que em tentativas e erros acabe dando voltas desnecessárias, podia realizar moldagens na própria máscara e estudar os tipos possíveis. Esse procedimento de fato se coadunava com meu jeito de ser. (Pelo visto, não é de todo improcedente a crítica de meus colegas segundo a qual eu era muito mais um técnico do que um cientista.)

Posicionei um dedo em ângulos tão diversos quanto possível sobre a base de liga metálica, cobri-a ou sombreei-a com as mãos espalmadas, e ali me deixei ficar totalmente absorto, sem ao menos me dar conta disso. Que sutileza incrível... Dependendo do ângulo, o posicionamento de um único dedo resultava em diferenças que podiam ser mais acentuadas que as existentes entre irmãos ou primos, podiam até resultar num estranho... E o de uma palma de mão, então, transformava num desconhecido que eu nunca vira... Era talvez a primeira vez que me sentia tão entusiasmado.

Isso mesmo, talvez eu possa afirmar que, dentre todos esses acontecimentos, a experiência daquela noite representou um notável pico. Nem tão escarpado, nem tão altaneiro mas, creio, um marco topográfico importante que atribuiu uma direção às águas da bacia, com influência suficiente para, em seu devido tempo, conduzi-las a um rio.

Ao menos a partir desse ponto, algo semelhante a um curso de água, embora tênue, se formou entre a questão do critério para escolha do rosto e a dos procedimentos técnicos, questões essas que até então corriam paralelas. Ou seja, o modelo facial de antimônio me incentivou a acreditar que não havia necessidade alguma de estabelecer procedimentos técnicos, bastava agregar um trabalho concreto após outro para que, com o tempo, possibilidades se abrissem.

Então, logo na manhã seguinte, comprei argila e comecei a exercitar técnicas de modelagem. Ou seja, embora não tivesse objetivos estabelecidos, resolvera tatear em busca de um caminho. No trabalho de sobrepor uma a uma as finas lâminas de argila com o auxílio de um desenho anatômico dos músculos de expressão, experimentei tensão dramática semelhante à de acompanhar o nascimento de um ser humano pelo lado interno, e me pareceu também que o próprio critério de escolha do tipo facial, até então insubstancial, aos poucos começava a se tornar tangível e a tomar forma, como gelatina em processo de esfriamento... Assim como existem detetives geniais que descobrem o assassino sentados num divã e outros, prosaicos, que batem pernas em busca de provas, acho que trabalhar com as mãos era a maneira que mais se coadunava com o meu jeito de ser.

Foi nessa época que voltei a me interessar pelo livro *Rostos*, de Henri Blanc, que já mencionei. Quando o examinei pela primeira vez, tive a impressão de que sua análise, tudo indicava que bastante razoável, era apenas mania de cientista de tudo querer classificar, e como eu mesmo estava me sentindo pressionado pela necessidade de tomar decisões concretas, irritei-me por não ver nenhuma utilidade em suas explicações. No entanto, conforme acompanhava de fato o crescimento de um rosto na ponta dos meus dedos, consegui enfim descobrir no livro de Blanc algo muito mais significativo que um simples mostruário de exemplares. Da mesma maneira que o mapa de um terreno conhecido nos pareceria totalmente diferente daquele de um país desconhecido.

A classificação de Blanc se resumia no seguinte:

Primeiro, com o nariz como centro, traçar um círculo grande, tendo por raio a distância do nariz à ponta do queixo; em seguida, traçar um círculo menor, tendo por raio a distância do nariz aos lábios. Dependendo da maneira como esses dois círculos se relacionam, dividir os rostos em dois tipos de formato: rosto com área central deprimida e rosto com área central protuberante; depois, diferenciar cada um desses em: tipo esquelético e tipo adiposo, imaginando um total de quatro formatos-padrão:

1. Rosto com área central deprimida, esquelético: testa, bochechas e queixo com acentuadas protrusões carnudas.

2. Rosto com área central deprimida, adiposo: testa, bochechas e queixo com macias intumescências adiposas.

3. Rosto com área central protuberante, esquelético: pontiagudo, tem o nariz por centro.

4. Rosto com área central protuberante, adiposo: macio e abaulado, tem o nariz por centro.

Naturalmente essa classificação não cobre todos os tipos de rosto. A composição de elementos que se contrapõem, o destaque de áreas parciais ou o sombreamento de outras tantas áreas minúsculas se transformam em inúmeros galhos e ramos que se abrem a partir desses quatro troncos. Mas eu mesmo não precisava me importar com tais minúcias. Apenas ia sobrepondo as estruturas uma a uma, de modo que não me seria possível prever nenhum resultado com precisão. Se não me esquecesse das regras básicas, o resto podia ficar por conta dos acontecimentos.

Por falar nisso, quando os quatro padrões faciais descritos são analisados por meio do assim chamado método psicomorfológico, parece-me que se obtêm os resultados a seguir. Os dois primeiros são do tipo introvertido, os dois últimos, extrovertidos. Além disso, os de número ímpar são hostis ou confrontadores em relação ao mundo externo enquanto os de número par, ao contrário, tendem a ser conciliadores ou harmônicos. E composições dessas duas classificações determinam as características pessoais dos respectivos formatos de rosto.

E quando sobrepomos o conceito "fator expressivo", do mesmo Blanc, a esse método classificatório, a questão começa a se ordenar de maneira ainda mais concreta – "coeficiente de expressão" é a representação quantitativa da influência que cada um dos dezenove pontos moventes em pouco mais de trinta músculos de expressão facial, escolhidos por ordem de grandeza, exerce sobre a expressão facial. Interessante é também a maneira de calculá-lo. Ao que tudo indica, o valor médio dos movimentos de cada ponto movente foi calculado com fotos sequenciais de aproximadamente doze mil modelos com expressões de riso e de perplexidade, posteriormente desmembradas usando o método de projeção reticular em uma espécie de mapa de contorno topográfico. Resumindo, o resultado é o seguinte: a densidade do "coeficiente de expressão" é mais alta na área triangular que vai das narinas aos cantos da boca; em seguida, e em ordem decrescente, área em forma de sela que abrange contorno de boca e maçãs do rosto, área sob pálpebras, área entre os olhos e, por último, área da testa, a mais baixa. Em outras palavras, a metade inferior do rosto, ou melhor, a área próxima à boca, parece concentrar a expressividade.

Essa é a distribuição do coeficiente pelas diversas áreas mas, além disso, tal coeficiente é influenciado e modificado pela maneira como os tecidos subcutâneos se aglutinam. Proporcionalmente à espessura da camada de tecido subcutâneo, a densidade vai caindo... Contudo, parece que a baixa densidade do coeficiente não coincide necessariamente com inexpressividade. Podem existir casos de inexpressividade com coeficiente de alta densidade, assim como alta expressividade com coeficiente de baixa densidade. Ou seja, pode existir inexpressividade de alta densidade assim como inexpressividade de baixa densidade.

PS *Vamos então testar o método classificatório de Blanc em nosso rosto? Comecemos pelo seu. Acho que pode ser visto como pertencente ao grupo "rosto com área central protuberante". O tecido subcutâneo é do tipo levemente adiposo. Em suma, tende a ser do tipo 4, rosto macio e abaulado, que tem o nariz como centro. Em termos psicomorfológicos, você seria do tipo extrovertido e conciliador. O coeficiente de expressão seria ligeiramente baixo, uma fisionomia resoluta e equilibrada.*

Visto assim, penso que houve um grande número de acertos, mas... o que você acha? Por falar nisso, lembrei-me agora que você costumava dizer que seu apelido nos tempos de estudante era "bodisatva", palavra que no budismo maaiana indica o indivíduo prestes a se tornar um buda. Na primeira vez que ouvi isso, caí na risada... Mas onde estava a graça...? Pensando agora, creio que nutria ideias cem por cento equivocadas a respeito de bodisatvas ou, talvez, a seu respeito. Externamente, é óbvio que seu rosto não tem nenhum tipo de semelhança com qualquer das muitas imagens búdicas. Não há nem sombra daquela simplicidade refinada em você. Pode-se dizer que seu rosto tem, antes, traços marcantes e é sensual. Porém, quando analisado uma vez mais, agora internamente, concordo que seu rosto apresenta, conforme a classificação de Blanc, traços de um bodisatva. Extrovertido e conciliador, deve significar algo assim como uma parede de borracha de um metro de espessura. Embora seja maleável ao infinito, jamais se danifica. Diz-se que semblantes búdicos apresentam o chamado "sorriso de olhos semicerrados", tipo de fisionomia que especialistas na arte da espada associariam ao estilo "vencer sem lutar". Quando a vejo à distância, sua imagem apresenta um sorriso que de fato parece convidativo mas, conforme me aproximo, seu sorriso se transforma em algo nevoento que me obscurece a visão. Quero neste momento prestar minha sincera homenagem ao inventor do apelido bodisatva para você.

Soou irônico? Se você sentiu um espinho oculto em minhas palavras, a culpa é toda minha, você não tem nada a ver com isso. Existe gente capaz de sentir a amabilidade alheia apenas como um fardo.

Em seguida, vamos ao meu rosto... Não, não vamos... A esta altura, não vale a pena tecer conjeturas a respeito de um rosto que se perdeu. Gostaria, isto sim, de perguntar ao sr. Blanc, caso algum dia tenha essa oportunidade, o que devo pensar a respeito do lado interno de um rosto cujo formato foi produzido e modificado a ponto de já não se adequar a nenhum grupo classificatório, como o que ocorre por exemplo com indivíduos da comunidade Sakalava.

E então, conforme eu esperara, meus dedos realizaram um maravilhoso trabalho e obtiveram um sucesso que, embora parcial, eu nunca alcançaria apenas com trabalho mental. Depois de passar cerca de dez dias experimentando quatro modelos básicos, dois acabaram desqualificados, reduzindo a escolha a um dos dois restantes.

O primeiro a ser eliminado foi o do tipo 4, "rosto macio e abaulado que tem o nariz por centro". Esse modelo tem toda a área correspondente ao coeficiente de expressão mais denso coberta por uma camada adiposa, o que resulta num rosto com alto grau de equilíbrio, mas, uma vez concluído, esse tipo tem o inconveniente de ser pouco versátil, precisa ser usado do jeito como está. Por essa razão, precisa ter o resultado final criteriosamente calculado desde o início, o que deve dificultar a sua confecção na mesma medida... Decidi portanto desconsiderá-lo, embora com certo pesar.

PS DO PS *O* PS *que antecede este parece repleto de subentendidos por causa do relatório acima, que se seguiu a ele, mas juro que não tive segundas intenções. Para começo de conversa, quase três meses se passam entre este texto e o* PS...

Em seguida, considerei o primeiro modelo, "rosto com área central deprimida, esquelético: testa, bochechas e queixo com acentuadas protrusões carnudas". Em termos psicomorfológicos, é um tipo introvertido, contestador e desprovido de equilíbrio. Mesmo considerado pelo prisma mais favorável resultaria, na melhor das hipóteses, num agiota que nunca sofreu prejuízo. Por certo não tem nada a ver com uma máscara de sedutor de mulheres. Não me agradou, e resolvi eliminar também esse, embora por motivos puramente subjetivos.

E então, depois de assim peneirados, restaram estes dois:

– "Rosto de testa, bochechas e queixo com macias intumescências adiposas"... Em termos psicomorfológicos, tipo introvertido e conciliador, ou ainda, controlado e introspectivo.

– "Rosto pontiagudo, que tem o nariz por centro." Em termos psicomorfológicos, tipo extrovertido e confrontador, ou ainda, empreendedor e voluntarioso.

Tinha a impressão de já estar vendo uma luz no fim do túnel. Escolha por escolha, era muito mais fácil optar por um entre dois tipos do que por um entre quatro. Quatro não era só o dobro de dois, porque na verdade havia seis combinações possíveis. Em resumo, eu conseguira reduzir o trabalho a um sexto. Além de tudo, esses dois tipos tinham diferenças nítidas, eram quase opostos entre si, de modo que, em princípio, eu não corria o risco de me angustiar no momento de escolher por não saber distinguir entre si. Bastava que continuasse a modelar e a testar, pois em algum momento chegaria ao tipo de rosto desejado.

Concentrei-me então por algum tempo no estudo comparativo desses dois tipos. Entretanto, como dispunha apenas de um modelo que me servia de base para experiências, era um transtorno desmanchar e refazer do zero a cada novo teste. Lembrei-me então de comprar uma máquina fotográfica do tipo polaroide, aquela que possibilita revelação instantânea das chapas. Era útil porque permitia não só posicionar as fotos lado a lado para fazer comparações imediatas, como também registrar instante a instante o processo de fabricação e também arquivar tais registros.

Lembro que naqueles dias meu coração pressentira a crisálida em metamorfose e cantava sem cessar como uma cigarra, sem imaginar que, logo, outro empecilho haveria de surgir...

Certo dia, uma ventania proveniente do sul esfumaçou o céu e senti calor por causa do aquecedor que continuava ligado. Ao olhar para a folhinha, percebi que já estávamos em meados de fevereiro. Isso me desnorteou, pois eu planejara, se possível, terminar a máscara enquanto os dias ainda estivessem frios. Tinha a impressão de ter chegado a um resultado quase perfeito quanto à aparência e à mobilidade, mas não tivera tempo de cuidar da questão da porosidade. Com a chegada do calor e, em consequência, dos dias de transpiração abundante, surgiam inúmeros inconvenientes. Haveria dificuldade de fixação e eu previa que isso traria efeitos maléficos no aspecto fisiológico... Mas até chegar à primeira parte deste manuscrito, em que encontrei o esconderijo do Recanto S, ainda fui obrigado a dar muitas voltas inúteis, que me tomaram três meses.

Pergunto-me agora por que tive de dar tantas voltas. À primeira vista, o trabalho vinha progredindo de maneira bastante satisfatória. Havia treinado tantas vezes a composição dos dois tipos de rosto que já os memorizara e, só de ver um rosto pertencente a qualquer dos dois modelos, era capaz de decompô-lo de imediato em seus elementos essenciais e retificá-lo na imaginação. Pronto, já conseguira juntar todo o material e agora bastava escolher o que mais me agradava. Mas, por mais que a escolha tivesse se simplificado, restrito como estava a um entre dois, não era possível concretizá-la caso não houvesse um critério. E por mais que me pressionassem, vermelho ou branco?, eu não tinha como optar sem saber se a cor a escolher era de um bilhete qualquer ou de uma bandeira. Ali estava eu outra vez às voltas com a questão do critério! Existiriam então mistérios que não se resolvem apenas batendo pernas? Mas o sentido do critério veio mudando com o passar dos dias. E o que me deixava mais irritado era saber que eu já definira os objetos a serem escolhidos. Tanto o tipo conciliador como o tipo confrontador tinham cada qual seu valor. Nesse dilema, não havia espaço para introduzir um julgamento de valor. Quanto mais eu estudava os tipos, mais o grau de interesse e atração que sentia por ambos se tornava indistinguível. Encurralado e em desespero de causa, pensei muitas vezes em decidir a sorte nos dados. Mas se havia, mesmo que em parcela ínfima, sentido metafísico num rosto, eu não poderia decidir de maneira tão irresponsável. Só os resultados dos estudos que realizei até aquele momento já me levavam a reconhecer, ainda que a contragosto, que a fisionomia tinha alguma correlação com psicologia e personalidade.

Mas, no instante em que me lembrava do buraco em que se transformara meu rosto roído e devastado por sanguessugas, eu tentava com todas as minhas forças repelir a ideia de que todo rosto tem um significado, e começava a tremer com violência como um cão encharcado. Ao inferno com a psicologia e a personalidade! Essas coisas me teriam sido de algum modo úteis em todo o trabalho de pesquisas que desenvolvera no laboratório até então? Um mais um é dois, seja qual for a personalidade do indivíduo por trás do cálculo. Só mesmo em circunstâncias muito especiais um rosto serviria para avaliar um indivíduo, como seria o caso com atores, diplomatas, recepcionistas, secretários e estelionatários; fora isso, a personalidade teria tanta importância quanto o serrilhado da folha de uma árvore.

Nessa altura, tomo uma decisão drástica e lanço ao ar uma moeda de dez ienes. Só que a lancei tantas vezes que, tirando a média das caras e das coroas, lá estava eu uma vez mais com resultados equivalentes.

Contudo, não sei se feliz ou infelizmente, restava ainda um trabalho que podia ser realizado sem que a questão do formato do rosto precisasse ser resolvida de antemão. Eu precisava obter a camada externa da face, a que seria usada no acabamento. Devido à natureza do projeto, esse elemento só poderia ser fornecido por um completo estranho, alguém que eu não tivesse a mais remota possibilidade de rever. Por ser um trabalho psicologicamente desgastante, com certeza eu só me dedicaria a ele quando as circunstâncias se tornassem prementes. Nesse aspecto, vinha a calhar.

Eu sabia muito bem que, uma vez terminado o trabalho atual, era inevitável que o ultimato me fosse apresentado mas, seguindo a máxima "veneno se combate com veneno", os dois venenos se anularam entre si e obtive uma paz momentânea. Assim que entramos em março, aliás, logo no primeiro domingo, meti numa maleta todo o material necessário à moldagem e, decidido afinal a ir para a cidade, tomei o trem de manhã.

A linha para o subúrbio parecia bastante lotada, mas a que se dirigia para o centro estava relativamente vazia. Ainda assim, foi um bocado angustiante enfrentar a multidão depois de tantos meses. Embora achasse que me preparara para enfrentar a situação, imobilizei-me em pé ao lado da porta, incapaz de olhar para trás ou para dentro do vagão. Não só isso como também estava com a cabeça enterrada até as orelhas na gola erguida do meu casaco no interior de um vagão superaquecido e, embora considerasse a situação cômica, não conseguia mover um dedo sequer, era o próprio inseto que se faz de morto. Daquele jeito, onde haveria de encontrar coragem para dirigir a palavra a um estranho? E toda vez que o trem parava, tinha de me agarrar com firmeza à ferragem da porta a fim de combater minha própria covardia, que me compelia a descer do trem e voltar para casa.

Mas o que era que eu tanto temia? Embora ninguém tivesse me repreendido, encolhia-me como um criminoso, sentia-me culpado de um delito que não cometera. Se a fisionomia é mesmo algo tão imprescindível para a composição de uma personalidade, seria impossível reconhecer a personalidade de alguém com quem só se falou ao telefone? No escuro, todas as pessoas não teriam então outro recurso senão sentir medo, hostilidade e desconfiança umas em relação às outras? Que tolice! Ora, um rosto, no fim das contas, tem olhos, boca, nariz e orelhas, e tudo o que importa é que tais órgãos funcionem bem! Rosto não existe para ser exibido, existe para o proveito da própria pessoa. (Espere, não é isso que importa – começa a se justificar meu outro eu um tanto constrangido. Apenas me abstenho de exibir meu rosto inexpressivo aos outros a fim de não perturbá-los, só isso...) Mas será que era mesmo só isso? Meus óculos tinham lentes especiais mais escuras que as normais e acho que não precisava me preocupar se perturbaria ou não os outros pelo fato de os estar observando...

O trem fez uma curva e o lado em que eu me encontrava ficou voltado para o oeste, momento em que a imagem de uma família acompanhada de filhos, às minhas costas, se refletiu no vidro da porta. No meio dos jovens pais que conversavam animadamente apontando uma propaganda qualquer – depois, descobri que se tratava de um anúncio de banheira em prestações –, no interior do vagão, aquele menino de cerca de cinco anos usando um chapeuzinho de brim com fita azul-marinho fixava o olhar em mim com tamanha intensidade que parecia prestes a cair do assento. Admiração, apreensão, medo, descoberta, suspeita, hesitação, êxtase... com todos os elementos da curiosidade enfiados sob as pequenas pálpebras, ele parecia em estado de transe. E então pouco a pouco comecei a perder o sossego. A culpa era também dos pais, que deixavam o garoto à vontade. De repente, voltei-me e o encarei: assustado, o menino se agarrou à manga da mãe, que, só então, o admoestou com uma cotovelada.

E se eu me mantivesse em pé diante daquela pequena família e, ignorando sua perturbação, retirasse os óculos, removesse a máscara cirúrgica, desatasse as bandagens e lhes mostrasse meu rosto – que aconteceria? A perturbação se transformaria em expressão de pavor, que por sua vez se alteraria para outra de súplica. Ainda assim eu não me importaria e continuaria retirando as bandagens. Para realçar o efeito, arrancaria tudo de chofre na fase final. Levaria o dedo para a borda superior das bandagens e as arrastaria para baixo num único movimento. Mas o rosto que então surgiria seria bem diferente do meu rosto de até então. Não só do meu próprio rosto, como diferente até de um rosto humano. Acobreado, dourado, ou de um branco translúcido de cera – essas talvez fossem as cores que combinariam. Mas a pequena família não seria capaz de confirmar tudo isso. Sem tempo sequer de formular uma opinião acerca da imagem que lhes aflorava a retina – divindade ou diabo? –, os três juntos se metamorfoseariam em pedra, chumbo ou algo semelhante a um inseto, levando também de roldão os demais passageiros que espiaram...

De repente, um burburinho percorreu o interior do vagão e voltei a mim. Havia chegado à estação pretendida. Desci à plataforma empurrado pela multidão e senti um cansaço paralisante. Havia um banco na beira da plataforma. Quando me sentei, ninguém mais quis ocupar o lugar a meu lado, talvez por cautela, e o banco ficou sendo todo meu. Enquanto contemplava vagamente a multidão de passageiros que se agitava na plataforma, fui tomado de tamanha sensação de arrependimento que tive até vontade de chorar.

Pelo visto, avaliara a situação com excessiva complacência. Haveria no meio daquela multidão fria e egocêntrica algum ingênuo disposto a me vender o rosto? Achei que não. Supondo que escolhesse um indivíduo qualquer e lhe dirigisse a palavra, tinha certeza de que todos naquela plataforma se voltariam ao mesmo tempo e fixariam em mim duros olhares recriminatórios. Relógio que enfeita a plataforma de embarque... Tempo, o denominador comum a todas as pessoas... Mas o que seria essa despreocupação típica das pessoas que têm rosto...? O fato de o possuírem seria de alguma forma capaz de se transformar em tão importante qualidade...? Ser visto seria o preço a pagar pelo direito de ver...? Nada disso, mal maior que tudo o mais era o fato de minha sina ser demasiado peculiar, só minha. À diferença de desgraças como fome, desilusão amorosa, doença, falência, calamidades naturais e um crime exposto aos olhos de todos, meu sofrimento não contém elementos partilháveis com os demais. Minha infelicidade se restringe a mim mesmo, nunca poderia se transformar em assunto de conversa com terceiros. Eis por que qualquer um consegue me ignorar sem sentir culpa de espécie alguma. E a mim não é permitido nem sequer protestar contra essa negligência.

Pergunto-me agora se naquele instante eu não estava me transformando num monstro. Garras afiadas à mostra e espalhando em torno a frigidez de uma serra elétrica, aquilo que começava a escalar minha espinha dorsal talvez fosse o espírito de um monstro. Tenho certeza de que era. Naquele instante, começava a transformar-me num monstro. Carlyle, ouvi dizer, afirma que o hábito faz o monge e a farda faz o soldado; da mesma maneira, o rosto de um monstro talvez faça o monstro. O rosto de um monstro convida à solidão, e essa solidão produz o espírito do monstro. Se alguma coisa tivesse levado aquela solidão congelante a esfriar mais um pouquinho que fosse, todos os laços que me prendiam ao mundo teriam desmoronado com estrépito e eu teria me transformado num monstro, mandando às favas as aparências. E caso isso tivesse ocorrido, que espécie de monstro teria sido, e que monstruosidades teria praticado? Só mesmo me transformando para saber com certeza, mas, só de imaginar, o pavor foi tamanho que me deu vontade de uivar.

NOTA *O romance sobre Frankenstein é divertido. Em geral, quando um monstro quebra um prato, a culpa tende a ser do instinto destruidor do próprio monstro, mas esse autor explica o contrário: a culpa é do prato, que tinha uma natureza frágil. Ou seja, o monstro só queria mitigar a própria solidão e a fragilidade da vítima é que o compeliu a se transformar num malfeitor. Se assim é, enquanto no mundo houver seres quebráveis, despedaçáveis, queimáveis, sangráveis, sufocáveis... enquanto existirem tais tipos de seres violáveis, só restaria ao monstro continuar a violentar todos eles interminavelmente. Em princípio, não há nenhuma invenção na conduta do monstro. Ele, e só ele, é o verdadeiro objeto de invenção das vítimas...*

Aliás, embora não tivesse soltado som algum, creio que já começara a uivar. Socorro...! Parem de me olhar desse jeito...! Não veem que se continuam a me fitar dessa maneira me transformo de fato em monstro...? E então, não consegui mais me conter e, como uma fera que foge rumo à toca, abri caminho pela floresta humana e corri desesperado para dentro de um cinema próximo – único refúgio para um monstro e único ponto de venda de escuridão.

Não me lembro direito que filme exibiam. Escolhi um assento no canto do andar superior e aconcheguei com firmeza em torno de mim a morna escuridão artificial como se fosse um cachecol. À semelhança de uma toupeira que encontrou um buraco na terra, aos poucos comecei a recuperar a tranquilidade. O cinema parecia um túnel longo que se estendia sem fim. Nessa altura, imagino que as poltronas eram veículos que corriam a toda a velocidade. Rasgando a escuridão, continuei avançando. Àquela velocidade, nenhum mundo seria capaz de correr atrás de mim. Vou deixá-los todos para trás. Chegarei antes de qualquer um ao mundo da eterna noite. E me nomearei o rei de um país onde só existem o brilho das estrelas, fosforescências-do-mar e gotas de sereno... Saboreava essas imagens que mais pareciam rabiscos infantis, devorava-as às escondidas, e disso obtinha prazer. Por minúsculo que seja um canto escuro, nunca se deve menosprezá-lo. Pois, em termos de escala cósmica, é justo a escuridão que ocupa a maior parte do mundo real...

De repente, uma poltrona na fileira diante da minha começou a balançar de maneira estranha. Da escuridão em diagonal à frente, uma risada feminina nasalada e mal contida me chegou aos ouvidos. Shh!, interveio uma voz masculina, e o movimento parou. Podia ser que ninguém mais tivesse percebido porque havia pouca gente no cinema e, naquele momento, a música em altura máxima estremecia o interior da sala. Embora o problema não fosse meu, respirei aliviado. Não obstante, perscrutei a escuridão em busca da origem do movimento, sentindo-me incapaz de desviar o olhar daquela direção. A tela clareou e a silhueta dos dois se destacou com nitidez. A mulher tinha cabelos de corte pajem, pueril, e tombava para trás o pescoço fino que emergia da gola do casaco de *mohair* branco, e a cabeça do homem, voltada de leve para baixo, se sobrepunha ao corpo da mulher na altura do seu ombro. Do peito para baixo um casaco preto masculino envolvia os dois por completo. E de que jeito estariam entrelaçados sob esse casaco?

O que mais chamava a atenção era a área em torno da nuca alva da mulher. A área clara parecia ora imergir aos poucos na gola também branca do casaco, ora dela emergir, no movimento inverso. Podia ser que ela estivesse de fato balançando para cima e para baixo ou, ao contrário, que minha visão oscilasse, incapaz de centralizar seu foco. Mas o contorno do homem parecia ainda mais indefinido. Aquela cabeça posicionada como se espiasse algo à frente da mulher... O braço esquerdo rente a ela podia estar mergulhado tanto sob a axila como sob as nádegas da companheira... O braço direito estava recolhido para dentro do casaco, livre para qualquer atividade. Firmei meu olhar no ombro direito do homem com tamanha intensidade que meus olhos quase lacrimejaram. Mas aquilo era o mesmo que desenho preto em quadro-negro. Se o ombro parecia oscilar, era porque eu assim desejara, e se parecia mover-se ritmicamente era porque eu assim desejara também. No fim das contas, era como se eu estivesse excitado com minha própria excitação.

De súbito, a mulher se pôs a gargalhar. Encolhi-me como se tivesse levado um tapa no rosto, com a confusa impressão de ser responsável pela risada repentina. Mas na verdade, a risada não partira da mulher e sim do alto-falante atrás da tela. Uma tórrida cena carnal também se apresentava nela como se tivesse havido prévia combinação.

Uma alva garganta feminina ocupava a tela inteira, em close. O pescoço se agitava com violência ora para a direita, ora para a esquerda como se estivesse sendo submetido a sofrimento, mas aos poucos começou a se deslocar na tela e, então, surgiu uma boca vermelha como salsicha recém-cozida que se retorceu numa risada que ultrapassou o convencional. Em seguida, buracos de narinas semelhantes a argolas cortadas de uma mangueira de borracha... Depois, pálpebras cerradas com tanta força que pareciam integradas ao bloco de rugas... E então, a risada foi se alterando para uma respiração ofegante como o ruflar das asas de um pássaro aturdido...

Comecei a me irritar. Que necessidade tinha um rosto de se intrometer até naquele espaço? Um filme devia ser primordialmente algo para ser visto no escuro. Uma vez que quem vê não tem rosto, penso que os que estão sendo vistos também não precisariam de rosto...

Na realidade, porém, embora atores até se disponham a despir a roupa, não há um único disposto a despir o rosto. Não só isso, como também parecem julgar que atuar é descrever um círculo em torno do rosto. Convidam o incauto espectador para o meio da escuridão e, depois, cometem esse quase estelionato...? Ou querem dizer que espiar é vergonhoso, mas fingir que se espia pode ser correto? Por favor, vamos parar com essas atitudes afetadas e com hipocrisias! (Você acha cômico um aleijado que perdeu o rosto fazer esse tipo de declaração? Mas dizem que quem melhor entende o sentido da luz não é nem o eletricista, nem o pintor, e muito menos o fotógrafo; quem melhor entende o sentido da luz é o cego que perdeu a visão depois de adulto. Assim como na plenitude existe a sabedoria da plenitude, deve também haver na privação a sabedoria da privação.)

Como quem busca socorro, voltei o olhar para os dois à minha frente. Dessa vez, ambos estavam em silêncio total, não moviam um dedo sequer. Que teria acontecido? Nesse caso, aquela efervescência carnal teria sido apenas produto de minha imaginação? Por entre os vãos das ataduras, o suor pegajoso começa a rastejar como um inseto. Pelo jeito, não era apenas uma questão de calor excessivo proveniente da calefação. Algo ardido como mostarda picava os poros de meu corpo inteiro. (Enganosa talvez não fosse a escuridão, e sim minha face!) Se naquele instante as luzes da plateia se acendessem... na certa eu seria visto como um intruso e transformado em alvo dos olhares críticos e do riso escarninho de todos os espectadores...

Resignei-me e resolvi sair com a coragem que consegui juntar. Porém não posso afirmar que esse breve momento de refúgio tenha sido de todo inútil. Senti-me um pouco mais combativo que antes pois recuperara o contato com o mundo na mesma medida.

O meio-dia já se aproximava. O fluxo de pessoas na rua da estação era quase incessante, como seria de esperar num domingo naquela área comercial próspera. Juntei-me ao fluxo e, sentindo olhares alheios voejando sobre mim como moscas, andei à toa por cerca de uma hora. Reconheci no ato de caminhar certo efeito útil sobre a mente. Por exemplo, numa marcha unida do exército, soldados são despejados em moldes militares – como formações de duas ou de quatro fileiras – e acabam transformados em mero par de pernas para manter esses moldes. Paralela à sensação de desolada devastação resultante da perda de rosto e alma, penso haver certa paz despreocupada na infinita repetição daqueles passos. De fato, não era raro soldados vivenciarem ereções durante as longas marchas militares.

Mas de nada me adiantava continuar espantando moscas para sempre. Em vez disso, eu é que devia me transformar em olhos de varejeira e esvoaçar com avidez no meio da multidão. E descobrir nela alguém disposto a me vender o rosto. Gênero, masculino... Pele comum, sem peculiaridades... Nenhuma restrição quanto ao formato ou às dimensões do nariz, pois este poderá ser expandido ou encolhido a meu gosto... Faixa etária entre trinta e quarenta anos... ou melhor, creio que em torno dos trinta, uma vez que um homem na faixa dos quarenta disposto a atender a meu pedido em troca de dinheiro é capaz de ter a pele danificada a ponto de perder a utilidade...

Esforcei-me para recuperar o ânimo, mas o empenho bruxuleava como lâmpada prestes a queimar e senti dificuldade em preservar a animação. Além do mais, os transeuntes, que sem dúvida eram estranhos uns aos outros, pareciam até compostos orgânicos em forma de corrente inquebrantável e eu não via brecha alguma por onde me introduzir. Seria possível que a mera razão de terem rostos oficialmente sancionados lhes permitia formar laços tão fortes? Além disso, parece até que tinham um código secreto que lhes permitia combinar as roupas. Esse código denominado moda, hoje produzido em massa... E que raios seria isso: negação de uniforme ou uma nova espécie de uniforme? Visto sob o aspecto da alteração incessante, deve significar negação de uniforme mas, se levarmos em conta que essa negação é feita em grupo, acho que é uniformização, sem dúvida alguma. E vai ver que esse é o *espírito atual*. E por causa desse espírito, sou servo da heresia. Embora uma ponta dessa moda feita de fibra sintética com certeza esteja amparada em minhas pesquisas, essas pessoas nem mesmo se dignam a receber-me em seu meio, talvez por considerarem que um indivíduo sem rosto não teria espírito também. Naquele momento, só o que eu conseguia fazer era andar, apenas isso.

Se eu ousar inadvertidamente dirigir a palavra a alguém naquela multidão, a relação entre mim e o meu entorno desaparecerá de imediato com a mesma facilidade com que se arranca o papel de uma divisória *shoji* molhada. Serei arrastado para o centro dessa multidão e questionado, sem nenhuma consideração, a respeito da estranheza deste meu rosto coberto. Percorri de ponta a ponta a avenida da estação mais de seis vezes, e durante todo o tempo ouvi o alarme tocando sem parar. Não, não é exagero. Pois, atulhada como estava a rua, havia sempre, apenas à minha frente, um bolsão vazio semelhante a uma área de quarentena e meus ombros nunca chegaram a sequer tocar os dos indivíduos que compunham a multidão.

A certa altura, cheguei a imaginar que estava numa prisão. No interior de uma cela, tanto as paredes como as barras de ferro das janelas, pesadas e opressivas, com certeza se transformam em límpidos espelhos a refletir o preso com nitidez. O suplício de um confinamento consiste em não poder, nem mesmo por um instante, escapar de si mesmo. Preso com firmeza no interior de um saco – eu próprio –, eu também me debatia sem parar. A ansiedade se transformou em cólera, a cólera em fúria negra, e então, repentinamente, ocorreu-me a ideia de ir para uma praça de alimentação no interior de uma loja de departamentos. A hora do almoço estava chegando, de modo que talvez eu estivesse começando a sentir fome, mas havia também algo bem mais desafiador nessa inspiração. O instinto do homem encurralado me levara a detectar com precisão o ponto fraco na costura do saco que me aprisionava.

O ser humano talvez se sinta mais solitário, isolado e indefeso, com toda a sua fraqueza exposta e maximamente vulnerável, nos momentos em que dorme, evacua ou se absorve na própria alimentação. E as praças de alimentação das lojas de departamento se destacam sobremaneira por seus menus de solidão.

A área logo à saída do elevador parecia destinada a algum evento. No momento em que dei os primeiros passos, um grande anúncio "Exposição de máscaras do teatro Nō" me atingiu o olhar de chofre. Sobressaltado, imobilizei-me por instantes e comecei a recuar às pressas, mas pensei melhor: aquilo era pura coincidência, claro; se voltasse atrás, aí sim, estaria dando a mão à palmatória, disse para mim mesmo, ignorando a passagem lateral que conduzia diretamente à praça de alimentação e avançando salão adentro.

Talvez eu tenha agido dessa maneira levado pelo entusiasmo de ter engendrado a luminosa ideia de procurar a praça de alimentação. Ou talvez estivesse fazendo um teste preliminar. Seja como for, a composição "homem mascarado em exposição de máscaras" era bastante incomum. Creio que a minha determinação era a mesma do animal selvagem que se prepara para saltar por um arco em chamas.

Acontece, porém, que o número de visitantes era muito pequeno, o que me deixou perdido, sem saber o que fazer com toda a minha determinação. E então, sentindo-me dócil como um carneiro, resolvi dar uma volta no recinto. Isso não quer dizer que alimentasse algum tipo de esperança. Pois, embora ambas se denominassem máscaras, havia enorme diferença entre a natureza das máscaras do teatro Nō e a daquela que buscava para meu uso. A que buscava se destinava a remover a deformidade provocada pelas sanguessugas e a recuperar o caminho do relacionamento com os outros, enquanto as do teatro Nō davam a impressão de negar todos os vínculos com a vida de maneira quase desesperada. Prova cabal disso era, por exemplo, o ar com forte cheiro de bolor e decadência que pairava em todo o recinto da mostra.

Que em máscaras do teatro Nō exista certo tipo de beleza refinada até eu era capaz de compreender, claro. A beleza de um objeto reside, talvez, na força com que esse objeto resiste à destruição. E a dificuldade de reprodução seria a régua para medir essa beleza. Portanto, caso não houvesse possibilidade de produção em massa, não tenho dúvida de que um fino laminado de vidro seria considerado a peça mais bela do mundo. Ainda assim, resta a esclarecer o que existe por trás da busca de um refinamento tão destituído de largueza mental. A demanda por máscaras, em termos bem prosaicos, deve ter surgido com o desejo dos que, insatisfeitos com as meras expressões fisionômicas de um ator vivo, buscaram algo além disso. E se esse foi o caso, por que teria surgido a necessidade de sufocar a expressão?

Dei-me conta então de que havia parado diante de uma máscara feminina. Estava exposta com arranjos especialmente elaborados sobre uma repartição que unia duas paredes recuadas. Montada sobre uma estrutura de madeira branca em forma de balaústre e tendo um tecido preto como pano de fundo, essa máscara erguera o rosto de repente como que em resposta ao meu olhar. E com um sorriso que, inundando o rosto, parecia prestes a dele transbordar, como se estivesse ali à minha espera...

Ilusão de óptica, claro. O que se movia não era a máscara, mas a luz que a iluminava. Por trás da estrutura de madeira haviam sido embutidas diversas lâmpadas pequenas, e o acender e apagar delas em movimento coordenado produzira um efeito especial. Um pequeno truque muito bem executado. Porém, mesmo depois de perceber a existência do ardil, o espanto continuava a ecoar em mim. Aquela máscara transpôs, sem encontrar nenhuma resistência, minha ingênua noção preconcebida de que máscaras do teatro Nō são desprovidas de expressão...

Tudo indicava que não era apenas uma questão de plano bem executado. Acredito que a peça também tinha sido mais bem elaborada que as demais.

Entretanto, eu não conseguia compreender no que consistia a diferença e me impacientava. Mas no momento em que, depois de dar mais uma volta pelo recinto, aproximei-me outra vez daquela máscara feminina, o foco repentinamente se ajustou à perfeição e solucionou o mistério para mim. O que havia ali não era um rosto. Tinha a aparência de um rosto mas, na verdade, era apenas um simples crânio a que haviam colado uma pele fina. Embora houvesse outras máscaras – por exemplo, de idosos, que lembravam claramente crânios –, aquela feminina que à primeira vista parecia tão rechonchuda, quando observada com maior cuidado, era, mais que qualquer outra, apenas um crânio. A junção dos ossos da área das sobrancelhas, da testa, das bochechas e do queixo, precisa como num desenho anatômico, fora executada em relevo e, conforme a luz se movimentava, a sombra dos ossos emergia em forma de expressão. Nódoas de cola que faziam lembrar a textura de porcelanas antigas... Uma rede de fissuras que cobria essa superfície... Brancura e tepidez da madeira flutuante lançada à praia e exposta à intempérie... A origem da máscara do teatro Nō não teria sido um crânio?

Mas nem toda máscara feminina se parecia com aquela. Com o decorrer dos anos, a máscara feminina se transformaria naquele rosto inexpressivo e de textura lisa como de ovo. Talvez porque, interpretando erroneamente a intenção dos antigos artesãos, os autores mais recentes entenderam a máscara como moldagem e acabaram perdendo o elemento principal, isto é, a ossatura, e terminaram enfatizando a inexpressividade.

E então, de repente, me vi encarando uma hipótese apavorante. Por que os autores das máscaras do teatro Nō primitivo tiveram de chegar ao crânio, na tentativa de vencer o limite imposto pela fisionomia? Provavelmente, não foi por uma simples questão de restrição imposta pela fisionomia. Tanto as máscaras do teatro Nō como as demais visavam fugir à mesmice da fisionomia cotidiana. Forçando a busca de diferenças, poder-se-ia quando muito dizer que máscaras comuns empreenderam uma fuga positiva, enquanto as do Nō empreenderam uma fuga negativa. Um receptáculo vazio, que aceitaria a inserção de qualquer expressão mas que, por enquanto, nada continha ... Um reflexo dentro do espelho, capaz de se metamorfosear em qualquer coisa de acordo com quem nele se mire...

No entanto, por mais que a questão fosse depurar a fisionomia, eu não poderia a essa altura fazer o meu rosto, espessado por ninhos de sanguessugas, regredir à aparência de um crânio. Pergunto-me então se não existiria nesse ousado procedimento de transformar o rosto num recipiente vazio, tentado pelos antigos autores de máscaras Nō, algo assim como um princípio básico pertinente a todos os rostos, todas as expressões fisionômicas e todas as máscaras. Rosto não produzido por mim, mas por um outro... Fisionomia não escolhida por mim, mas por um outro... Pois é, talvez tenha de ser assim. Se até monstros são seres criados, seres humanos também podem sê-lo... E ao que tudo indica, o seu criador, ao menos no tocante à carta chamada fisionomia, não é o remetente, e sim o destinatário.

Talvez esse tenha sido o motivo pelo qual eu me vira perdido, incapaz de decidir que tipo de rosto queria... Se a carta não tem destinatário, por mais que se cole um selo nela, sempre será remetida de volta. Nesse caso, existe uma boa solução: que tal mostrar para alguém o álbum de tipos faciais que eu organizara como referência e pedir-lhe que escolha um entre eles? Alguém? Como assim? Você, claro... Quem mais haveria de ser o destinatário de uma carta minha?

A princípio, supus modestamente que minha descoberta era pouco importante mas, aos poucos, o comprimento das ondas de luz em torno começou a mudar e, em sintonia, uma cor rubra semelhante a um sorriso se espalhou por meu íntimo. No afã de impedir que um sopro a apagasse, protegi-a com as duas mãos e deixei o recinto, sentindo-me impetuoso como alguém que rola ladeira abaixo.

Claro que, se exequível, aquilo não era de maneira alguma uma descoberta de pouca importância. Porém, tudo indicava que haveria muitos problemas relacionados com procedimentos... Com certeza haveria... Seja como for, podia ser que agora tudo se resolvesse. E então, sem nenhuma hesitação, avancei praça de alimentação adentro. Sim, avancei com passo destemido na direção do ambiente que, em contraste com o recinto da exposição de máscaras, fervilhava com a animação própria de um refeitório cujo cardápio de apenas duas páginas engloba todas as formas possíveis de apetite. Aquilo não era coragem. Pelo contrário: até me sentia um tanto acovardado pelo fato de ter visualizado um raio de esperança à frente. Ansioso por solucionar a relação da carta com seu destinatário, acredito que me sentia como uma criança que tapa os ouvidos e cruza às carreiras uma área escura.

E então, eis que diante de mim estava aquele homem barrando o espaço à frente. Com perceptível indecisão, ele não cansava de examinar as prateleiras que expunham exemplares artificiais dos pratos constantes do cardápio, e o seu aspecto triste e friorento se adequava à perfeição ao perfil do indivíduo que eu procurava. A faixa etária também correspondia e, quando me certifiquei de que não havia escaras em seu rosto, resolvi de imediato que aquele era o homem.

Quando enfim ele tomou uma decisão e, dirigindo-se ao caixa, comprou o cupom correspondente a um lámen, fui atrás e comprei o meu, de café e sanduíche. Em seguida, com a maior cara de pau – aliás, cara era algo que eu não tinha –, sentei-me em silêncio à sua mesa, frente a frente com ele. Como havia outras mesas vagas ao redor, o homem deixou claro seu desagrado, mas nada disse. A garçonete trouxe as refeições, rasgou os cupons e se foi, depois de depositar dois copos de água à nossa frente. Retirei a máscara cirúrgica, introduzi um cigarro na boca e, depois de me certificar de que traços de nervosismo surgiam no rosto do outro, comecei a falar com desenvoltura:

– Sinto muito, parece que o estou perturbando...

– Nem tanto.

– Mas, veja: aquela criança não consegue despregar os olhos do meu rosto, e até se esqueceu do sorvete que tomava com tanto gosto até há pouco. Talvez ela esteja pensando que você é meu amigo.

– E então, por que raio você não se manda daqui?

– Até posso. Mas antes disso, deixe-me fazer uma pergunta sem rodeios... Você quer ganhar dez mil ienes? Se não quiser, vou para outra mesa imediatamente...

Sua fisionomia demonstrou uma sensibilidade tão

aguda que chegou a me causar pena, mas tratei de recolher a rede com presteza:

– Não vou lhe pedir nada complicado. Não envolve nenhum perigo, quase não lhe tomará tempo e ainda lhe renderá dez mil ienes. Que acha? Vai ouvir o resto ou prefere que eu me mude para outra mesa?

O homem correu a língua pelos dentes amarelados enquanto um tique nervoso fazia estremecer a área sob suas pálpebras. De acordo com a classificação do método Blanc, seu rosto tem a área central deprimida e é levemente carnudo. Em outras palavras, é do tipo introvertido e contestador, e esse eu já havia eliminado. O formato, porém, não representava problema, pois o que me interessava era a qualidade da pele. No trato com aquele tipo de indivíduo talvez fosse necessária uma atitude impositiva e ao mesmo tempo cuidadosa, para não ferir suscetibilidades.

PS *Recuso terminantemente que usem meu rosto como base para avaliação do que quer que seja, mas faço isso sem reservas quando se trata dos outros. Estou sendo arbitrário, não nego, mas, visto pelo meu ângulo, considero um luxo ser tratado dessa maneira. Quanto menos temos, maior é a tendência de nos transformarmos em críticos maldosos...*

– Até posso, mas... – disse ele e, para não ter de olhar diretamente para o meu rosto, torceu a metade superior do corpo para repousar um dos cotovelos no encosto da cadeira e contemplar com ar distraído a área do arredor que levava ao terraço onde, naquele momento, distribuíam balões de gás como brinde para crianças. – Acho que tudo depende de conversarmos...

– Sua resposta me tranquiliza. Eu até poderia mudar de mesa, mas essas garçonetes são tão mal-humoradas... Em primeiro lugar, quero que me prometa uma coisa. Da mesma maneira que não vou fazer nenhuma pergunta a respeito de sua profissão, quero que você também não faça.

– Claro, mesmo porque não trabalho com nada digno de menção e, além do mais, se não sei, tampouco terei o trabalho de me justificar com alguém mais tarde.

– E depois que tudo terminar, vamos fazer de conta que nada vimos, vamos esquecer tudo.

– Está bem. De todo modo, está me parecendo que sua proposta não é exatamente do tipo que nos dá vontade de relembrar...

– Quanto a isso, não sei. Tanto assim que, mesmo agora, você não está conseguindo me encarar. Isso é prova de que está bastante curioso. Você morre de vontade de saber o que existe debaixo das minhas bandagens.

– Deus me livre!

– Está com medo, então?

– Ora, com medo não estou.

– Nesse caso, por que evita olhar para mim?

– Porque... ei, por que é que tenho de responder a esse tipo de interrogatório? Ou isso já é parte desse negócio de dez mil ienes?

– Se não quer, não precisa responder. De mais a mais, sei a resposta mesmo sem tê-la ouvido. Apenas pretendia aliviar um pouco o peso da sua carga, só isso...

– E então, o que é que tenho de fazer?

Irritado, o homem tirou uma caixa de cigarros amassada do bolso do paletó e projetou o lábio inferior para fora em atitude beligerante. Mas logo um tique nervoso fez tremelicar, como ventre de inseto, uma área de sua bochecha fina onde se salientava o músculo orbicular da boca. Expressão típica de vítima encurralada. Mas seria possível que isso estivesse acontecendo? Sabia por experiência própria que, em se tratando de crianças, era possível estimular-lhes a já instável imaginação e levá-las a um estado de pânico, mas meu interlocutor era adulto em todos os sentidos. Sempre imaginei que o que fazia os outros desviarem o olhar de mim era o desagrado típico dos seres superiores. E pensar que, por causa dessa minha convicção, eu viera tentando pescar, com a isca dos meus dez mil ienes, apenas sujeitos supostamente do meu nível...

– Vamos então direto ao assunto – disse eu de maneira cuidadosa, com proposital descortesia, sondando o terreno. – Quero saber se você não cederia seu rosto para mim...

Em vez de responder, o homem riscou um fósforo energicamente, com forçada expressão compenetrada na fisionomia. O fósforo riscado se partiu e a metade acesa do palito voou para cima da mesa. Afobado, apagou-a às pressas com um sopro e derrubou-a no chão com um piparote, e em seguida acendeu um novo fósforo e soltou um bufido impaciente. Tal como eu previra. Tinham se passado apenas alguns segundos, mas durante esse breve instante o homem concentrara toda a sua atenção na expressão "ceder o rosto" e tentava desesperadamente deslindar seu sentido.

De fato, muitas eram as interpretações possíveis. Para começar, explicações bem mundanas do tipo crime encomendado – assassinato, chantagem e estelionato – até as mais fantásticas, como comércio de rosto... Não estou fazendo conjeturas mirabolantes, não. Se restava ainda àquele homem capacidade de raciocinar friamente, era impossível que não lhe tivesse vindo à mente de imediato a prosaica condição "dez mil ienes". Não havia muita coisa valiosa que se pudesse comprar com dez mil ienes. Em vez de se perder em conjeturas, não seria muito mais prático perguntar outra vez o sentido da proposta? Àquela altura, eu já não duvidava que, pressionado por minhas bandagens, o homem estava numa situação muito desconfortável, sentindo-se num sonho em que tentavam persuadi-lo a fazer alguma coisa à força de argumentos. Pelo visto, o instinto que me levara ao refeitório acertara o alvo em cheio... Sobretudo, o que mais me agradara fora o fato de ele não estar se importando muito com o que havia debaixo de minhas ataduras e sim com as ataduras propriamente ditas, que deviam parecer-lhe uma cerca de arame farpado a impedi-lo de alcançar o forte.

E no momento em que me dei conta disso, ocorreu em mim uma espantosa mudança, semelhante àquela que se segue a uma rápida sacudida de lenço de um eficiente ilusionista. Assim como o morcego que salta de súbito do interior de um vão invisível, eu havia renascido e, agora, transformado num impiedoso assassino, mirava o pescoço do homem com minhas presas afiadas.

– Bem, eu disse rosto mas, na verdade, o que eu quero é somente a pele. Tenciono usá-la no lugar destas bandagens, entende...?

Parecendo totalmente esquecido da proposta inicial, o homem movia apenas os lábios nas baforadas incessantes do cigarro enquanto sua fisionomia se enevoava cada vez mais. Pensando em evitar atritos, eu me dispusera de início a revelar parte da verdade só para esse homem, mas tudo indicava que a preocupação já se tornara desnecessária. Por baixo das bandagens, um sorriso involuntário e furtivo surgira em meu rosto. Vez ou outra, é saudável dar vazão a sentimentos reprimidos.

– Não, não se preocupe. Não estou lhe pedindo que arranque a pele. Quero apenas a superfície de sua pele. Rugas, poros, glândulas sudoríparas... Peço apenas permissão para fazer um molde da superfície de seu rosto.

– Ah, um molde...

Com um suspiro de alívio e o pomo de adão deslocando-se para cima e para baixo no pescoço, o homem relaxou a tensão dos ombros e moveu a cabeça diversas vezes em acenos miúdos, muito embora não parecesse muito convencido. Nem era preciso perguntar o que o incomodava. Ele queria saber que raios eu pretendia aprontar com um rosto idêntico ao dele. Sabia disso mas não tentei esclarecer suas dúvidas de imediato: durante todo o tempo que levei para liquidar a refeição que me foi servida, maldosamente salpiquei apenas pequenos bocados de informação em minha conversa com ele e deixei-o de propósito imerso em dúvidas. Não que tivesse algo pessoal contra ele. Acredito que tentava apenas me vingar da maldita instituição chamada rosto.

De fato, não fosse pelo ninho de sanguessugas, creio até que teria certa pena de me desfazer das bandagens. Por exemplo, penso que no uso dessas bandagens – efeito de ocultar o rosto – está muito bem sintetizado o verdadeiro sentido do rosto. Disfarces que ocultam o rosto não passam de brincadeira de mau gosto que contraria o que foi convencionado para o rosto, uma espécie de magia que, ao obliterar a face, oculta também o espírito. Torna-se assim facilmente compreensível a razão pela qual eles eram imprescindíveis a tipos como carrascos da Antiguidade, monges mendicantes da seita Fuke, juízes da Inquisição, feiticeiros de civilizações primitivas, sacerdotes de sociedades secretas e até ladrões e assaltantes dos tempos modernos. Quem usa esses disfarces deve ter não só o intuito escuso de ocultar as feições como também o intuito mais agressivo de, ao ocultá-las, interromper a relação do rosto com o espírito e, dessa maneira, libertar-se da mentalidade mundana. Um exemplo mais corriqueiro disso é o dândi, que insiste em usar óculos escuros mesmo quando não há sol a ofuscá-lo. Livre das rédeas espirituais, as pessoas são capazes de sentir uma liberdade sem peias e, em consequência, também uma crueldade irrefreável.

Pensando bem, contudo, não acredito que esta seja a primeira vez que abordo o assunto "efeito ocultação de rosto das bandagens". Realmente... se não me engano, a primeira foi na época que antecedeu o já mencionado episódio da coletânea de gravuras de Klee... Àaquela altura, eu vivia orgulhoso de mim mesmo, me considerava o Homem Invisível, achando que só eu via mas não era visto por ninguém... Depois, foi a vez que visitei o sr. K, dos órgãos artificiais. K enfatizou o caráter tóxico das máscaras e me fez o favor de alertar que eu corria o risco de, no final, me tornar um viciado, alguém dependente de bandagens. Então, esta já seria a terceira vez. Isso quer dizer que levei mais de meio ano apenas dando voltas no mesmo lugar? Não, creio que houve alguma diferença. Pois na primeira vez estava apenas me gabando; na segunda, a advertência viera de um estranho; de modo que esta é na verdade a primeira vez que provo o secreto prazer de agente secreto mascarado. Pelo jeito, meus pensamentos se movem em espiral. Mas não posso negar certa incerteza quanto à direção desse movimento: não sei bem se ele é ascendente ou, ao contrário, descendente...

Mantendo portanto por algum tempo a pose de vilão, convidei o homem a sair comigo do restaurante, levei-o a um quarto de hotel nas proximidades e, ali, duas horas depois, já obtivera o molde da pele de sua face seguindo o mesmo processo que empreguei para modelar o ninho de sanguessugas mas... terminado o trabalho, quando enfim vi o homem meter no bolso as notas correspondentes aos dez mil ienes prometidos e sair, furtivo como um ladrão, senti uma insuportável desolação, como se toda a força de meu corpo se esvaísse. Afinal, se "rosto descoberto" é uma convenção sem conteúdo, talvez a máscara também o seja.

PS *Não, esse raciocínio não está correto. Devo ter me sentido assim por imaginar que a alteração psicológica que ocorreria no momento em que terminasse a minha máscara seria semelhante à que sinto ao ocultar o rosto com bandagens. Caso isso aconteça, estarei me desviando do objetivo pretendido, de restauração da via de comunicação com os outros, e talvez me sinta inseguro. Mas nesse tipo de analogia havia desde o princípio uma manifestação forçada. Tratar a máscara como instrumento de ocultação do rosto é o mesmo que tentar convencer-me de que branco é preto. Se máscara é expansão da via de comunicação, disfarces destinados a ocultar o rosto seriam a interrupção da via, e os dois estariam em oposição. Ou então eu, que aqui me encontro com uma máscara na mão estendida, desesperado para escapar destas bandagens que me ocultam o rosto, não passaria de um ridículo palhaço.*

Aproveitando o ensejo, escrevo aqui o que me ocorreu neste instante: máscaras não seriam acaso procuradas por vítimas, enquanto disfarces como bandagens, que só ocultam o rosto, seriam procurados por vilões?

Embora tenha enfim mudado de caderno, as circunstâncias não o fizeram com a mesma facilidade. Até o momento em que consegui verdadeiramente chegar a uma nova página, algumas semanas se passaram num instante, sem trazer nenhum acontecimento novo. Semanas amorfas, sem olhos, nariz ou boca, na exata medida de minha aparência... Para não dizer que não fiz nada, devo talvez mencionar que abri mão de uma patente para me prover financeiramente, e recebi do grupo jovem dos meus colegas de laboratório uma inesperada crítica com relação ao orçamento do ano em curso. Desfazer-me da patente não me preocupou muito, pois se relaciona a algo muito específico, impossível de pôr em prática por muitos anos ainda. Quanto ao problema do orçamento... embora não tivesse relação direta com o projeto da minha máscara... fui forçado a dedicar-lhe certa atenção por causa de sua natureza. De acordo com os referidos jovens, tudo não passou de uma manobra política conspiratória da minha parte. De fato, eu havia num primeiro momento levado em consideração a aspiração dos jovens e concordara em organizar um grupo de trabalho especial para eles mas, ao chegar à etapa crucial de composição do orçamento, o resultado me levou a voltar atrás em tudo o que prometera. No entanto, em momento algum houve de minha parte um elaborado plano do tipo manobra política conspiratória, ciúmes ou intenção de ceifar a ambição alheia no nascedouro, conforme alegavam. Não vou dizer que estou orgulhoso do que aconteceu, apenas esquecera as promessas que fizera. Se a acusação fosse de que eu começava a perder o interesse pelo trabalho, seria obrigado a aceitá-la com humildade. Embora quase não me tivesse dado conta disso, pode ser que tivesse perdido o entusiasmo pela profissão desde o acidente, concordo. Não me agradaria ter de reconhecer, mas a causa seriam as sanguessugas? Se bem que, sensação de culpa à parte, devo confessar que o protesto deles me provocou certo prazer. Afinal, comparado com o sorriso forçado destinado a inválidos que costumavam me dirigir, o tratamento que agora me dispensavam era muito mais equânime...

Mas então, que sentido teria a descoberta que fiz durante a exposição de máscaras do teatro Nō a que me referi no final do caderno anterior, quando dei a entender que resolvera o grande problema da escolha do rosto?

Escrever a respeito disso é, para mim, realmente penoso. Fisionomias não são portinholas camufladas que se esquivam ao olhar alheio, mas portas de entrada, elaboradas e adornadas em consideração aos olhares externos. Por outro lado, parece-me que, assim como as cartas, não funcionam se não existe um destinatário, exceto, claro, o material impresso distribuído aleatoriamente em malas-diretas. No momento em que me dei conta desse fundamento lógico, resolvi de imediato outorgar a você o direito de escolha e, desde então, vinha me sentindo como se me tivessem tirado uma pesada carga dos ombros; mas estava redondamente enganado.

Naquela noite cor de cerâmica... em que uma névoa turva como água enlameada fechara o céu uma hora mais cedo e a luz das lâmpadas sujas no topo dos postes excedera ostensivamente a prerrogativa de sua classe e apressara o avanço das horas... em meio à multidão que aos poucos engrossava, eu andava rumo à estação ferroviária tentando me livrar da insuportável sensação de solidão que me assaltara havia pouco ao me despedir do homem. Com esse intuito tentei reassumir o papel de vilão. Mas, pelo visto, isso só aconteceria se eu estivesse confrontando cara a cara um outro homem num local espaçoso como uma praça de alimentação de uma loja de departamentos.

Aquela podia até ser uma multidão um tanto ressabiada de um domingo com validade vencida, mas, uma vez constituído o bando, os rostos se transformavam em amebas de pseudópodos interligados numa corrente que não me admitia em lugar algum. Ainda assim, não me sentia tão irritado quanto no momento em que saíra de casa. Agora, estava descontraído a ponto de reconhecer, sem nenhum cinismo, que eram de fato festivas as luzes dos enormes aglomerados de néons que, pulsando e se enredando, vazavam por entre a neblina. Talvez porque tivesse um plano. O molde de alginato que a muito custo conseguira comprar pesava no interior da bolsa sob meu braço... e mesmo que tal peso fosse anulado por aquele outro das minhas ataduras, as quais, para não ficar atrás, tinham absorvido toda a umidade da cerração... de um jeito ou de outro, agora tinha um plano pronto para ser executado. E acho que era a esperança nesse plano que me fornecia um mínimo de ânimo.

Pois é, naquela noite... me sentia espiritualmente aberto a você, como se nada houvesse diante de mim a lhe impedir o acesso. Esse estado de ânimo não tinha apenas a ver com a morna expectativa de que agora cabia a você a responsabilidade da escolha... Tampouco havia, por trás dele, a motivação de cunho mais prático, qual seja, a de que a fase dos preparativos terminara e a de confecção da máscara estava por começar... Nem sei como explicar direito mas... creio que procurava vencer a distância que me separava de você com a inocência dos lábios de um recém-nascido e com a mesma sensação serena de quando se anda descalço sobre a relva...

Pergunto-me agora se tudo isso não teria sido apenas uma espécie de alívio e confiança resultantes, ainda que indiretamente, da noção de que eu agora agarrara a oportunidade de transformá-la em minha cúmplice na confecção da máscara, uma tarefa até ali solitária a ponto de me parecer injusta. Pois, para mim, você era a estranha número 1. Não, não estou falando em sentido negativo. Estou dizendo que, dentre todos os outros, você lidera a lista das pessoas com as quais preciso, antes de mais nada, recuperar a via de comunicação; você é a destinatária da primeira carta que pretendo escrever. (Eu não queria perdê-la de maneira alguma... Perdê-la poderia simbolizar a perda do mundo inteiro.)

Só que a partir do momento em que me vi frente a frente com você, minha esperança murchou como alga retirada do mar e se transformou num trapo sem traço algum da forma original. Não, não me interprete mal. Não tenho intenção alguma de criticar a maneira como você me recebeu. Pelo contrário, você sempre foi muito carinhosa comigo, tolerante até demais. Exceto pelo episódio da saia. Mas, mesmo naquele caso, creio que houve muitos pontos censuráveis em mim também, ou melhor, muito mais em mim do que em você. Conforme diz a velha canção, quem ama nem sempre tem o direito de ser amado.

Naquele dia você me recebeu como sempre, com discreta atenção e, mais que isso, dispensou-me singelo carinho. E além de tudo, com o costumeiro silêncio...

Quanto tempo terá se passado desde que começou a reinar entre nós esse silêncio de instrumento musical quebrado? Desprovido de mexericos banais e de comentários sobre o cotidiano, o que existe entre nós é apenas uma técnica quase codificada de dialogar o mínimo necessário. Mas até nesse aspecto não penso em culpá-la. Sei muito bem que isso também faz parte de sua consideração por mim. Instrumentos quebrados tendem a produzir sons desagradáveis. Nada melhor que mantê-los em silêncio. Um silêncio sem dúvida penoso para mim, mas muito, muito mais para você, acredito. E exatamente para podermos recuperar o diálogo perdido eu decidira não perder aquela oportunidade, nela havia depositado tanta esperança...

Apesar de tudo, acredito que você poderia ao menos ter perguntado o motivo de minha ausência, não é mesmo? Uma saída de dia inteiro em pleno domingo era coisa rara nos últimos tempos – mas você não mostrou nem sinal de curiosidade...

Você regulou com segurança a chama do fogareiro, foi de novo até a cozinha, de lá me trouxe uma toalha úmida e quente e, com a mesma presteza, foi verificar a temperatura da água do banho. Não me abandonou por completo mas também não permaneceu ao meu lado em silêncio, não me fez companhia. Sei muito bem que você agiu como a maioria das donas de casa, mas o que gostaria de destacar é o intervalo de tempo excessivamente equilibrado que existiu entre seus movimentos. Sem dúvida, você se comportou com muita eficiência. Com o intuito de não tornar forçado o silêncio que reinava entre nós, administrou o tempo com a precisão de uma balança eletrônica.

Pensei em fingir uma atitude irritada só para vencer esse silêncio, mas não consegui. Vendo seu esforço quase heroico, no mesmo instante comecei a me retrair, cônscio, embora tardiamente, de meu comportamento egoísta e egocêntrico de até então. O gelo do silêncio que reinava entre nós devia ser muito mais espesso do que parecia, um simples artifício não seria capaz de derretê-lo. As perguntas – ou oportunidade de iniciar um diálogo – que viera preparando a caminho de casa não passavam de palito de fósforo aceso caindo sobre uma montanha de gelo.

Não que estivesse considerando a questão de maneira leviana a ponto de imaginar que exibiria amostras de dois tipos faciais e perguntaria, como qualquer vendedor ambulante: qual dos dois lhe agrada mais, madame? Uma vez que minha máscara tinha como condição primordial não ser percebida como tal, eu não podia revelar o verdadeiro sentido da pergunta e, nesse caso, perguntar representaria apenas uma ironia maldosa ou uma provocação. Ou eu começava a estudar hipnose ou a pergunta teria de ser formulada indiretamente.

Meus cálculos, no entanto, tampouco iam além desse ponto: eu me arvorara em detetive do tipo que sai em campo em busca de provas, e a sorte que me permitira de alguma maneira avançar até ali talvez houvesse se voltado contra mim, pois me fez subestimar o problema e achar que, no momento oportuno, eu seria capaz de me adaptar às circunstâncias e vencer eventuais obstáculos de modo conveniente. Por exemplo, trazendo casualmente à baila comentários sobre os aspectos fisionômicos de nossos amigos, a fim de sondar seu gosto.

Mas você não é um peixe, mudo por natureza. A mudez é um martírio para você. Comentar com leviandade aspectos fisionômicos de quem quer que seja é o caminho mais curto para me magoar, e isso você sempre quis evitar a todo custo... Maldizendo minha própria indelicadeza, desviei-me do silêncio sem nada dizer, voltei para meu gabinete, guardei as ferramentas de modelagem e o butim do dia no armário provido de chave e comecei a desenrolar as bandagens a fim de, como sempre, passar creme e massagear meu rosto, mas minha mão se imobilizou de repente e me perdi outra vez num diálogo sem interlocutor.

– Não, isto não é uma simples isca... só o meu rosto perdido é que sabe quantos milhões de calorias precisa ter o fogo que derreterá esse silêncio... E acho que a máscara é a resposta... Mas sem uma indicação de sua parte, não serei capaz de fazer a máscara... Isso está me parecendo um verdadeiro beco sem saída... Tenho de romper o círculo vicioso em algum ponto ou isso se transformará numa estúpida e interminável repetição de *jan-ken-pô*, de sequência marcada... O que não posso é desistir a esta altura... Mesmo que não seja possível dissolver por completo o silêncio, creio ser necessário acender em algum lugar uma pequena fogueira capaz ao menos de aquecer nossas mãos.

Com a compenetração de um mergulhador vestindo seu escafandro, tornei a me envolver nas bandagens, pois com o ninho de sanguessugas exposto eu não confiava em minha capacidade de vencer a pressão do silêncio.

Para disfarçar a tensão, voltei à sala de estar com o andar leve e desinteressado de um gato. Passo os olhos pelo jornal vespertino e, com olhares furtivos, tento observar você indo para a cozinha e voltando. Você se movia de maneira incessante, sequenciando suas ações sem hesitar e, embora não sorrisse abertamente, tinha no rosto aquela suave e misteriosa expressão que costuma anteceder o seu sorriso. Talvez você não tenha se dado conta, mas a expressão é mesmo misteriosa: pensando bem, a atração que senti por essa sua expressão pode ter sido a principal razão de eu tê-la pedido em casamento.

(Será que já escrevi a respeito desse assunto? Bem, que seja redundante, não importa. Pois para mim, que buscava o significado da expressão fisionômica, era uma espécie de farol a iluminar a escuridão. E neste momento em que escrevo estas palavras, pensei em você, e a primeira coisa que me veio à mente foi sem dúvida aquela sua expressão. No exato instante em que seu rosto vai se alterar de inexpressivo para sorridente, algo começa a cintilar, e todas as coisas banhadas por esse brilho adquirem de súbito a certeza de que sua existência foi confirmada...) Você derramou sem dó essa expressão sobre janelas, paredes, lâmpadas, colunas, tudo menos eu mesmo, pois, conforme eu já esperava, você parecia incapaz de me incluir nesse meio. E embora de um lado eu considerasse isso natural, de outro não conseguia conter a irritação e, sem saber direito se teria sucesso, chegara à conclusão de que tudo ficaria bem se você apenas derramasse sobre mim essa sua misteriosa expressão.

– Vamos conversar.

Mas no rosto que você voltou para mim a misteriosa expressão já se tinha apagado.

– Hoje fui ao cinema, sabe?

Espreitando a brecha entre as ataduras, você ficou à espera das minhas palavras seguintes, cautelosa só até o ponto de não ser percebida como tal.

– Não que quisesse assistir a um filme em especial. Na verdade, queria apenas um pouco de escuridão. De repente, comecei a sentir que era errado andar pelas ruas da cidade com o rosto deste jeito e me senti meio que em dívida com a sociedade, sabe? Coisa estranha, o rosto... Quando o tinha, nem pensava nele, mas mal o perdi, parece que me arrancaram metade do mundo...

– A que tipo de filme você assistiu?

– Nem me lembro. Estava um tanto perturbado. De repente, tive uma crise obsessiva. Corri para dentro de um cinema como se estivesse fugindo da chuva e...

– Onde era o cinema?

– Tanto faz. Queria a escuridão.

Você contraiu os músculos em torno dos lábios com um leve ar de censura. Não obstante, seus olhos estavam apertados e tristes na tentativa de mostrar que não era só a mim que reprovava. Fui então tomado de intenso arrependimento. Não era isso que eu pretendia. Tencionava falar de outros assuntos.

– Mas, naquele momento, pensei também... É bom ir ao cinema de vez em quando. Porque, lá dentro, todos os espectadores usam máscaras que tomam emprestadas dos atores, não é? Ninguém precisa do próprio rosto. Cinema é o lugar onde as pessoas pagam para fazer um intercâmbio facial momentâneo.

– É verdade, acho que faz bem ir ao cinema de vez em quando.

– Tenho certeza de que faz. Sobretudo porque é escuro. Mas o que é que você acha: um filme talvez só preste se você gostar da cara dos atores. Como você pega emprestada a máscara deles e a usa, se ela não se ajusta perfeitamente a você, acho que sua diversão se reduz à metade.

– Mas existem filmes que não precisam de atores, não é? Por exemplo, documentários...

– Ah, não acredito. Mesmo não havendo atores, sempre existe um rosto. Peixes e insetos também têm rosto. Cadeiras e mesas também têm o correspondente disso, de que as pessoas podem gostar ou não.

– Mas será que existe alguém que assista a um filme usando a máscara de um peixe?

Em tom de brincadeira e com a leveza de uma borboleta você tentou mudar de assunto. E, naturalmente, estava certa. Qualquer silêncio teria sido melhor do que trazer à baila caras de peixes.

– Você não me entendeu. Não estou falando do meu rosto. Claro, pois, se não o tenho, gostar ou não gostar de rostos não vem ao caso, para começo de conversa. Mas isso não acontece com você. Acho que *você* se perguntaria a que filme de determinado ator gostaria de assistir.

– Apesar de tudo, preferiria um filme sem atores. No momento, não me acho com disposição nem para comédias nem para tragédias.

– Posso saber por que se preocupa tanto comigo?

A pergunta saíra em involuntário tom agressivo e, desgostoso comigo mesmo, franzi o cenho invisivelmente debaixo de minhas ataduras. Meu rosto talvez estivesse voltando a se aquecer, pois as sanguessugas começavam a se retorcer e a estrutura em torno delas ardia e coçava.

Sem dúvida, aquele não era o tipo de silêncio capaz de ser vencido dessa maneira. O destino de nossos diálogos era sempre o mesmo, não importava o tipo de abordagem. Àquela altura, eu perdera por completo o ânimo de continuar falando, e você também se calou, claro. Nosso silêncio não era um vácuo formado pela expulsão do diálogo. Todos os nossos diálogos nada mais eram que silêncio reduzido a minúsculos pedaços impregnados de tristeza.

Desde então, e não sei mais por quantas semanas ainda, andei em meio a esse silêncio em passos mecânicos que pareciam resultar de articulações emprestadas. E então, certo dia, dei-me conta de repente de que, além da janela, o larício desfolhado durante o inverno agitava agora ao vento seus galhos esguios tingidos de um verde suave e que o verão chegara sem ser notado. Falo daquela noite – não sei se você se lembra – em que, já nem sei por quê, comecei a esbravejar de repente no meio da refeição.

– Por que raios você ainda vive comigo?

Por mais que berrasse, meus gritos seriam sempre parte do silêncio, eu já sabia disso, mas mesmo assim continuei a esbravejar com o intuito de não ser derrotado pela minha própria voz: olhos focados no caseado verde que abrigava um pequeno botão cor de folha seca na altura do seu peito, eu não tinha coragem nem mesmo de encará-la.

– Vamos, responda de uma vez! Por que você continua casada comigo? Acho que será melhor para nós dois esclarecer essa questão de uma vez por todas. Apenas por força do hábito? Vamos, fale sem reservas. Você não tem de fazer nada de que não goste...

Depois dessa farta demonstração de prepotência, retirei-me para o meu gabinete mas, ali chegando, me senti miserável como uma pipa castigada pela chuva. Que tipo de conexão existiria entre esse eu que age como doido varrido por causa de um reles rosto, e o outro eu, administrador de laboratório com salário de noventa e sete mil ienes? Quanto mais eu penso, mais a pipa se esburaca, até que por fim derrete por completo e se transforma em simples armação de varetas.

E ao me transformar em simples armação de varetas volto a mim de repente e percebo que os insultos que acabei de despejar sobre você deviam todos ter sido dirigidos a mim. É verdade!, já estamos em nosso oitavo ano de casamento. Oito anos é um período nada curto. No mínimo, foram suficientes para saber as preferências gastronômicas um do outro. Se somos capazes de saber nossas predileções culinárias, não seríamos também capazes de saber o tipo de rosto que cada um prefere? Não havia nenhuma necessidade de procurar um diálogo no silêncio.

Agitado, tateei em busca de minhas lembranças. Em algum lugar deve estar a procuração que você me outorgou. Não é possível que não exista. Se nossa relação já era distante desde antes do acidente, o que é que estou tentando reaver a esta altura, armando toda essa confusão em torno de uma máscara? Pois não teria havido nada a ser recuperado. No decorrer desses oito anos que pensei ter passado com despreocupação, nada deve ter havido que eu precisasse ocultar de você, mas, se os passei por trás de uma parede de inexpressividade mais espessa que estas minhas bandagens e, pior de tudo, sem ao menos me dar conta disso, já não tenho o direito de reclamar de mais nada. Se nada existe que eu tenha perdido, não há pedido de reembolso possível. Não seria o caso de me resignar com a situação atual sem protestar, considerando que até mesmo o meu rosto primitivo não passava de uma máscara?

A questão era séria... E considerá-la séria era de uma seriedade insuportável. E uma vez que assim era, eu tinha de cumprir a missão de procurador de qualquer modo. Embora a tarefa não fosse do tipo que inspira entusiasmo, tinha de promover a mobilização geral de todas as lembranças, impressões e diálogos para construir o modelo de seu gosto; para tanto, assumo o seu lugar e tento descobrir o tipo de sua preferência trazendo à mente as diversas fisionomias masculinas. Parecia obsceno, repugnante como se um inseto tivesse se introduzido por meu colarinho abaixo. No entanto, muito antes de definir seu parceiro, vi-me em apuros tentando apreender corretamente a sua pessoa. A necessidade de lente de aumento era óbvia, mas o objeto a ser observado tinha de se manter imóvel. Não podia colear como uma água-viva, pois eu não teria como focar nele. Ainda assim, forcei o olhar e logo você se transformou em ponto, em reta, em plano, para enfim se transmutar em espaço vazio desprovido de contorno, pronto a escapar pela rede de meus cinco sentidos.

Me apavorei. Durante todos os meses e anos, nada curtos, de meu convívio com você, o que teria visto, com quem conversara, que emoções sentira? Minha ignorância a seu respeito teria sido tão grande? Diante da infinita imensidão desconhecida envolta em névoa leitosa existente em seu interior eu só conseguia me manter atônito e imóvel, intimidado a ponto de sentir a necessidade de envolver o meu rosto com bandagens duas vezes mais espessas.

Contudo, o fato de ter sido encurralado até esse ponto talvez me tenha sido benéfico no final. Eliminei com um piparote a taturana do colarinho, aprumei-me juntando todo o descaramento de que dispunha, voltei à sala de estar e vi que você estava sentada imóvel diante da televisão emudecida, ocultando o rosto com as duas mãos. Talvez soluçasse. No instante em que a vi daquele jeito, descobri que podia haver uma explicação bem diferente para a minha desqualificação como procurador.

De fato, a despeito dos meus não poucos anos de vida, não posso dizer que tenha sido um procurador ideal. E uma coisa é certa: vinha me relacionando com você de maneira tão unilateral que nunca me passou pela cabeça que você pudesse ser capaz de ter preferências com relação aos diversos tipos de fisionomia masculina. Mas, e daí? Por que é que eu tinha, a essa altura da vida, de agir como um vendedor de escravas brancas? A questão seria até compreensível se fosse gastronômica mas, num casamento normal, um marido não teria jamais de se preocupar com a preferência de sua mulher no tocante à fisionomia de outros homens, certo? Esse tipo de dúvida e questionamento deveria ter sido abandonado no instante em que os dois decidiram casar-se. E se isso não lhes convinha, teria sido muito melhor não dar início a uma convivência tão penosa.

Fui-me aproximando de suas costas em passos furtivos para não ser percebido e, de repente, senti um cheiro que me fez lembrar o do asfalto logo depois que a chuva cessa. Talvez fosse o seu cabelo. Você se voltou então e emitiu o som que costuma fazer quando se resfria: aspirou o ar pelo nariz em diversas fungadas curtas e, em seguida, me encarou com um olhar de olheiras, nítido e profundo, empurrando-me de volta o mal-entendido. Sua fisionomia era inexpressiva e translúcida como raios solares atravessando uma rala floresta que acabou de ser varrida por ventos no inverno...

E foi nesse instante que um estranho impulso tomou conta de mim. Ciúme? Talvez fosse, sim: espinhento como semente de bardana-silvestre, começara a intumescer até ficar do tamanho de um porco-espinho. E logo em seguida dei-me conta de que o padrão fisionômico, aquela criança perdida cujo paradeiro eu ignorava por completo, estava de volta e em pé ao meu lado. Foi imprevisto. Imprevisto a ponto de eu próprio ser incapaz de dar-me conta. Mas penso que não me espantei. Tanto assim que cheguei a pensar: como é que não conseguira perceber mais cedo que não havia outra solução possível?

Seja como for, antes de mais nada, deixe-me pô-la a par dessa conclusão. O formato de minha máscara tinha de ser o terceiro da classificação Blanc de tipos fisionômicos, a saber, “extrovertido e confrontador”. Um rosto pontiagudo centrado no nariz... Em termos psicomorfológicos, um rosto empreendedor e voluntarioso...

Tão simples era a resposta que, por instantes, senti-me logrado. Mas, pensando bem, era uma questão que podia ser explicada sem dificuldade. Mesmo a metamorfose de uma crisálida exige certos preparativos. Depois da abrupta alteração de sentido por que o rosto teve de passar – de objeto a escolher para objeto a ser escolhido –, só me restou o recurso de permanecer sempre atento a você, da mesma maneira que, em meio à total escuridão, não existe outro recurso senão olhar para o escuro, esteja você de olhos abertos ou fechados, voltados para a direita ou para a esquerda. Ter de buscá-la a esta altura da vida feriu meu orgulho, me impacientou, me irritou, me fez gemer de humilhação, me fez pensar sem parar, sem chegar a conclusão alguma, mas, no final, não consegui nem por um instante desviar meu olhar de você.

Desejei me aproximar mas, ao mesmo tempo, distanciar-me de você. Quis saber mas, ao mesmo tempo, me opus a isso. Ansiava por ver mas, ao mesmo tempo, senti-me humilhado por ansiar. E em meio a essa indefinição, a fenda se aprofundava cada vez mais em meu íntimo e eu segurava o copo quebrado com as duas mãos, mal preservando-lhe a forma.

E, depois, eu sabia muito bem. Sabia que essa história de você ser uma vítima acorrentada a mim, que aliás já não tinha nenhum direito sobre você, era uma mentira deslavada construída por mim mesmo e destinada a se adequar aos meus interesses. E você aceitou esse destino de bom grado e sem hesitar. Aquele brilho radioso, que surge entre a sua expressão séria e a sorridente, na certa era usado com o máximo proveito para você mesma. Eis por que você poderia, se quisesse, abandonar-me quando melhor lhe aprouvesse. Você é capaz de compreender como isso me apavora? Embora você tivesse mil feições, eu não tinha um rosto sequer. Vez ou outra, quando me lembrava de que, sob suas roupas, havia órgãos e estruturas, cada um com sua própria elasticidade e calor, chegava a pensar seriamente que algum dia cravaria um enorme prego em seu corpo... pois isso não teria fim enquanto eu não a transformasse em espécime num mostruário de insetos... mesmo que isso significasse tirar-lhe a vida.

E assim, dentro de mim duas vontades – uma, de restaurar a via de comunicação com você, e outra, oposta e vingativa, de destruir você – enfrentavam-se com fúria. No final, criou-se uma situação em que eu já não distinguia uma vontade da outra e minha postura de arqueiro com a flecha apontada para você se transformou numa visão banal e familiar, sendo então muito provável que em meu íntimo estivesse esculpido, sem que eu mesmo disso me desse conta, o rosto de um caçador.

Uma vez que o rosto era de um caçador, não podia ser do tipo "introvertido e conciliador", claro. Pois nesse caso estaria destinado, na melhor das hipóteses, a ser amigo de passarinhos ou presa de animais selvagens. Analisado dessa maneira, o resultado não tinha nada de imprevisível:

muito pelo contrário, era perfeitamente lógico. Decerto eu me perturbara com a questão da dualidade da máscara – a negação de um rosto ou um novo rosto – e andara dando aquelas voltas desnecessárias por ter perdido de vista o ponto mais importante, qual seja, o de que se tratava também um padrão de comportamento.

Existe um número que chamamos de imaginário. Número estranho que, elevado ao quadrado, resulta negativo. Máscaras também têm alguma semelhança: quando uma é sobreposta a outra, parece-me que têm efeito negativo, ou seja, é o mesmo que não usar máscara alguma.

Uma vez estabelecido o formato do rosto, o resto foi simples. Só de fotos que eu havia acumulado como material de referência para futura modelagem havia sessenta e oito, mais de metade das quais, por coincidência, pertencia ao tipo com "protuberância central". Os preparativos estavam mais que completos.

Resolvi pôr mãos à obra sem delongas. Não tinha nada estabelecido como modelo, mas, tendo em mente a impressão que lhe causaria, fui tateando o lado interno e formando um rosto da mesma maneira que um desenho escrito com tinta invisível se delineia quando o papel é exposto ao calor. Antes de mais nada, aliso a área do ninho de sanguessugas no modelo facial de antimônio, envolvendo-a com uma resina vegetal esponjosa. Sobre isso aplico, em vez de argila, sucessivas camadas de delgada fita plástica acompanhando as linhas de Langer. Tal como um relojoeiro é capaz de detectar a mínima ondulação na corda espiralada de um pequeno relógio, meus dedos conheciam perfeitamente todos os detalhes do rosto graças ao treinamento acumulado em seis meses. Colori a pele baseado no tom em torno dos meus pulsos, e empreguei um pouco mais de óxido de titânio para branquear a área em torno da raiz do cabelo e da ponta do nariz, bem como vermelho-cádmio para avermelhar a área das faces. Além disso, dei asas à criatividade: conforme o trabalho se aproximava da superfície facial, empreguei de propósito material de coloração irregular, chegando até a acrescentar nódoas acinzentadas, em especial ao redor das narinas, para assim obter um aspecto mais condizente com a minha faixa etária. E por último, colo com resina vegetal líquida a camada translúcida – uma película muito fina contendo material fluorescente e índice de refração próximo ao da ceratina, película essa para a qual transferi a superfície da pele comprada. Ao aplicar a isso por um curtíssimo espaço de tempo um jato de ar quente sob alta pressão, todo o material se contraiu e se firmou como se tivesse sido selado a vácuo. Como ainda não acrescentara rugas ao conjunto, tinha um aspecto excessivamente liso e inexpressivo mas, ainda assim, dava a vívida impressão de algo recém-arrancado de um ser humano vivo.

(Até chegar a este ponto, tinham se passado vinte e dois ou vinte e três dias.)

Restava ainda o problema da área limítrofe com a pele, mas creio que isso poderá ser resolvido ajeitando o cabelo, que, por sorte, no meu caso é abundante e, além de tudo, do tipo um tanto crespo. Quanto à área em torno dos olhos, resolvo disfarçar com grande quantidade de rugas miúdas, pigmentação forte e óculos escuros. Dobro os lábios para dentro da boca e prendo as bordas nas gengivas. Os buracos da narina eu resolveria inserindo e conectando a eles tubos de certa rigidez. Problemática, porém, me pareceu a área sob o queixo. Havia apenas uma solução: disfarçá-la com barba.

O jeito era implantar um a um, em cada centímetro quadrado da área, uma média de vinte e cinco a trinta fios dos meus cabelos mais finos escolhidos a dedo, prestando especial atenção aos ângulos e ao direcionamento. Essa etapa – só nela gastei mais vinte dias – foi trabalhosa, nem é preciso dizer, mas pior que isso foi passar pelo tormento da resistência psicológica. Por mais que eu pense, barbas, exceto talvez para gerações passadas, são peculiares demais. Por exemplo, hoje em dia quando se fala em barba, a primeira coisa que me vem à cabeça é, infelizmente, o guarda do posto policial diante da estação ferroviária.

Mas nem toda barba é do tipo usado por valentões ou figuras heroicas. Há barba do tipo usado por videntes que ganham a vida pelas esquinas da cidade, barbas do tipo Lênin e também do tipo aristocratas ocidentais. Há ainda as do tipo Fidel Castro, assim como as apreciadas nos últimos tempos por jovens aspirantes a artista, cujo tipo não sei definir. É indiscutível que o uso conjunto de barba e óculos escuros compõe um estilo pouco convencional, mas, uma vez que não existia outro recurso, só me restou dar tratos à imaginação para ao menos não impressionar negativamente.

Creio que não preciso falar do artigo acabado, uma vez que você já o viu e o conhece. Eu mesmo não tinha parâmetros para criticar, mas como não me surgiu nenhum plano alternativo no sentido de alterar um ou outro aspecto, acredito que estava satisfeito com o resultado. Seja como for, impossível foi negar certa dose de constrangimento...

Espere, eu disse "certa dose de constrangimento" mas, pensando bem, creio que esse constrangimento escondia um sentido muito mais profundo do que a expressão indica. Algo indefinido, ainda não posto em palavras mas que, como afta na língua, doía cada vez que eu começava a abrir a boca, um pressentimento funesto que não cessava de me avisar: é melhor não falar à toa...

Naquela noite, quando terminei de implantar o último fio de barba, a marca da pinça que segurara com a mão direita permanecia como uma escura bolha de sangue na polpa do meu polegar. E a dor mesclada com o suor era uma minúscula brasa ardente que bruxuleava no fundo do meu olho. A superfície do globo ocular parecia nublada como vidraça suja por causa da secreção semelhante a mel diluído que, por mais que eu enxugasse, não parava de minar. Ergui-me com o intuito de ir ao banheiro lavar o rosto e dou-me conta de que já amanheceu. E no instante em que, deslumbrado com a vívida claridade matinal que manchava a esquadria da janela, desviei a cabeça num gesto involuntário, fui assaltado por uma penosa emoção.

De repente, lembrei-me de um sonho. À semelhança de um antiquado filme mudo, a cena inicial era bastante serena: certo dia em que o outono mal começara, meu pai, que chegara do trabalho, descalçava os sapatos à entrada da casa e eu, um menino de seus dez anos, observava-o distraído. No entanto, a paz daquele momento é repentinamente quebrada. Meu outro pai também retornara. Este, por estranho que pareça, era idêntico ao primeiro, exceto por um detalhe: o chapéu. Enquanto o primeiro usava seu costumeiro chapéu de palha, o segundo tinha um chapéu de feltro macio na cabeça. Ao ver o meu pai de chapéu de palha, o de chapéu de feltro deixou transparecer seu desprezo com nitidez e gesticulou com exagero, reprovando-lhe a falta de modos. E então o de chapéu de palha, numa atitude apavorada nada condizente com um homem adulto, exibiu um sorriso triste e afastou-se furtivo, levando na mão apenas um pé do sapato que acabara de descalçar. Eu, o garoto, acompanhei com o olhar as costas do vulto de chapéu de palha sentindo que meu coração quase se estraçalhava... e nesse ponto o filme arrebenta, deixando apenas um inexplicável gosto amargo...

Se você me disser que foi uma maneira tipicamente infantil de perceber a mudança das estações do ano, não tenho argumentos para contestar... Seria porém comum que um sonho tão simples permanecesse na memória de forma tão vívida durante tantos anos? Não acredito. Os dois chapéus com que sonhei têm com certeza outro sentido. Podem ser, por exemplo, símbolos de um tipo de falsidade existente nas relações humanas que achamos difícil perdoar... De uma coisa tenho certeza: aquela troca de chapéus traiu por completo a confiança que eu sempre depositara em meu pai. Desde aquele momento, talvez, vim suportando esse constrangimento por ele.

Nesta ocasião, porém, a situação era inversa. Agora, era a minha vez de me explicar. Encarando-me ao espelho, olhar fixo no ninho de sanguessugas inflamado, era hora de avivar o impulso que me levara à máscara. É isso, isso mesmo!, quem tem de sentir constrangimento não sou eu. Se havia alguém ali precisando sentir desconforto, esse alguém não seria a sociedade, essa sociedade que não reconhecia como pessoa um indivíduo que não possui o passaporte denominado rosto, essa sociedade que se preparara para me enterrar vivo?

Armado de um novo impulso beligerante, voltei para perto da máscara. A insolente área da barba... a proeminente área do nariz... só me chamavam a atenção os traços violentos. A sensação sinistra talvez proviesse do fato de estar vendo apenas uma parte do rosto, pensei, posicionando a máscara contra a parede e afastando-me alguns passos para contemplá-la uma vez mais pelo buraco de um tubo formado com minha mão. Nem assim consegui a sensação prazerosa de que terminara a máscara, sendo muito mais aguda essa espécie de pesar de que em breve a minha pessoa seria possuída por esse rosto estranho.

É só cansaço, digo para mim mesmo, procurando me convencer. Não era apenas no caso da máscara, isso acontecia toda vez que eu conseguia levar a bom termo um trabalho importante, não é verdade? A alegria da realização é algo apregoado apenas por aqueles que não precisam se responsabilizar pelo resultado final. Além do mais, é provável que meu preconceito contra aquele rosto também estivesse influenciando de maneira inconsciente. Por mais que afirme que luto contra a santificação do rosto, não podia garantir que essa espécie de raiz do mal não permanecesse escondida nas profundezas do meu consciente. Era a mentalidade do homem que, embora descrente de fantasmas, teme a escuridão.

E então, resolvi me forçar a trabalhar. Decido estrear a máscara de qualquer maneira, ao menos para pôr um ponto final no dilema. Removo a projeção sob as orelhas, afrouxo a área sob o queixo, solto a aba dos lábios dobrada para dentro e, ao retirar os tubos das narinas, a máscara se solta facilmente da base, transformando-se numa película mole e lisa como plástico úmido. Em seguida, cauteloso sobreponho-a ao meu rosto na ordem inversa. Parece não ter havido nenhuma falha técnica, pois a máscara aderiu à perfeição ao meu rosto, confortável como uma velha camisa: alguma coisa dura que eu tinha entalada na garganta caiu em meu estômago quando degluti.

Olho para o espelho. Um homem desconhecido me fitava com frieza. Conforme esperara, não havia nada nele que lembrasse a minha pessoa. Um disfarce perfeito. Além de tudo, eu podia afirmar que tanto a cor, como o lustro, como a impressão geral do material tinham sido um sucesso. De onde vinha porém essa impressão de distanciamento? Talvez culpa do espelho... Por falar nisso, a iluminação também parece forçada... Num impulso, resolvi abrir a veneziana e permitir a entrada da luz externa.

Cortante e trêmula como a antena de um inseto, a luminosidade foi se impregnando por todos os cantos da máscara. Poros, glândulas sebáceas, destruição parcial de tecidos e até minúsculas veias capilares vêm claramente à tona. Nem assim consigo detectar algo que possa ser classificado como defeito. Por que então continuava a sentir que havia alguma coisa errada? Talvez pelo fato de não existir nada movente na máscara, que permanecia estática e inexpressiva. Talvez a culpa fosse da aparência lúgubre de rosto de cadáver, maquiado para parecer vivo. E se eu movesse um músculo qualquer, só para experimentar? Como ainda não preparara a goma para fixar a máscara ao rosto – pretendo usar uma substância com aderência um pouco inferior à da cola usada em esparadrapos –, não conseguiria mover nenhum músculo por completo, mas talvez me fosse possível testar um simulacro de movimento nas áreas em torno do nariz e da boca, razoavelmente estáveis.

Para começar, emprego força nas bordas dos lábios e os traciono para os lados. Muito bom. Pelo visto, o cuidado anatômico mais que trabalhoso de sobrepor fibras direcionadas não fora de todo inútil. Encorajado, resolvo produzir um sorriso artificial. Mas a máscara nem sequer se dignou a esboçar o sorriso. Apenas se retorceu molemente... e de maneira tão estranha que cheguei a imaginar que o espelho é que se retorcera. Sinais de morte impregnavam toda a máscara muito mais efetivamente do que na imobilidade. Apavorei-me. Tive a sensação de que a corda que mantinha suspensos meus órgãos internos se rompera e meu peito tinha se esvaziado por completo.

Mas não me entenda mal... Longe de mim a intenção de exagerar os sintomas para vender caro meu sofrimento. Afinal, prestando ou não, eu é que escolhera aquela máscara. O rosto a que chegara depois de meses de experimentos. Se não me agrada, refaço-o, nada mais simples. Mas... se o problema não tinha nada a ver com o nível do acabamento, que poderia eu fazer? Seria capaz de aceitar aquela máscara como sendo meu rosto? Aliás, essa apatia que vem me incomodando não me parece ser a perturbação natural que sentiria diante de meu novo rosto mas, sim, uma sensação de desamparo ao contemplar minha própria extinção, desamparo semelhante ao do homem que vê a si mesmo desaparecer aos poucos debaixo de uma capa de invisibilidade. (A continuar nesse passo, pergunto-me se conseguirei dar conta das próximas etapas do meu projeto.)

Mas, pensando bem, expressões fisionômicas são semelhantes a anéis de crescimento em árvores, algo que o cotidiano grava sobre a fisionomia, de modo que talvez tenha sido totalmente irracional querer sorrir de repente, sem nenhum preparo prévio. Deve haver uma espécie de predisposição a certas expressões que é estabelecida pela repetição cotidiana, e essa predisposição forma rugas e empapuçamentos, que por sua vez se firmam. Num rosto sempre sorridente, o sorriso nele se adapta com naturalidade. Pelo contrário, num rosto sempre raivoso, a raiva se adapta bem. Mas minha máscara é como um recém-nascido, em que não se esculpiu nenhum anel de crescimento ou ruga indicativa de idade. Um recém-nascido com cara de quarentão só poderia parecer um monstro, qualquer que fosse sua maneira de sorrir. Claro! Só pode ser isso! Tanto que, no esquema de trabalho montado no Recanto S, eu já previra a adaptação de rugas como primeira providência a tomar. Se a adaptação ocorrer sem transtornos, esta máscara na certa se tornará muito mais familiar e manipulável. Não havia necessidade alguma de me perturbar tanto a esta altura dos acontecimentos, uma vez que tudo já fora previsto... Assim pensando, desviei-

-me com habilidade do foco do problema e, em vez de dar ouvidos ao desconforto que me perturbava o espírito, fui me enredando cada vez mais num pântano do qual seria impossível sair.

E assim, parece que consegui de alguma maneira chegar ao Recanto S, o refúgio onde comecei a escrever estas anotações. Mas... em que ponto acabei me desviando do assunto? Ah, foi quando, estando sozinho, comecei a desfazer as bandagens... Vou então retomar a narrativa a partir desse ponto.

A primeira coisa a fazer no Recanto S era, nem preciso dizer, adaptar rugas à máscara. Um trabalho artesanal que consumia muito tempo e não exigia conhecimentos técnicos, mas demandava força de vontade, persistência e concentração em doses que nunca seriam excessivas.

Antes de mais nada, passo cola em todo o meu rosto. A fixação da máscara é feita a partir do nariz. Firmo os tubos das narinas, introduzo a dobra excedente dos lábios nas gengivas e, em seguida, vou fixando o cavalete do nariz, as bochechas e o queixo com leves pancadas, cuidando para que não haja deslocamentos nem se formem bolsas. Espero que a máscara se estabilize por completo, esquento-a por fora com luz infravermelha e, enquanto ela se mantém em determinada temperatura, repito várias vezes alguma expressão de minha escolha. O material tem a propriedade de perder a elasticidade de modo repentino e drástico quando a temperatura passa de determinado grau, de modo que as rugas da expressão escolhida se esculpem na direção das fibras que eu determinara previamente, isto é, rentes às linhas de Langer.

Esbocei então a seguinte tabela porcentual quanto ao significado e à distribuição das referidas expressões fisionômicas.

Concentração	16%
Interesse	7%
Concordância	10%
Satisfação	12%
Riso	13%
Negação	6%
Insatisfação	7%
Repugnância	6%
Dúvida	5%
Perplexidade	6%
Impaciência	3%
Ira	9%

Não imaginei, claro, que algo tão complexo e sutil como expressões fisionômicas pudesse ser decomposto nesses poucos elementos. No entanto, uma vez preparados esses elementos básicos sobre a palheta, eu conseguiria expressar quase toda a gama de cores intermediárias, dependendo apenas da maneira de misturá-las. As porcentagens, nem é preciso dizer, representam a frequência de uso. Em outras palavras, imaginei um indivíduo que, em linhas gerais, expressaria suas emoções nessa proporção. Mas se você me perguntar que critérios usei, não sou capaz de responder de pronto. Apenas me pus na situação de um possível sedutor e, imaginando uma cena em que me visse frente a frente com você, o símbolo dos outros, pesei cada uma das expressões na balança da intuição.

Chorei, ri, me encolerizei repetidas vezes, como um idiota, e nisso fiquei até o amanhecer. Em consequência, quando acordei no dia seguinte, a tarde já chegava ao fim. As frestas da veneziana brilhavam como se ali houvesse vidro vermelho, indicando que, depois de muitos dias de chuva, enfim estiara. Mas meu ânimo não melhorara e eu sentia um cansaço pegajoso por todo o corpo. Especialmente em torno das têmporas, que latejavam, febris. Nada de estranho, pois exercitara meus músculos de expressão durante mais de dez horas consecutivas.

E não os movera, apenas: toda vez que rira, rira de verdade, e quando me encolerizara, fora como se o sentimento fosse real, enfatizando todas as minhas emoções durante esse tempo.

Seja como for, enquanto assim agia, mesmo a mais insignificante expressão se esculpira profundamente na superfície do rosto, como um brasão indelével, jamais passível de correção. Se acaso esboçasse falsos sorrisos repetidas vezes, minha máscara teria para sempre o carimbo de rosto que só sabe rir de maneira falsa. Embora o carimbo tenha sido improvisado, uma vez que ele será meu *curriculum vitae* oficial, eu precisava levar a sério sua confecção.

Massageei meu rosto com toalhas quentes. O vapor ardeu em minha pele. Era natural que estivesse inflamada, pois havia irritado as glândulas sebáceas com contínuos banhos de lâmpada infravermelha e, em seguida, tapado suas aberturas com cola. O efeito deve ter sido bastante negativo também sobre os queloides. Mas a situação não podia piorar e, além de tudo, de nada adiantava começar a me preocupar com isso àquela altura. Para um indivíduo que já morreu, tanto fazia ser cremado ou enterrado.

Repeti durante mais três dias as mesmíssimas coisas na mesmíssima ordem. As correções necessárias tinham sido efetuadas e, como me pareceu que obtivera certo grau de estabilidade, experimentei jantar com a máscara no rosto na terceira noite. Nada melhor que experimentar todos os tipos de situação, pois em algum momento teria de vivenciá-las em algum lugar. E se assim era, eu me prepararia à altura. Esperei a cola se estabilizar e remexi o cabelo para ocultar o contorno do couro cabeludo, pus óculos de lente castanha, escura apenas o suficiente para disfarçar a área em torno das pálpebras, e me arrumei como se fosse sair.

Mas não faço a besteira de me pôr diante do espelho de repente: antes de mais nada, disponho sobre a mesa o pão e os restos da comida enlatada do jantar de ontem e, imaginando uma cena em que me encontro no meio de muita gente num restaurante ou em algum outro lugar semelhante, ergo o rosto e encaro o espelho.

O outro também ergue o rosto e me encara de volta. Em seguida, começa a mordiscar o pão acompanhando o movimento de minha boca. Quando tomo a sopa, o outro também toma. Nossa respiração está perfeitamente sincronizada e é bem natural. O corpo estranho em torno dos meus lábios e os nervos à flor da pele embotam de leve o paladar e perturbam a mastigação mas, com o hábito, na certa serei capaz de esquecer tais desconfortos do modo como me adaptaria a uma dentadura. A única coisa que exigirá atenção contínua será a saliva e gotas de alimentos líquidos como sopa, que tendem a escorrer pelos cantos dos lábios.

De repente, meu companheiro se ergueu e, com uma expressão indagativa estampada no rosto, veio me espiar de perto. No mesmo instante, senti-me envolto numa estranha sensação, vibrante mas ao mesmo tempo suave, penetrante e ao mesmo tempo inebriante, como se uma dose exagerada de sonífero começasse a surtir efeito de chofre. Creio que naquele instante meu invólucro se fendeu. Encaramo-nos um ao outro por alguns instantes mas, logo, o outro começou a rir e, incentivado por ele, eu também ri; em seguida, vi-me escorregando sem nenhuma resistência para dentro do rosto dele. A aglutinação foi perfeita e imediata, e eu já era ele. Não achei seu rosto particularmente atraente mas também não o considerei repulsivo. Pelo visto eu já começava a sentir e a pensar com o outro rosto. Tudo se encaixava com tanta precisão que até eu, que conhecia o truque, cheguei a suspeitar que ali devia haver alguma manobra estranha.

Tudo se encaixava bem demais, de fato. Pergunto-me se engolir anzol e isca desse jeito não provocaria efeitos secundários no futuro. Recuo mais cinco ou seis passos, aperto os olhos... escolho uma expressão que me faz parecer bem maldoso e, em seguida, arregalo os olhos sem preâmbulos... Enquanto isso, a onda de riso continuava vibrando como um diapasão... tudo indicava que não havia erro. Além do mais, rejuvenescera cinco anos mesmo na avaliação mais pessimista.

Mas então, por que cargas-d'água me angustiara tanto até ontem? Minhas inúmeras reflexões no sentido de que a pele não mereceria atenção especial por não ter relação alguma com o verdadeiro caráter de um homem não teriam passado de subterfúgios conjugados a preconceito? Comparada ao ninho de sanguessugas e à máscara de bandagens, essa máscara de resina sintética era um rosto incomparavelmente mais vivo. Se os dois primeiros eram porta de cenário desenhada numa parede, a última podia ser comparada a uma porta escancarada, dando passagem a fragrantes raios de sol.

Passos, que decerto já vinham soando havia muito, aos poucos se tornavam mais sonoros e se aproximavam. Aproximaram-se com rapidez cada vez maior e transformaram-se de imediato em batidas do meu coração. A porta escancarada me instigava.

Vamos! Vamos sair por meio do novo rosto de um outro para um novo mundo dos outros!

Meu coração batia forte. Palpitava de expectativa e ansiedade como o de uma criança autorizada pela primeira vez a andar sozinha de trem. Tudo, mas tudo mesmo, será diferente por causa da máscara. Não só eu mas o mundo inteiro talvez surgisse com roupagem totalmente nova. E, talvez impulsionada pelo rodamoinho de expectativas, aquela preocupante sensação de desconforto também submergiu nas profundezas por algum tempo.

PS *Creio que devo confessar: naquele dia, tomara uma grande quantidade de sonífero. Aliás, não foi só naquele dia, pois havia já algum tempo que fazia uso disso. Mas não para embotar a ansiedade, como você poderia imaginar. Meu objetivo maior era eliminar o nervosismo inútil e dessa maneira preservar minha condição ideal. Conforme repeti inúmeras vezes, essa máscara devia representar acima de tudo minha luta contra o preconceito relativo ao rosto. Como nos momentos em que pilotamos um aparelho complexo, tinha de estar sempre atento à máscara.*

E tem mais: quando misturo na medida certa tranquilizantes com certo tipo de sonífero, durante uns poucos minutos, em seguida ao instante em que a medicação começa a surtir efeito, sou por vezes visitado por uma estranha e límpida serenidade, como se espiasse o meu próprio íntimo através de um binóculo. Como porém eu não sabia ao certo se aquilo era ou não um atordoamento derivado das drogas, não mencionei nada a esse respeito até agora mas, pensando bem, começo a achar que naquela experiência de alguns minutos se oculta um sentido muito mais profundo do que eu vinha imaginando. Algo tão significativo quanto, por exemplo, a tentativa de me aproximar da verdadeira natureza do relacionamento humano construído sobre esse símbolo falso denominado rosto.

O efeito inicial do remédio se assemelha ao que sentimos ao tropeçar numa pedra. Por instantes, o corpo levita e sou tomado de leve vertigem. Em seguida, um cheiro que lembra extrato de ervas me acaricia as narinas e meu espírito sai perambulando por um vasto cenário. Talvez esta não seja uma descrição correta. De repente o tempo para de transcorrer, perco o rumo e acabo saindo da correnteza. Não fui o único a sair da correnteza: todas as coisas que corriam a meu lado se espalharam de modo aleatório, desfazendo a relação que mantinham até aquele momento. O alívio de me ver livre da correnteza me torna extremamente tolerante e receptivo a tudo, fazendo-me repetir uma estranha frase que me vem do nada, como uma convicção: meu rosto é idêntico ao seu na semelhança com o de um bodisatva. Tais momentos de total indiferença com relação ao rosto duram de sete a oito minutos.

Pode ser que em meio àquele remanso na correnteza do tempo eu tenha transcendido não só o ninho de sanguessugas como também meu próprio rosto e alcançado o outro lado dele. Talvez houvesse vislumbrado, mesmo que de leve, essa liberdade que me fora impossível sequer imaginar na época em que, sem desconfiar de nada, me amparava numa relação humana estabelecida por intermédio dessa janela denominada rosto. Talvez tivesse me deparado sem querer com uma pavorosa verdade: a de que todos nós cerramos a janela da alma com uma máscara de carne para ocultar os ninhos de sanguessuga existentes embaixo. Graças ao fato de ter perdido meu rosto, talvez tivesse conseguido contato não com um desenho pintado numa janela, mas com o verdadeiro mundo externo. E se assim for, aquela transparente sensação de liberdade não era de maneira alguma uma mentira... Não era nenhuma impostura obtida à custa de uma droga.

Além disso... para complicar a situação... é até possível que minha máscara venha a cumprir o papel de ocultar essa verdade. E analisando mais a fundo, pergunto-me se nisso não estaria o desconforto que sentira com relação à máscara. Mas a máscara já cobria o meu rosto. E depois, eu havia tomado quase o dobro da quantidade usual de droga, a qual começava agora a exibir um efeito potente a ponto de me fazer esquecer até a liberdade de não ter rosto. Procurava convencer a mim mesmo: até no mundo da fantasia, tinha sido concedido ao patinho feio o direito de renascer como um lindo cisne no fim da história.

Para me transformar completamente num outro, é claro que tinha de mudar tudo, a começar pela roupa. Infelizmente, porém, não havia me preparado para essa situação e, uma vez que naquela noite tencionava apenas me ajustar mentalmente, simplifiquei o processo usando uma leve jaqueta por cima da camisa. Era um artigo industrializado comum, de modo que não correria o risco de chamar a atenção por causa dele.

A escada de emergência rangeu e eu, que me sentia flutuar, achei estranho que meu corpo pesasse tanto. Por sorte, não encontrei ninguém até sair à rua. Mas ao dobrar a esquina quase me choquei com uma dona de casa da vizinhança carregando sua sacola de compras. Foi como se um busca-pé tivesse estourado na minha cara, tamanho foi o choque que senti, mas, enquanto me imobilizava no lugar, a mulher apenas me lançou um rápido olhar e se foi às pressas com total despreocupação. Tudo em ordem. Não há chancela melhor do que não ter acontecido nada, certo?

Continuei andando. Como o objetivo era habituar-me à máscara, não estabeleci nenhum destino especial. Embora tivesse imaginado que assim seria, o trabalho de apenas perambular foi extenuante. Como atendendo a uma deixa, as articulações do joelho emperraram como se faltasse lubrificante e a válvula da respiração aparentava estar com as dobradiças gastas. Máscaras não se ruborizam, claro, mas o desconforto e o medo de ter a identidade revelada faziam minha espinha dorsal se retorcer como galinha esganada. Mas, se algo podia revelar a verdade da máscara, seria precisamente esse meu jeito estranho de agir. Desconfiarão porque ajo de maneira a despertar desconfiança. Eu só trocara o desenho do papel de embrulho, ora! Se ninguém suspeitar, está ótimo. Se meu interior continua inalterado, não tenho por que recear a reação dos outros.

Muito embora tentasse me convencer disso, minha animação inicial tinha se evaporado e, da mesma maneira que a emoção trai a lógica, meu estado fisiológico traiu a emoção e me tornou cada vez mais retraído. Durante as três horas seguintes, toda vez que me deparava com uma vitrine muito iluminada atravessava a rua para o outro lado fingindo que outra loja me atraíra a atenção... Se cartazes luminosos faziam uma rua inteira brilhar, enveredava por uma viela escura como se estivesse em busca de aventuras... Se nas proximidades de um ponto de trem ou de ônibus notava uma condução se aproximando, apressava o passo para propositadamente perdê-la... até que, no final, eu mesmo fiquei farto. Daquele jeito, podia andar dias seguidos sem conseguir adquirir domínio perfeito do uso da máscara.

Passei diante de uma confeitaria, ao lado, uma tabacaria. E então, decido me aventurar. Dito dessa maneira, soa exagerado, pois, na verdade, o que decidi foi apenas comprar um maço de cigarros. Conforme me aproximava, percebi que algo começava a se agitar na área entre o estômago e o diafragma. Ofuscado, comecei a lacrimejar. De repente, a máscara começa a pesar e me parece que ameaça escorregar e cair a qualquer momento. Meus pés bambeiam como se eu descesse um precipício de profundidade incalculável contando apenas com uma corda... Só por causa de um maço de cigarros, eu encenava uma ruidosa batalha contra monstros.

Acontece que, por uma razão que não sei explicar, minha atitude se reverteu por completo e me tornei audacioso mal meus olhos encontraram os da vendedora, que se aproximara de má vontade. Seria porque a garota reagira da mesma maneira a outros fregueses? Ou porque senti na palma da minha mão o maço de cigarros, leve como um passarinho morto? Não, me parece que a causa estava na transformação provocada pela máscara. Enquanto lidava com o olhar alheio apenas na imaginação, eu tinha maior propensão a temer minha própria sombra, mas ao ser exposto ao olhar real, parece-me que por fim dei-me conta de mim mesmo. Na imaginação, a máscara talvez fosse algo que me expunha mas, na realidade, ela era uma cobertura opaca destinada a me esconder. Por trás dela, veias se espalhavam e glândulas sudoríparas exsudavam mas, por fora, nenhuma gota de suor a sujava.

Dessa maneira, consegui vencer o medo doentio de me ruborizar mas, àquela altura, já estava exausto. Sem ânimo algum para continuar andando, tomei um táxi e retornei ao apartamento. Quando penso que o prêmio pela vitória foi apenas um maço de cigarros, chego a me deprimir mas, se levo em consideração o fato de ter conseguido tomar consciência da máscara, a compensação fica mais consistente. Prova disso é que, ao chegar ao meu aposento, retirar a máscara, lavar a cola e encarar meu rosto limpo uma vez mais, já não sentia o horroroso ninho de sanguessugas como algo tão real. A máscara se tornara tão real quanto o ninho de sanguessugas, e se a máscara era uma imagem temporária, o ninho de sanguessugas também o era. Pelo visto, a máscara começava a lançar suas raízes em meu rosto com firmeza.

No dia seguinte, resolvi ampliar o raio de ação da minha experiência. A primeira coisa que fiz mal acordei foi procurar o zelador para perguntar se o quarto contíguo ao meu continuava vago, pois eu queria muito alugá-lo para o meu "irmão". O "irmão" é o outro eu de máscara, claro.

Infelizmente, o quarto tinha sido alugado um dia antes.

Mas isso não significava que teria de alterar o plano. Mais importante foi aproveitar a oportunidade para vender ao zelador a existência de um "irmão", imprimindo essa imagem vivamente em sua consciência.

– Meu irmão mora num bairro muito mal servido em matéria de transporte público e, além disso, não tem horário regular de trabalho. Precisa de um local para descansar quando sente necessidade. Mas, se o aposento já foi alugado, não tem jeito: vamos deixar de ser exigentes e partilhar o quarto, uma vez que estamos ambos em situação semelhante.

Em seguida, sem lhe dar tempo para reclamar, acrescento que vou triplicar o valor do aluguel do meu quarto. Com cara preocupada, o zelador repete várias vezes que isso é um problema, de fato um problema, mas estava claro que não havia problema algum. Por fim, acabo até conseguindo uma chave extra, para uso do meu "irmão".

Por volta das dez horas, saio usando a máscara. Queria comprar roupas que combinassem com os óculos e a barba. Nos primeiros momentos, não consegui escapar da tensão de fazer minha primeira excursão em plena luz do dia, mas... talvez fosse porque as raízes da barba implantada, desde ontem dando sinais de fixação, tivessem com efeito se firmado e começado a crescer durante a noite... ou talvez por causa do tranquilizante, cuja dose eu aumentara ainda mais... o fato é que, instantes depois, começara a fumar um cigarro com total descontração enquanto esperava o ônibus.

Dei-me conta com clareza, no entanto, da persistente vitalidade da máscara no momento em que procurei uma loja de departamentos para adquirir algumas roupas. Era natural que, por causa da barba e dos óculos, procurasse roupas mais vistosas, mas o que me espantou foi o fato de ter escolhido um paletó fechado com três botões e provido de gola estreita, muito na moda naquela estação. Era inacreditável. Para começo de conversa não conseguia acreditar no próprio fato de eu ter noção de moda. Surpreendente não foi só isso, pois me dirigi em seguida ao departamento de metais nobres e comprei um anel. Pelo visto a máscara, indiferente ao que eu pensava ou deixava de pensar, tinha começado a andar por suas próprias pernas. Não achei que fosse inconveniente mas, de todo jeito, era muito estranho. Embora eu não estivesse achando graça, o riso me subiu em incontroláveis ondas sucessivas como se alguém estivesse me fazendo cócegas, e senti que me divertia também.

Logo depois de sair da loja de departamentos, talvez levado por um impulso repentino, resolvi acrescentar outra pequena aventura. Nada excepcional, devo dizer: apenas visitei um modesto restaurante coreano numa viela escondida fora da área comercial. O estômago reclamava, pois fazia já algum tempo que eu não comia uma refeição decente e, depois, aquela carne grelhada muito temperada sempre fora um dos meus pratos prediletos. Mas pergunto-me agora se foi mesmo só isso. Teria sido realmente a carne grelhada o motivo que me levara a visitar o referido restaurante?

O grau da conscientização não vem ao caso. Porém, afirmar que não houvera razão alguma para escolher um restaurante coreano e não outro qualquer seria mentir. Eu levara em consideração que aquele era um estabelecimento coreano e que lá havia muitos clientes coreanos. É óbvio que calculara, mesmo inconscientemente, que, sendo eles coreanos, não haveriam de perceber mesmo que restassem pontos não de todo refinados em minha máscara e, mais que isso, creio que sentia algo assim como uma espécie de intimidade fácil com eles. Ou então talvez sentisse proximidade por reconhecer pontos de semelhança entre o fato de eu haver perdido o rosto e o de eles serem com frequência alvo de preconceito. Devo esclarecer que eu mesmo não nutro nenhum tipo de preconceito contra coreanos, claro. Para começo de conversa, um indivíduo sem rosto como eu não tem qualificação alguma para alimentar qualquer tipo de preconceito, mesmo que quisesse. Mas como o preconceito racial existe quase sempre para além do pensamento individual, e uma vez que sua influência se faz sentir em alguma medida sobre história e povos, sua existência já é inegável. Por conseguinte, subjetividade à parte, o próprio fato de eu buscar abrigo entre eles pode ter sido, do ponto de vista lógico, uma variante do preconceito racial...

Uma fumaça azulada tomava conta do ambiente. O ventilador antiquado trabalhava fazendo barulho. Havia três clientes e, por sorte, pareciam ser todos coreanos. Dois deles à primeira vista quase não se distinguiam de japoneses no aspecto físico, mas o diálogo em coreano fluente provava sua nacionalidade sem sombra de dúvida. Em pleno dia, os três já haviam esvaziado algumas garrafas de cerveja, tornando ainda mais veemente o ritmo agitado da língua.

Apalpei as faces da máscara para me garantir, mas já me sentia contagiado pela alegria deles. Ou melhor, talvez estivesse procurando de caso pensado me extasiar com a capacidade comum a todos os mortais de se contagiarem se assim lhes parecer. Ou será que era um estado de espírito semelhante ao do vagabundo que surge com frequência em romances, dado a falar com persistência em parentes ricos? Seja como for, sentado ali naquela mesa barata e solicitando meu prato de carne grelhada, eu me percebia todo em tecnicolor, como um astro de cinema.

Uma barata rastejava pela parede. Enrolei um jornal que alguém esquecera sobre a mesa e a derrubei com um golpe. Depois, acompanhando desatento as letras impressas, me deparo com uma coluna de ofertas de trabalho e, em seguida, com fileiras de anúncios de cinemas, teatros e casas de diversão. Aquelas letras impressas instigaram minha imaginação de maneira estranha. E escoando por entre as colunas de propaganda, um cenário repleto de mistério e vozes sussurrantes começou a se desdobrar diante de mim, tendo como adequado contraponto o incansável diálogo dos três homens.

Havia um cinzeiro que produzia bilhetinhos da sorte. Quando você introduz uma moeda de dez ienes e aperta um botão, um bilhete enrolado, da grossura de um palito de fósforo, aparece de um orifício logo abaixo. Tudo indica que minha máscara estava tão excitada que já se dispunha até a entrar naquele tipo de brincadeira. Desenrolei o papelzinho e meu destino estava assim previsto:

"Dia de pouca sorte. Tempo propício para uma viagem marítima, se esperar. Se vir alguém com uma pinta sob o olho, vá para o oeste."

Quase explodi numa involuntária gargalhada, momento em que um dos três coreanos começou a falar em japonês com a garota que me trouxe o prato de carne grelhada:

– Ei, moça. Você tem cara de caipira coreana. É verdade, você tem mesmo cara de caipira coreana.

Aquilo foi mais berrar do que falar. Sobressalte-me como se a injúria tivesse sido dirigida a mim e, encolhendo por dentro, olhei de relance para a garota, que, sem se perturbar, também sorriu acompanhando a gargalhada dos três homens. Eu me espantei. Então, a expressão "caipira coreana" talvez não contivesse a maldade que eu imaginara. E, por falar nisso, o próprio homem que berrara com a garota, um indivíduo de meia-idade, com o aspecto mais grosseiro dos três, era o que mais se adequava ao adjetivo *caipira*. Avaliando pelo estilo jocoso do diálogo mantido pelos três homens, talvez a expressão não passasse de uma brincadeira com laivos de autogozação. E podia ser também que a menina objeto da caçoada era, ela própria, coreana como os demais. Não são raros os coreanos da faixa etária daquela garçonete que só conhecem a língua japonesa. Nesse caso, aquela expressão não teria nenhum sentido depreciativo: pelo contrário, poderia até ser um tipo de abordagem amistosa e de reconhecimento. Era isso, não havia dúvida. Pois não havia razão alguma para que um coreano usasse a palavra *coreano* em sentido depreciativo, para começo de conversa.

E torcendo e retorcendo o raciocínio dessa maneira, acabei afinal chegando a uma sensação de constrangimento quase insuportável pelo erro de ter-me sentido íntimo dos coreanos. Minha atitude, se exemplificada, era a do mendigo branco que trata de igual para igual o imperador de um povo negro. Ambos éramos alvo de preconceito, mas em níveis brutalmente diferentes. Eles tinham o direito de rir daquele que se mostra preconceituoso, mas eu não tenho. Eles têm companheiros com quem se unir contra o preconceito, eu não. Se tinha a intenção de me situar no nível deles, devia tê-lo feito depois de despir a máscara e de expor sem pudor o ninho de sanguessugas. E então compartilharíamos a condição de monstros sem rosto e... não, que hipótese mais sem nexo, como pode alguém que não ama a si próprio sair em busca de companheiros?

A animação que me movera até ali desapareceu como por encanto e, sentindo-me repentinamente gelado, aflito e outra vez atormentado até a alma pela já conhecida sensação de constrangimento, só me restou voltar cabisbaixo para meu esconderijo. Mas devia estar mesmo consternado, pois tornei a cometer um grave erro na porta do apartamento. No momento em que ia dobrar a esquina da viela, acabei topando com a filha do zelador.

Recostada na parede, a garota manipulava um ioiô desajeitadamente. O brinquedo era grande e dourado, e brilhava em suas mãos. Estaquei sobressaltado. Fora imprudente, com certeza. A viela era um beco sem saída só usado por quem se dirigia ao estacionamento ou à escada de incêndio nos fundos do prédio. Eu não deveria usar aquela entrada dos fundos enquanto não me apresentasse oficialmente como o "irmão" para o zelador. Entretanto, como o apartamento acabara de ser construído e os moradores tinham acabado de se mudar naqueles dias, não haveria problema algum se eu tivesse seguido em frente sem hesitar e... assim pensando, endireitei-me de chofre mas... tarde demais. A garota parecia ter se dado conta de meu afobamento. De que maneira me livraria daquele apuro?

– Naquele quarto – disse eu, cônscio de que a desculpa era esfarrapada mas sem encontrar nada melhor para dizer – mora meu irmão, sabe? Você sabe se ele está...? Ele usa bandagens em volta do rosto, assim... Você o conhece, não é?

Mas a garota apenas se moveu de maneira quase imperceptível, não respondeu nem alterou a fisionomia. Começo a me afobar cada vez mais... Será que ela percebeu alguma coisa diferente?... Não, não era possível... A crer nas lamúrias do pai, o zelador, embora ela parecesse uma garota normal, seu quociente intelectual correspondia mais ou menos ao de uma criança que acaba de entrar na escola fundamental. Na infância, tivera meningite decorrente das complicações de uma febre alta e não conseguira se recuperar. Lábios frágeis como asas de inseto... queixo pequeno como o de uma criança... ombros estreitos e caídos... e, em contraste, um nariz fino, de adulto... olhos grandes, tortos e vagos... Acho que era retardada, de fato.

Mas algo no silêncio da garota me impedia de ignorá-la e seguir adiante. Então, resolvo fazê-la falar alguma coisa e digo a primeira coisa que me vem à cabeça:

– Que ioiô bacana! Ele funciona bem?

A garota contraiu os ombros num movimento espasmódico e, escondendo esbaforida o ioiô atrás das costas, respondeu em tom agressivo:

– Ele é meu, não é mentira não!

Vi-me então com uma súbita vontade de gargalhar. Suspiro de alívio e, ao mesmo tempo, tenho vontade de provocá-la um pouco mais. Em parte para compensar a aflição que ela me fizera passar e em parte por achar que era até bom caçoar um pouco daquela garota que, tempos antes, gritara de pavor ao ver minha máscara de bandagens. Quociente intelectual à parte, a garota era de certa maneira cativante, como uma fada defeituosa. Se tudo desse certo, podia até ser que ela me ajudasse a recuperar, mesmo que de leve, a autoridade da máscara um tanto ameaçada no momento.

– É mesmo? E onde está a prova de que isso não é mentira?

– Gosto que acreditem em mim. E não vou prejudicar ninguém, de jeito nenhum, viu?

– Está bem, acredito. Mas continuo achando que tem o nome de alguém gravado nesse ioiô.

– Ah, mas não dá para confiar nessas coisas. Muito, muito tempo atrás, tinha um gato que disse... Um gato muito, muito branco, que não era feio como esse da minha casa...

– Tá, mas deixe ver, vamos...

– E eu também sei guardar segredos muito bem.

– Segredos...?

– Faz muito, muito tempo, um gato disse: "Um rato quer pendurar um sino no meu pescoço". E agora, o que é que vamos fazer...

– Tá, nesse caso, o que acha de eu comprar para você um ioiô igualzinho a esse aí?

Eu estava apenas satisfeito com o fato de poder continuar o diálogo, mas o efeito da proposta irrompeu de uma maneira que excedeu em muito minha expectativa.

Pressionando as costas contra a parede, a garota parecia avaliar o sentido de minhas palavras. Depois, lançou-me um olhar desconfiado, de baixo para cima, e disse em tom agressivo:

– Não vai dizer nada para o meu pai, vai?

– Claro que não.

Acabei rindo sem parar (ei, estou rindo!) e, ciente do efeito da risada sobre a máscara, ri uma vez mais. E, pelo jeito, a garota também acabou se convencendo. Relaxou a tensão das costas, até então eretas como um pedaço de madeira, projetou o lábio inferior para diante e disse, quase cantando:

– Tá bom... Tá bom...

Em seguida, ainda relutante, esfregou o ioiô dourado na barra da manga de seu casaco e prosseguiu:

– Se vai mesmo comprar outro ioiô para mim, vou devolver este... Eu não roubei, não mesmo... O trato já era bem antigo, sabe... Mas vou devolver, assim mesmo... Vou agorinha mesmo, tá...? Eu gosto demais disso, sabe, gosto muito de ganhar presente dos outros...

Ainda pressionando as costas contra a parede, ela passou rente a mim andando de lado como um caranguejo. Quer dizer, ela era apenas uma criança, no fim das contas... Eu ia suspirar de alívio quando, ao passar por mim, a garota sussurrou:

– Nós dois vamos brincar juntos de guardar segredo!

(Brincar de guardar segredo, nós dois?) Que significa isso?... Ora, não preciso me preocupar, como é que essa garota retardada conseguiria sugerir algo tão complexo... Pôr a culpa na estreiteza intelectual era tarefa fácil; contudo, pode-se dizer também que, no cão, essa mesma estreiteza lhe aguçou o faro... E para começo de conversa, o próprio fato de eu estar às voltas com esse tipo de preocupação era sinal de que minha confiança começava a vacilar uma vez mais.

A experiência me deixara um travo desagradável. De que adianta refazer o rosto se mantenho memória e hábitos antigos? Desse jeito, era o mesmo que despejar água num balde sem fundo. Uma vez que usava uma máscara no rosto, precisava também calcular uma outra para a mente à altura da primeira. Se possível, gostaria de me dedicar à arte de representar e de fingir até chegar ao ponto de passar sem sobressaltos por detectores de mentira.

Quando despi a máscara, a cola, abafada e cozida pelo suor, desprendia um cheiro de uva madura demais. No mesmo instante, um cansaço insuportável transbordou como esgoto entupido e, viscoso como alcatrão, começou a sedimentar em todas as articulações. Mas tudo na vida tem seu lado positivo e seu lado negativo. Considerando que era minha primeira tentativa, não posso afirmar que foi apenas uma sucessão de fatos negativos. Até para o bebê, a experiência de nascer se reveste de pesado sofrimento. E se um adulto pretende renascer como um outro homem completamente diferente, talvez fosse normal haver tropeços e atritos. Talvez eu deva agradecer pelo fato de não ter me ferido com gravidade.

Limpei o avesso da máscara, devolvi-o à fôrma que lhe servia de suporte, lavei o rosto, passei um creme, me deitei por instantes com o intuito de descansar a pele e, embora o Sol ainda estivesse alto no horizonte, acabei caindo num sono pesado, reagindo talvez à tensão contínua dos últimos dias. E quando despertei, o dia já estava prestes a clarear.

Não chovia, mas uma neblina de textura grossa conferia aspecto de bosque negro aos fundos das lojas comerciais da calçada oposta. O céu começara a se tingir de leve e, talvez por causa da neblina, apresentava nuances avermelhadas que lhe davam um aspecto mais arroxeado que o costumeiro. Escancarei a janela, inspirei fundo o ar matinal, pegajoso como ar marinho, e senti que aquele momento, em que não tinha de me preocupar com olhares alheios, era como uma cadeira especial na plateia, só minha... Sim, talvez a verdadeira imagem do ser humano esteja revelada no interior dessa neblina. O rosto em seu estado natural, a máscara, o ninho de sanguessugas, todos esses adornos provisórios estariam translúcidos como se tivessem sido expostos à radiação... Só a substância e a essência estariam expostas, lavadas de toda ostentação... E a alma humana se tornaria então diretamente acessível à língua e perceptível ao paladar, como um pêssego descascado. Para tanto, será necessário pagar o preço denominado solidão, é claro. Mas não faz mal, faz? Não há nenhuma prova de que indivíduos dotados de rosto sejam menos solitários que eu. Qualquer que seja o cartaz pendente da pele de um rosto, seu conteúdo não deve diferir em nada do de um náufrago à deriva.

Além do mais, a solidão só é um inferno para aqueles que dela tentam escapar: para quem a procura, é a felicidade do ermitão. Muito bem, nesse caso eu também vou deixar de lado essa cara chorosa de protagonista de melodrama e me candidatar a eremita. Já que tenho no rosto esse selo de solidão que obtive a tanto custo, não há por que não usá-lo em proveito próprio. Para minha sorte, tenho a química macromolecular por deus, a reologia por oração e o laboratório por mosteiro, de modo que a solidão jamais perturbaria minha atividade diária. Ao contrário, pergunto-me se ela não me asseguraria dias muito mais simples, corretos, pacíficos e, além de tudo, mais plenos que até agora.

Enquanto contemplava o céu que aos poucos se ruborizava, senti a certeza de que minha alma também clareava. Claro que, ao considerar a luta desesperada que vinha travando até então, essa alteração de humor não deixava de ser surpreendente e um tanto perturbadora, mas eu não estava em condições de reclamar. Agradeci do fundo do coração a oportunidade que me fora concedida de tomar o leme e mudar meu curso antes de me ver irremediavelmente perdido em alto-mar e me voltei para a máscara sobre a mesa. Estava disposto a despedir-me dela com ânimo leve, tolerante, cândido e gentil.

Mas a claridade do céu ainda não alcançara a máscara. E esse escuro rosto de um outro a devolver meu olhar de maneira inexpressiva repelia com firmeza a minha aproximação como se fosse dotado de vontade própria, não subordinável a meus caprichos. Achei que a máscara se assemelhava a um espírito malévolo proveniente do país das lendas e então, num segundo, vieram-me à mente as palavras de uma historieta infantil que eu lera ou quiçá ouvira num passado muito distante.

"Era uma vez um rei. Certo dia, esse rei contraiu uma estranha doença. Era uma doença pavorosa, que derretia o corpo aos poucos. Médicos e remédios de nada adiantaram. O rei resolveu então assinar um novo decreto, segundo o qual quem quer que visse seria condenado à morte. O decreto foi muito eficaz, pois mesmo depois que a doença derreteu o nariz e as mãos de Sua Majestade, e até

depois que suas pernas logo abaixo dos joelhos começaram a desaparecer, ninguém duvidou que o rei continuava vivo e saudável, do mesmo modo que antes. A doença logo se agravou e o rei, que derretia como vela e nem conseguia mais se mover, resolveu enfim pedir socorro. Mas então era tarde demais, pois mesmo a boca ele já havia perdido. Até que o rei por fim desapareceu. Mesmo assim, nenhum de seus fiéis súditos chegou a desconfiar que Sua Majestade sumira. Não só não desconfiaram como também continuaram por muitos e muitos anos a amar e a respeitar aquele monarca silencioso considerando-o um sábio governante, pois ele nunca mais cometeu erro algum."

De repente, senti raiva e, fechando a janela, joguei-me uma vez mais na cama. Havia testado a máscara durante metade de um dia, apenas. Que necessidade havia de considerar os fatos com tanta seriedade e de fazer tanto barulho após tão curta experiência? Queixar-me era fácil, e isso eu podia fazer a qualquer momento. Fecho os olhos e começo por evocar a janela molhada de chuva, a erva que espreita por uma brecha no asfalto, a mancha na parede com o formato de um animal, o nó no tronco da velha árvore maltratada, a teia de aranha quase rompida ao peso da névoa, enfim, uma sucessão de cenas excêntricas e insignificantes. Esse é o ritual que costumo seguir quando, por exemplo, a irritação espanta meu sono.

Mas não vejo nenhum resultado. Ao contrário, a irritação se expande sem motivo aparente e se torna cada vez mais insuportável. E então, de repente, começo a imaginar como seria bom se a névoa que paira lá fora fosse um gás venenoso. Ou então se um vulcão entrasse em erupção, ou se uma guerra estourasse e o mundo inteiro morresse asfixiado, destruindo por completo a realidade. O sr. K, dos órgãos artificiais, falara de soldados que perderam o rosto em campos de batalha e se suicidaram, e se tais fatos aconteceram mesmo, eu, que passei a maior parte da minha juventude num país em guerra, conheço-os muito bem. Em nenhuma outra época o preço do rosto caiu tanto no mercado. Nos momentos em que a morte nos parece mais próxima do que nossos companheiros, que sentido teriam as vias de comunicação com estranhos? Um soldado que avança, baioneta em riste, não precisa de rosto. Realmente, aquela talvez tenha sido a única época em que um rosto envolto em bandagens pareceria belo.

Em minha imaginação, sou um artilheiro e disparo contra tudo o que meus olhos veem. E em meio à fumaça da fuzilaria, enfim adormeço.

Em que pese a obviedade, é admirável a influência dos raios solares sobre o espírito humano. Ou também pode ser que as horas de sono tivessem sido satisfatórias. Incomodado com a claridade, viro-me na cama e desperto para descobrir que havia muito já passara das dez e que, tal como a névoa matinal, as lamúrias em meio à semiclaridade da aurora tinham-se evaporado por completo.

Eis que, no dia seguinte, terminava o prazo da viagem a trabalho que eu inventara. E se pretendia levar a termo o meu plano, tinha de me diplomar a qualquer custo em uso de máscara no decorrer daquele dia. Com considerável animação, ponho a máscara e me arrumo. Sentindo vago acanhamento, visto o terno novo, introduzo o anel no dedo e, ao acabar de me fantasiar, sou obrigado a reconhecer que o resultado é de fato elegante. De modo algum consigo imaginar que esse homem – ou seja, eu mesmo – é o do jaleco manchado de produtos químicos que passava dias e noites às voltas com fórmulas moleculares. Veio-me até uma leve vontade de descobrir por que razão não conseguia imaginar mas, infelizmente, estava com pressa. Não só estava com pressa como também um tanto fascinado com a minha figura lindamente metamorfoseada. No fundo dos meus olhos, e cerca de dois dedos mais para dentro do crânio, fogos de artifício que pareciam anunciar o início de alguma solenidade explodiam com intermitência... Verdade, eu me sentia o próprio dândi, arrumado e pronto para perambular por algum evento festivo.

Desta vez, resolvo tomar coragem e sair pela porta da frente. Afinal, se sou o "irmão mais novo", não tenho necessidade alguma de me esconder e, além disso, se num golpe de sorte conseguir me encontrar com a garota, quero lhe perguntar onde vendem os já referidos ioiôs. Não tinha a menor ideia do tipo de loja que comercializava tais brinquedos. Desde que sofri a perda de meu primogênito e, em seguida, do meu segundo filho por aborto, me afastara por completo do universo infantil, suponho que conscientemente... Uma lástima, mas acabei não me encontrando nem com o zelador, nem com a garota.

Como saíra sem estabelecer objetivo, resolvo começar procurando o ioiô. Não conheço nenhuma loja especializada, de modo que decido verificar, antes de mais nada, a seção de brinquedos de uma loja de departamentos. Pelo visto, ioiôs estiveram na moda durante o ano passado, pois em todo lugar havia uma gôndola especialmente destinada a esses brinquedos com crianças agarradas a ela como carrapatos. Hesitei, pois não achei que faria bem à minha sanidade mental misturar-me a esse ruidoso bando mas, como precisava selar com algum tipo de encantamento aquela promessa de "nós dois" brincarmos juntos de guardar segredo, me enchi de coragem e me meti no meio dos pequenos carrapatos. Para minha infelicidade, no entanto, não encontrei o ioiô do tipo que buscava. Pensando bem, tanto pelo formato como pela cor, o que procurava não era bem o tipo de brinquedo comercializado em lojas de departamento. Ou seja, transposto para o campo dos doces, era mais do tipo que se encontra em vendas do que em confeitarias. Saí então para a rua e andei em busca de lojas desse tipo por quase uma hora, momento em que encontrei, numa ruazinha do outro lado da estação ferroviária, uma pequena loja de brinquedos.

Conforme esperara, os artigos ali expostos eram bem diferentes dos encontrados em lojas de departamentos. Não significava que o estabelecimento fosse uma vendinha de doces baratos, mas também não trabalhava apenas com coisas finas e caras: um certo ar sigiloso de ingênua malignidade reinava no ambiente, talvez por visar a uma clientela composta de crianças um pouco mais velhas, que decidiam sozinhas o que comprar usando o dinheiro de suas mesadas. Ou seja, os brinquedos se exibiam de maneira despudorada para aquela mentalidade infantil que preferia água açucarada e colorida artificialmente em embalagens de formato triangular a sucos de frutas em garrafas padronizadas. Dito e feito, ali estava o referido ioiô. Com o corpo esférico feito de resina mista e partido ao meio nas mãos, pensei no fabricante que conseguira realizar aquele desenho quase magnífico em seu anacronismo, e não consegui conter o riso. Havia extrema sutileza em seu traçado, mais ainda por sua forma ser essencialmente simples. Ninguém poderia alcançar esse resultado sem ser impiedoso com seu próprio gosto. Não era uma questão de eliminar o gosto, mas muito mais de jogar sobre ele toda a luz do consciente. Era lançar o próprio gosto ao chão como se fosse um mísero inseto, pisá-lo com o calcanhar e reduzi-lo a uma papa. Seria crueldade? Talvez fosse em certas circunstâncias, claro. Mas, se você assim escolheu por sua própria vontade, deve haver também, em oposição, certo prazer vingativo em relação à sociedade ou talvez a sensação de liberação de quando nos desnudamos. Pois agir de acordo com o próprio gosto não deve ser a única forma de liberdade que existe, deve haver também uma outra forma, qual seja, a de fugir daquilo de que se gosta...

Pois é, creio nem ser necessário dizer, mas eu tecia tais considerações também a respeito de minha própria situação. Em busca de produzir uma mentalidade de um outro à altura do rosto desse outro, tivera de esmigalhar meu próprio gosto a cada passo. Mas essa tarefa não fora tão difícil quanto eu imaginara. Parecia até que uma força capaz de aliciar o outono se acrescera à máscara e que meu velho espírito se transformara em folha seca à espera do momento da queda, bastando agitar de leve o galho. Minto se disser que não senti nada, mas foi só um leve ardor, como o do aroma da menta ao nos atingir os olhos, estranhei não ter sentido nem a dorzinha da picada de um inseto. Pelo visto, o ego não é tudo aquilo que dizem.

Mas então, que tipo de espírito eu pretendia desenhar nessa tela velha, assim apagada? Não a imagem de uma criança, tampouco a minha. Seria antes o espírito do plano para o dia de amanhã... E mesmo que eu não pudesse dar-lhe um nome cuja definição encontrasse em dicionários, como ioiô, cartão-postal, caixa de joias, elixir de amor de pó de lagartixa seca... como programa de ação estava tão claramente esquematizado quanto um mapa elaborado com fotos aéreas. Insinuações tantalizantes, já venho fazendo repetidas vezes. Mas agora que tais insinuações são fato consumado e tanto seu conteúdo como seu resultado se tornaram perceptíveis à língua, ao ouvido e à ponta dos dedos, não é justo que eu me limite apenas a elas com a desculpa de que me é doloroso enunciá-las em palavras. Vou aproveitar a oportunidade para declarar com franqueza: na qualidade de um estranho total, eu pretendia... eu pretendia seduzi-la e violentá-la... você, meu símbolo dos outros.

Espere, espere um pouco... não era isso que eu pretendia escrever... Não me considero irresoluto a ponto de ficar repetindo coisas que já são de seu conhecimento, deixando de escrevê-las com o único intuito de ganhar algum tempo. O que eu queria mesmo escrever era a respeito do meu estranho comportamento depois de comprar o ioiô em questão, comportamento esse que mesmo eu consigo definir apenas como inesperado.

Cerca de um terço da parte posterior da referida loja de brinquedos estava tomada por uma prateleira repleta de armas de fogo de brinquedo. No meio delas, havia alguns tipos caros, obviamente importados e muito bem elaborados: ao empunhá-los, notei que o peso era convincente e que, exceto pelo fato de terem a boca do cano arrolhada com chumbo, os mecanismos do gatilho e do pente não diferiam em nada dos das armas reais. Lembro-me de ter lido certa vez um artigo de jornal em que falavam de alguém que remodelara uma arma de brinquedo e com ela atirara de verdade. Na certa o indivíduo usara um produto semelhante àquelas imitações... Seja como for, será que você consegue me visualizar absorto no exame dessas imitações de armas de fogo? Nem meus colegas mais íntimos do laboratório conseguiriam. Aliás, nem mesmo eu, até me ver nessa situação.

Tanto assim que por um momento duvidei de que aquele fosse realmente eu, até o dono da loja me sussurrar com um meio sorriso especulativo, enquanto embrulhava o ioiô:

– Vejo que o senhor gosta desse tipo de brinquedo. Quer que lhe mostre uma belezinha guardada lá dentro?

Ou melhor, talvez seja mais correto dizer que me sentia desnorteado pelo fato de não estar demonstrando reações tipicamente minhas. Dizer que me sentia desnorteado e consciente do fato talvez seja incongruente, mas isso se devia ao fato de a máscara ser uma máscara. Ignorando meu pânico, a máscara acenou em concordância para o dono da loja com cara de lebre e se dedicou com entusiasmo a negociar a referida "belezinha guardada lá dentro" como se dessa maneira provasse a própria existência.

Era um revólver de pressão Walther. Potente a ponto de varar uma tábua de cinco milímetros de espessura a uma distância de três metros, seu preço, vinte e cinco mil ienes, era considerável mas... que acha que fiz? Convenci o homem a reduzir o preço para vinte e três mil ienes e o comprei...

– Uma arma ilegal, está entendendo? *Um revólver de pressão não é um brinquedo, ele é considerado um revólver. Veja bem, a posse ilegal de armas de fogo é punida com rigor, muito cuidado com ele, por favor...*

Apesar das advertências, acabei por comprá-lo.

Senti-me realmente estranho. Sem a máscara no rosto, mergulho numa prega escondida no intestino delgado e murmuro, furtivo: isso não estava nos meus planos... Achei que escolhera o tipo facial do caçador extrovertido e agressivo apenas porque buscava um rosto compatível com o do homem que haveria de seduzi-la... Mas aquilo não estava nos meus cálculos... Apenas pedira à máscara uma ajuda para minha recuperação... Nunca lhe pedi para fazer o que bem entendesse... Que é que eu pretendia, ao levar essa arma?

Mas a maldita máscara apalpou de maneira intencional o volume duro por cima do bolso, riu da minha confusão e pareceu até estar se divertindo com ela. Apesar de tudo, a própria máscara não sabia responder à pergunta que meu rosto desmascarado fizera. O futuro é sempre calculado a partir do passado. Não era possível que a máscara, que ainda nem vivera vinte e quatro horas, já tivesse um plano de ação para o dia de amanhã. A equação social do ser humano é, em suma, função da idade, e as possibilidades da máscara de zero ano eram por demais irrestritas, como as de um recém-nascido.

Mas esse recém-nascido de óculos escuros refletido no espelho do banheiro da estação, talvez porque eu associasse a ele o que escondia no bolso, me parecia violento e agressivo e eu, para ser franco, não consegui de imediato estabelecer se tinha de lhe dar pouca importância ou temê-lo.

E agora, o que faço...? Mas esse "que faço" também não era um "que faço" indeciso, de braços cruzados, e sim um questionamento de olhos abertos, transbordante de curiosidade. Para a máscara, aquele era o primeiro passeio por conta própria e eu mesmo não possuía nenhum outro plano além desse, de fazê-la perambular. Considerava prioritário fazê-la familiarizar-se com o ambiente social, mas não preparei para ela de antemão um cenário introdutório com medo de que isso surtisse efeito contrário e a levasse a se retrair. Assim sendo, pretendia assumir a atitude protetora de tomá-la pela mão e guiá-la com carinho pelos caminhos desse novo mundo ainda desconhecido para ela. Contudo, a partir do incidente da loja de brinquedos, a posição agente-paciente se inverteu por completo. Longe de dar-lhe a mão e conduzi-la, eu apenas conseguia, atônito e a duras penas, andar atrás daquele espírito esfaimado como um prisioneiro que acaba de ser solto.

E agora, que faço...? Acariciando de leve a barba do queixo com a ponta dos dedos e na certa levada por um sentimento antagônico contra a velha máscara, a das bandagens, a nova máscara virou-se de maneira exibicionista para o lado e, vigilante, desdenhosa, inquisidora, ávida, agressiva, segura de si, cobiçosa, tateante, confiante, observadora como um caçador à espera de um movimento nas moitas... ou seja, misturando e sovando percentuais de todas as atitudes imagináveis para esse tipo de situação, farejava o ar incessantemente com narinas frementes e expressão de cão malandro que aproveitou a distração do dono e fugiu de casa. Isso era também sinal de que a máscara começava a adquirir confiança a partir da reação de terceiros e, não posso negar, até eu me senti exultante com o sucesso.

Ao mesmo tempo senti-me, no entanto, muito inseguro. Por mais diferente que parecesse de meu rosto sem máscara, eu era eu mesmo. Uma vez que não estava sob hipnose nem sob o efeito de alguma droga potente que me tivessem administrado, eu era, em última análise, responsável por todo e qualquer ato praticado pela máscara... até mesmo com relação ao revólver de pressão escondido no bolso... A personalidade da máscara não era nenhum coelho que saltara da cartola de seda de um mágico mas, pura e simplesmente, uma parte de mim mesmo que até então eu não percebera porque meu rosto, sentinela rigorosa, não lhe permitira livre passagem. E embora eu racionalmente compreendesse esse fato, era como se estivesse sofrendo de amnésia, pois não conseguia lembrar-me dessa personalidade como um todo. Quero que você tente imaginar agora a irritação de possuir um ego abstrato e não ser capaz de lhe atribuir conteúdo. Confuso, cheguei até a pensar, a certa altura, em lhe aplicar o freio, sem dar na vista.

– E quanto à falha daquele material do teste número trinta e dois: houve erro na aplicação do teste ou na própria tese?

A pergunta tinha por finalidade trazer à baila um assunto de extrema importância no laboratório para, dessa maneira, obrigar a máscara a dar-se conta de sua própria situação. Havíamos levantado a hipótese de que existia uma relação funcional entre a variação do coeficiente de elasticidade de certo tipo de substância macromolecular quando submetido à pressão e a de quando submetido ao calor, e vínhamos obtendo os resultados experimentais esperados mas, recentemente, o material de teste número trinta e dois quase subvertera por completo tais resultados, colocando-nos a todos em situação bastante difícil.

Mas a máscara apenas franziu o cenho, demonstrando leve irritação. Por um lado, achei compreensível a reação mas, por outro, senti-me um tanto ferido em meu orgulho...

NOTA *A máscara tinha sido, em princípio, apenas um recurso para promover minha própria recuperação. Levando em conta o fato de eu ter dado a mão e estar quase perdendo o braço inteiro, não devia minimizar a questão dizendo que fora "ferido em meu orgulho".*

... e disse em involuntário tom agressivo:

– Me diga então que raios você quer ser! Lembre-se porém que não é nada, se eu quiser posso arrancá-la neste instante do meu rosto.

Mas a máscara replicou, sem dar mostra de se abalar:

– Quero ser ninguém, você sabe. Pois se vim comendo o pão que o diabo amassou só para continuar sendo alguém, deixar escapar essa oportunidade de ouro e precisar ser alguém de novo não está decididamente em meus planos. E acho que você também não está pensando a sério em me transformar em alguém, está? Pode até pensar mas, já que não vai conseguir mesmo, o que acha de seguirmos em frente do jeito que está? Olhe aí, hoje nem é feriado mas... veja essa multidão. Não é que as pessoas se juntem e por isso se forma a multidão: a multidão existe, e por isso as pessoas começam a se juntar. Não é mentira, não, esses estudantes com cortes de cabelo em tudo semelhantes ao de arruaceiros, essas virtuosas donas de casa usando maquiagem parecida com a daquela atriz que ficou famosa por seu papel depravado, essas garotas gordas como porcas vestindo roupas idênticas às de manequins esquálidas... todos se misturam à multidão no afã de ser ninguém, mesmo que seja por um instante e só na imaginação. Ou você está querendo afirmar que só nós dois somos diferentes?

Eu não tinha o que dizer a ele. Não poderia ter. Pois quem afirmara tudo isso fora a máscara, mas a máscara elaborara essa afirmativa com a minha cabeça. (Você teria rido agora? Acho que isso seria esperar demais. Uma piada de mau gosto da qual é impossível rir. Mas se ao menos você reconhecesse uma dose de lógica no que digo, sentiria um grande alívio...)

Derrotado pela máscara, ou talvez usando a derrota como desculpa, resolvi não contrariá-la mais e deixá-la agir conforme desejava. E então, a máscara elaborou na mesma hora um plano tão audacioso quanto o incidente do revólver de pressão de há pouco, aliás, um plano de conteúdo lógico, algo inesperado para um ente sem nome. Depois de almoçarmos, iríamos de novo até as proximidades de minha casa para ver em que pé estavam as coisas. Por "coisas" não estou me referindo à situação da casa, mas à minha. Fingiria espiar a minha casa e testaria até que ponto serei capaz de suportar a provação de representar o papel de sedutor, cuja estreia estava prevista para o dia seguinte. Concordei sem pensar duas vezes porque era algo por que eu ansiava no íntimo mas não tivera coragem de mencionar.

PS *Não digo isto com a intenção de ganhar alguns pontos em sua estima, mas acho que fui de uma ingenuidade ímpar. Era o mesmo que discutir o sistema heliocêntrico enquanto falava do sistema geocêntrico. Você se engana se pensa que faço pouco da gravidade desse crime chamado ingenuidade. Pelo contrário, só de pensar no que aconteceu deste ponto em diante, sinto que os vermes da vergonha saem rastejando e se espojando de cada um dos poros do meu corpo inteiro. Se reler o que escrevi já me é vergonhoso, imaginá-la lendo é vergonha muitas vezes maior. Eu também achava que sabia com certeza de coisas básicas como o sistema geocêntrico mas... na certa considerei minha própria solidão de maneira exagerada... Achei que ela era maior que a de toda a humanidade junta e... como prova de meu arrependimento, a partir do meu próximo caderno estou pensando em eliminar por completo todas as palavras e expressões que façam menção à tragédia.*

A experiência de usar o trem suburbano tão meu conhecido proporcionou-me uma sensação de novidade tão intensa que me pareceu tomá-lo pela primeira vez em cinco anos, e não em apenas cinco dias. Era natural, pois se a viagem era para mim tão conhecida a ponto de poder fazê-la de olhos vendados, para a máscara era novidade total. Caso porém tenha tido uma vaga sensação de já conhecê-la, isso talvez se deva a um sonho fetal implantado antes do nascimento dela.

Pois é, assim foi, na verdade... Até a nuvem à minha frente, tão parecida com uma ruína ancestral de veneranda barba branca, era algo que eu me lembrava de ter visto antes... O coração da máscara fora lavado com água gasosa e pequeninas bolhas saltitavam em sua superfície... Num gesto reflexo, enxugo com as costas da mão a testa que nem úmida está e, sobressaltado, corro o olhar ao redor, mas não havia ninguém ali que pudesse ter percebido meu deslize... Tinha sido admitido no grupo, mas a esperada distância entre mim e os outros continuava preservada de maneira natural... De repente, me veio uma grande vontade de rir... A impetuosa invasão de um território inimigo se transformara em sereno regresso à terra natal, e o constrangimento de praticar um crime se transformara na nostálgica satisfação do reencontro... Acompanhando o ritmo dos solavancos do trem eu começava a lançar, ávido como um paciente com problema estomacal recém-liberado da dieta, uma antena semelhante a uma gavinha de trepadeira em sua direção e na de sua testa branca, à cicatriz rosada de queimadura na parte interna de seu pulso, na da linha do seu tornozelo que lembrava a parte interna de um caracol.

Fui brusco demais? Se assim lhe pareceu, não posso me queixar. Se você me disser que eu delirava, intoxicado pela máscara, não tenho como refutar. Esta é de fato a primeira vez que, no corpo deste meu manuscrito, me refiro a você nesses termos. Mas isso não quer em absoluto dizer que a considerava um valor em depósito fixo, no qual só se mexe depois de vencido o prazo de aplicação: pelo contrário, sentia que não tinha qualificação para lidar com tal valor. Um monstro sem rosto discutir seu corpo poderia até parecer mais cômico que um sapo polemizar a respeito do trinado de um pássaro. Eu estaria me magoando e, em última análise, magoando até a você. Mas então, então, isso significaria que o feitiço tinha se desfeito? Isso seria uma pergunta ainda mais difícil de responder, naturalmente. Mais adiante, porém, me cansarei de enfrentar essa questão. Creio que será melhor esperarmos até lá para discuti-la.

Como já era hora de algumas lojas cerrarem suas portas, o trem estava bastante cheio. Movi meu corpo de leve e senti as coxas roçarem as nádegas de uma mulher que usava um casaco verde. Torci-me para não deixá-la perceber a presença do revólver em meu bolso, mas o contato se tornou ainda mais complicado. Como porém a mulher não fez menção de se afastar, também continuei na mesma posição. Com os solavancos do trem, o contato chegava a se intensificar, mas nunca se desfazia. A mulher continuava a parecer adormecida, suas nádegas ora endurecendo, ora amaciando. Enquanto imaginava, entusiasmado, o que aconteceria caso usasse a pistola em meu bolso para lhe pressionar as nádegas, acabei chegando à estação onde deveria desembarcar. Ao descer, olhei de relance para a mulher e notei que ela era mais velha do que sugeria a visão posterior de sua cabeça: com expressão exageradamente séria, ela não tirava os olhos de uma propaganda do lado de fora da plataforma. Não houve nada além disso. Apenas queria lhe contar isso porque se eu não estivesse com a máscara a postos, seria difícil o incidente ter ocorrido dessa forma.

PS *Espere, acho que não fui franco o suficiente na maneira como me expressei neste trecho. Faltou-me tanto franqueza como honestidade. A vontade de não ferir seus sentimentos talvez tenha exercido alguma influência. Se assim foi, eu não deveria nem ter tocado no assunto. E se era para me vangloriar da utilidade da máscara, não teria havido necessidade alguma de perder tempo escrevendo a respeito de um episódio de molestamento sexual, nem que o texto se restringisse a dez ou vinte linhas... Eis por que eu disse que me faltou honestidade. Por ter recorrido a um expediente improvisado, não só por pouco deixei de transmitir minha verdadeira intenção como também quase fui mal interpretado.*

Não que eu tenha urdido uma trama destinada a lhe vender a imagem de honestidade. O contato existiu porque as condições eram inevitáveis, e eu apenas quis expor com clareza seu verdadeiro sentido. Pelo senso comum, não passou de um ato obsceno corriqueiro, no máximo passível de penitência mas, visto como ação empreendida pela máscara, acho que poderá se transformar em importante chave capaz de esclarecer o modo como agi depois dessa ocorrência. Para falar com simplicidade, tinha começado a ter uma ereção naquele instante. Não chegou a ser adultério mas foi, pelo menos, um ato de masturbação mental. Isso, para você, seria traição? Não, não quero usar a palavra traição de maneira tão barata. Pois nesse caso eu a estaria traindo incessantemente desde que as sanguessugas começaram a construir um ninho em meu rosto. Não toquei no assunto de propósito por temer que as coisas se tornassem ainda mais repugnantes e a fizessem perder a vontade de continuar a leitura, mas no mínimo setenta por cento de meus pensamentos giravam em torno de fantasias sexuais. Nunca cheguei a expressá-las em atos, mas era mesmo um criminoso sexual em latência.

Diz-se com frequência que existe uma relação íntima entre sexo e morte, e foi também nessa época que tomei conhecimento do verdadeiro significado dessa afirmação. Até então, só tinha a noção superficial de que o sexo extremado era obliterante a ponto de simbolizar morte, mas, ao perder o rosto e ver-me na situação de homem enterrado vivo, fui obrigado a compreender pela primeira vez essa realidade excepcional. Da mesma maneira que árvores preparam suas sementes diante do inverno e bambus frutificam antes de secar, sexo, em escala humana, nada mais é que luta contra a morte. Assim sendo, não se poderia também dizer que a expressão dessa sexualidade sem objeto específico, típica de molestador de mulheres, representava o anseio de um indivíduo moribundo de recuperar a qualidade humana? Como prova disso, soldados se transformam fatalmente em molestadores de mulheres. Se em meio a determinada população o número de molestadores estiver aumentando muito, isso seria prova de que tal cidade ou a própria nação está às voltas com um grande número de mortes. Quando o homem é capaz de esquecer a morte, o sexo também se transforma em algo com objeto específico e em amor, e assegurará um estável renascimento da espécie humana.

Quanto ao comportamento da máscara no interior daquele trem lotado, não há dúvida de que estávamos tanto eu como ela em estado de extrema solidão, mas tenho a impressão de que a máscara estava naquela fase exacerbada entre perversão sexual e amor, ou seja, aquilo talvez fosse o amor de um molestador de mulheres. A máscara não havia ainda conseguido uma vida integral, mas tudo indicava que começava a viver pela metade. Naquela situação, a máscara não só não a estaria traindo, como também não era capaz de traí-la. De acordo com a minha programação, a máscara só teria a possibilidade de viver plenamente depois que seu encontro com você fosse bem-sucedido.

E então, a conclusão deste apêndice talvez seja esta: graças à máscara eu me livrara por pouco do impulso irracional de me comportar como um criminoso sexual, mas não houvera alteração alguma no fato de eu ser um pervertido; não havia sido esse elemento de perversão, no entanto, que me direcionara a você. Pelo contrário, estou convencido de que aquele ato me livrou disso. Eis por que tinha de fazê-la amar minha máscara.

Uma vez que a máscara estava em pleno período de crescimento, resolvi urinar no banheiro público da estação para lhe propiciar todos os tipos de vivências possíveis e imagináveis. Evito as ruas de comércio intenso e sigo por vias pouco movimentadas. Temia me encontrar com você de maneira inesperada, por exemplo, diante da peixaria. Ainda não tinha certeza de que seria capaz de superar uma situação imprevista e, além do mais, queria ao menos que tudo corresse conforme o roteiro no tocante ao primeiro encontro entre você e a máscara. Pois já estava nervoso que chegue, não precisava de mais nada para piorar a situação. Meus pés se embaralhavam sem razão aparente e tropeçavam em lugares perfeitamente planos. Com o intuito de esfriar o calor por trás da máscara, eu arfava com a boca aberta à semelhança de um cão e repetia, como se entoasse uma fórmula mágica: Preste atenção, este terreno lhe é desconhecido... tudo o que vê e ouve é novidade... É a primeira vez que vê os prédios e as pessoas que talvez vá encontrar em seguida... E mesmo que alguma coisa se ajuste às suas memórias, é engano ou coincidência, ou talvez algo entrevisto num sonho... É o caso dessa tampa de bueiro quebrada... desse poste de luz meio pintado... dessa esquina com sua eterna poça de água formada pela água suja da valeta que vive transbordando... dessa enorme zelcova que avançou para a rua... e também... e também...

Assim repetindo, empenhei-me em expulsar de minha memória cores e formas, uma a uma, como se cuspisse areia da boca mas, apesar de tudo, uma me restou. Você. Desesperado, expliquei para a máscara: você é um desconhecido, seu encontro com ela amanhã será realmente o primeiro, você nunca a viu nem a ouviu! Vamos, jogue fora essa impressão! Acontece que, quanto mais a paisagem ao redor se tornava translúcida e se distanciava, mais sua imagem se destacava e mais vívida se tornava.

No final, eu... e também a máscara, é claro... tendo sua imagem por eixo, tangenciamos a frente de nossa casa e, sem nunca cansar, demos diversas voltas no entorno em forma de quadrilátero irregular, como uma mariposa fascinada pela luz.

Mesmo assim, não corri o risco de ser encarado com desconfiança pelas donas de casa dos arredores – carregando suas sacolas de compras, elas não pareciam notar o estranho que lhes cruzava o caminho, absortas que estavam em seus afazeres diários –, nem pelas crianças, que procuravam aproveitar o curto espaço de tempo que lhes restava antes do jantar dedicando-se com avidez às suas brincadeiras. Na quinta ou sexta vez que me aproximei de nossa casa, as luzes da iluminação pública se acenderam e, de repente, a tarde caiu. Ao reduzir o passo a um ritmo apenas suficiente para não causar suspeitas e espiar, uma poça de luz fraca proveniente de uma janela invisível pousou com leveza sobre o gramado do jardim e me informou que você estava em casa. Era a luz da sala de estar. Você costuma pôr a mesa mesmo quando janta sozinha?

De repente, começo a sentir algo como uma pontada de ciúme dessa luz que provém da sala de estar. Nada concreto, como a suspeita de que houvesse um visitante a ocupar a minha posição naquela sala: tudo indicava que eu estava enciumado pelo próprio fato de a sala estar ali, imutável, e de a luz se acender quando escurecia. Eu, que em circunstâncias normais estaria sentado sob aquela lâmpada lendo o jornal vespertino à espera do jantar, via-me obrigado a perambular do lado de fora da janela com o rosto oculto sob uma máscara, e essa realidade me parecia uma injustiça gritante, difícil de aceitar. A inabalável luz da sala de estar, que brilha inalterada mesmo em minha ausência... é você mesma, sem tirar nem pôr...

E então, de chofre, a máscara, cuja confecção me causara tanta satisfação e sobre a qual até então eu viera depositando tanta esperança, começou a me parecer precária e descorada. Essa intrincada peça teatral em que eu vestia uma máscara e me transformava num outro, peça teatral que eu mesmo considerara o máximo das realizações, talvez seja na verdade simples teatro, uma sombra frágil e tênue diante da certeza cotidiana dessa luz que, ao toque de um botão, se acende numa sala de estar. Talvez seja algo assim como neve extemporânea, que derrete e desaparece ao ser tocada por seu sorriso.

A fim de me reerguer dessa sensação de derrota, resolvo deixar as fantasias por conta da máscara. Era previsível que elas se transformassem em algo um tanto grosseiro, típico da máscara, mas eu não podia reclamar mesmo que se transformassem em alucinação, uma vez que tinham por parceiro o fortemente encouraçado cotidiano. Finjo não notar alguns abusos e, enquanto isso, recomeço a percorrer o quadrilátero irregular em torno da minha casa com o ar decidido de alguém com um objetivo definido.

Mas a referida fantasia, em vez de encorajar a máscara, acabou tornando mais traiçoeira e mais difícil de ser transposta a funda vala que me separava dela.

No instante em que sacudi a corrente para destrancar o portão, o que a máscara fez foi avançar na direção da minha casa de maneira audaciosa. Dessa forma, fui rebaixado à situação de gigolô. Portão com dobradiça solta... aleia de pedriscos que, repletos de barro, pararam de ranger... porta de entrada que, com sua pintura descascada, parecia sofrer de doença cutânea... porta veneziana apodrecida caída ao lado da porta de entrada... Ora, meta-se com o que é da sua conta, esta é a casa de um estranho! Aperto a campainha, dou um passo para trás e, enquanto regularizo a respiração e aguço os ouvidos aos sinais de sua presença... passos se aproximam, a luz do pórtico se acende e, cautelosa, soa sua voz...

Mas de nada adianta reportar esses acontecimentos de maneira tão minuciosa. Não há necessidade e, além do mais, é impossível. Se a uma alucinação semelhante a rabisco em quadro-negro, traçado e apagado, e, depois de apagado, traçado outra vez com desprezo de tempo e ordem... Ou melhor, se a um troço que se definiria melhor como rabisco em porta de banheiro público... alguém tentasse de alguma forma atribuir um significado, resultaria em algo ainda mais ridículo. Quero agora extrair, fragmentariamente, duas ou três cenas dessa fantasia, limitando-as às que lhe possibilitarão compreender o impacto que elas me causaram.

Pois bem, uma dessas cenas foi a que ocorreu logo depois que soou sua voz quase sussurrante. Introduzindo o sapato na fresta da porta que você, cautelosa, entreabriu, forcei a entrada e, de supetão, apontei a ponta do revólver para você, que, estupefata e perdida, ali ficou com jeito de quem engoliu de vez uma lufada inteira de vento... Gostaria que você imaginasse o estado de constrangimento em que fiquei. Convenhamos, a atitude era por demais deselegante. De fato, você já havia me irritado algumas vezes em ocasiões anteriores por causa de sua fleuma mas, ainda assim, creio que a máscara não tinha nenhuma necessidade de se comportar como o clássico bandido dos filmes.

Já que era para ser um galã sedutor, pergunto-me se não lhe teria sido possível fabricar outra forma de aproximação mais condizente com o papel. Uma vez que era uma fantasia, teria apreciado se a máscara se comportasse condignamente, nem que fosse à custa de uma mentira deslavada como a de que a máscara e eu tínhamos sido colegas de faculdade e que a visita se devia a uma repentina vontade de me rever. Daquele jeito, não havia sedução, apenas ameaça. Ou será que em minha máscara se ocultava desde o princípio algo semelhante a um desígnio vingativo? De fato, havia em mim ódio e também agressividade contra o preconceito social que tentava cassar até minha cidadania, eu, o homem sem rosto, e, claro, havia também um anseio de vingança sob esses sentimentos. Contra você, no entanto... Não sei... Creio que não, mas não tenho certeza... sobretudo porque, à onda de fortes emoções que se seguiu, meu raciocínio se perturbou e minha capacidade de decisão se obliterou por completo.

E essa onda de fortes emoções era ciúme. Ciúme que brota da imaginação eu já experimentara diversas vezes em ocasiões anteriores, mas aquele era diferente. Aquilo era uma vibração carnal, algo vívido a ponto de não me ocorrer de imediato um nome para designá-lo. Talvez seja mais correto chamá-lo de movimento peristáltico. Anéis entorpecentes de angústia me subiam em espasmos uns após outros desde os pés e escapavam pelo topo da cabeça. Imagine a movimentação dos pés de uma centopeia e terá uma ideia aproximada. Realmente, o ciúme era um sentimento bestial, capaz até de induzir a assassinato, pensei. Parece-me que existem duas correntes de pensamento em torno do ciúme: a de que é um produto da civilização e a de que é um instinto primitivo inerente a animais selvagens. Pela experiência daquele momento, penso que seria quase com certeza a segunda.

Mas então, de que eu tinha tanto ciúme? A motivação era tão idiota que hesito em escrevê-la. Foi pelo fato de a máscara ter tocado o seu corpo com a mão... e o de você não tê-la repelido indignada e de não ter continuado a se opor, com risco da própria vida. Só por isso... o sangue me subiu à cabeça e me tornou cego às cores ao meu redor. Pensando bem, era cômico. Pois tudo o que você fazia, não importava o quê, era uma fantasia fabricada pela máscara em minha imaginação, ou seja, eu mesmo produzira o motivo do ciúme e me enciumara com o resultado.

E, tendo consciência de tudo isso, devia imediatamente interromper minha fantasia ou ordenar à máscara que começasse outra, pois assim tudo voltaria a ficar bem, mas... não sei por quê, não fiz isso. Não só não fiz como também, ao contrário, aticei a máscara e a induzi a continuar, relutando em abrir mão do ciúme. Não, talvez não relutasse em abrir mão do ciúme, talvez aquilo também fosse uma espécie de vingança. Pode ser que tivesse caído numa espécie de círculo vicioso em que, pensando em trocar a dor do ciúme pela violência da máscara, estava alimentando o ciúme com a própria violência, estava acrescentando lenha para alimentar a fogueira. E nesse caso, era perfeitamente possível que aquela cena inicial também fosse meu próprio desejo latente. Pelo visto, existe aqui um problema que eu tenho de encarar de maneira corajosa antes de pôr a culpa de tudo na máscara. Isso mesmo, pode ser que... Aqui há algo que não me agrada muito imaginar mas... Mesmo antes de perder meu rosto... ou seja, desde a época em que eu acreditava estar vivendo uma vida conjugal normal... talvez já estivesse alimentando em segredo o monstro verde do ciúme em relação a você. Não posso assegurar que não. Que descoberta dolorosa... Dar-me conta disso a esta altura, quando já é tarde demais...

Era mesmo tarde demais. A máscara, que deveria ter servido de intermediária na relação entre nós dois, não passava de um ser malandro, sem-vergonha. E mesmo que fosse um sedutor gentil, não teria havido grande diferença no resultado. Pelo contrário, podia até ser que eu me visse atormentado por um ciúme doentio, difícil de ser expurgado. E, em consequência, cedo ou tarde haveria de estrelar um espetáculo de violência semelhante.

Logo, seu pavor foi se transformando em tremor sensual, inesperado até para você mesma... Não, vamos parar por aqui... Aquilo podia até ter sido uma representação destinada a fugir de triviais cenários do cotidiano, mas, a continuar nesse passo, o desvio sexual tornar-se-ia excessivo. Desvio por desvio, se aquilo fosse um sonho, creio que teria havido um cuidado maior no sentido de revestir o assunto com roupagem metafórica. Mas não, aquilo era apenas uma criação fantasiosa com um toque de história real, algo totalmente destituído de imaginação. E basta de estereótipos.

Mas não creio poder ignorar a última cena, por mais estereotipada que tenha sido. Não só era estereotipada como também se destacava no quesito feiura como algo digno de enfeitar este fim de ato, mas, apesar de tudo, constituiu-se em importante deixa para o meu comportamento seguinte. Com o revólver assestado contra você, comecei a exigir certa confissão de sua parte. Você se masturbou ou não durante a minha ausência...? Sei que sim, não adianta negar, eu disse com insuportável persistência... aferrando-me com lascívia a você. Mas minha capacidade de aturar chegava ao fim. Tudo indicava que era chegada a hora de desferir o golpe de misericórdia naquela nojenta fantasia. De que maneira eu haveria de dar essa lição exemplar? Na hora, me convenci de que não havia outro ou melhor recurso que arrancar a máscara de uma vez só assim que você pronunciasse a primeira palavra.

Mas a quem pretendia dar essa lição exemplar...? À máscara, a mim ou a você...? Pelo visto, não havia pensado a fundo nesse aspecto. E era natural que não houvesse. Pois não queria dar uma lição exemplar a nenhum dos três, queria dá-la ao próprio conceito de "rosto", que me encurralara e me levara àquele ponto.

Começava a sentir uma insuportável devastação pelo fato de a máscara e eu termos nos desunido a esse ponto. Talvez já estivesse prevendo a catástrofe que se avizinhava. Embora a máscara fosse meu rosto provisório, não lhe devendo portanto ser possível influenciar a seu bel-prazer a essência de minha personalidade, ela voou para longe do meu alcance no momento em que foi exposta ao seu olhar, enquanto eu, atordoado, acompanhava-lhe o voo, incapaz de qualquer reação. Desse jeito, eu estaria reconhecendo a vitória do rosto e contrariando os motivos que me levaram a confeccionar a máscara. Se pretendia unificar minha personalidade, tinha de arrancar a máscara e pôr um ponto final na encenação.

Mas a máscara não se mostrou obstinada a ponto de eu ter de lançar mão desse recurso, o que foi perfeitamente compreensível. Ao se dar conta de minha determinação, meteu o rabo entre as pernas, sorriu de leve e interrompeu a fantasia na mesma hora. Tampouco procurei persegui-la para castigá-la ainda mais. Não fazia sentido me empolgar só em imaginação, pois, se não estava disposto a abrir mão dos planos que tecera para o dia seguinte, a máscara e eu éramos culpados do mesmo crime, não passávamos de farinha de um mesmo saco... Bem, não éramos exatamente culpados do mesmo crime. Não havia necessidade de me sujeitar à máscara a esse ponto. Pelo menos não havia nenhum projeto de exibir o revólver nos planos de amanhã. Neles havia um componente sexual, não nego, mas nada semelhante àquela cena infame. Ainda se fosse com relação a um alvo subjetivo, mas como eu poderia agir como um vulgar molestador com relação a minha própria esposa?

Ao passar pela última vez diante de minha casa e espiar pela janela da sala de estar, o que avistei foi uma série de bandagens enfileiradas pendendo do teto como algas brancas postas para secar. Na certa você lavara as bandagens velhas, preparando-as para quando eu voltasse de minha pretensa viagem de negócios. No mesmo instante senti como se meu coração varasse o diafragma e despencasse cerca de trinta centímetros dentro de mim. De fato, eu a amava. Embora de maneira espantosamente canhestra, não havia dúvida de que eu a amava. Entretanto, o fato de ter conseguido certificar-me disso apenas daquele modo não era de maneira alguma satisfatório. Como criança que não conseguiu participar de uma excursão educativa da escola, eu sentia ciúme dos renomados sítios arqueológicos que deixara de visitar...

OBSERVAÇÃO INSERIDA EM PAPEL À PARTE *embora possa lhe parecer insistência importuna, quero a esta altura tornar a analisar meticulosamente aquela fantasia indecente da máscara. Pois, ao me recordar agora do acontecido, parece-me que na negociação da dita fantasia houve um sentido oculto que extrapolou o que eu conseguira perceber naquele momento e parece-me também que, posto em termos de romance policial, a chave que indicava o criminoso... ou a pista para a solução de todo o mistério... achava-se ali exposta em sua inteireza.*

Mas pretendo resumir e escrever essa solução em algum lugar à parte. Minha intenção é mostrar-lhe este manuscrito três dias após escrever a presente nota, e estimo que três serão os dias de que necessitarei para compilar a referida conclusão. Portanto, se o objetivo era apenas o de deduzir a solução, não haveria necessidade alguma desta suplementação, bastava incluí-la na exposição final. É óbvio que tal medida melhoraria até a consistência destas anotações. Mas eu tinha outros objetivos, claro. O conceito de molestador de mulheres proposto como justificativa e que acabou pelo contrário funcionando como algema a tolher-me os movimentos... ou o agravamento das divergências entre mim e a máscara... eram aspectos que eu desejava ver corrigidos. Uma vez reconhecida a culpa, creio ter ao menos o direito de apresentar explicações, desde que não distorçam a verdade.

Naquele dia, eu saíra para passear com a máscara movido pelo espírito do bom pai que, embora aflito diante da perspectiva de ver o filho querido enfrentar o mundo cruel, dá-lhe permissão para viajar. Contagiado pela alegria da máscara, semelhante à do cão que se vê livre da corrente pela primeira vez, eu também me sentia empolgado e feliz. Mas a intromissão inesperada do ciúme fez com que a máscara e eu nos envolvêssemos numa briga boba com você no centro. O ciúme, porém, me levou ao mesmo tempo a recordar meu amor e minha paixão por você e... em consequência, acabou por transformar o plano que eu traçara para o dia seguinte numa exigência ainda mais difícil de ser evitada e... me obrigou, muito a contragosto, a pedir trégua momentânea para a máscara.

Claro, o mal-estar continuava ali encravado, profundo como um espinho. O trem estava vazio e, onde quer que eu me sentasse, a janela era um espelho escuro a refletir minha máscara. Um sujeito estranho, barbudo, usando roupa em estilo afetado e que continuava a usar óculos escuros apesar da tarde que caía... Embora tenha concordado docilmente com a trégua, o sujeito assim agiu só depois que lhe dei o ultimato:

ou concordava, ou eu arrancava a máscara. Além de tudo, ele tinha até um revólver escondido no bolso. Estava mais que evidente que não se podia descuidar dele. Pareceu-me que a máscara me dizia, com um leve sorriso irônico:

– Pare de reclamar! Lembre-se, para você, eu sou um mal necessário... Se era para me eliminar, não deveria ter-me feito, para começo de conversa... Mas, agora, você já pôs a mão na massa e não adianta reclamar... Se quer alguma coisa, tem de estar pronto para pagar por ela...

Abri uma fresta na janela. O vento noturno entrou, úmido e cortante como uma faca, e esfriou-me apenas o pescoço e a palma das mãos, parando porém diante do meu mal necessário, nem sequer tocando de leve minhas faces em brasa. A máscara, cujo distanciamento me era espiritualmente doloroso, no aspecto físico chegava a me parecer desagradável por sua excessiva aderência. Talvez esta seja a sensação que nos dá uma dentadura malfeita.

Todavia... pensei, sem me dar por vencido e empenhado em me justificar... Uma vez que a trégua, embora de maneira não de todo satisfatória, estava de pé, bastava-me suportar um ou outro incômodo – por exemplo, o ciúme – para que fosse possível atingir pelo menos meu objetivo imediato: o de recuperar o meio de comunicação com você. Qualquer que fosse a situação, eu jamais conseguiria alimentar um interesse tão devasso por minha própria esposa, não é mesmo? E depois, inversamente proporcional ao que sentia pela máscara, eu havia sido tomado por uma candura espantosa com relação a você.

Mas seria isso mesmo...? Ainda que não torne a falar do resultado, já que você o conhece... a questão não é apenas o resultado... ou seja, baseado em quê, me concedo um tratamento diferenciado?

Talvez se possa afirmar que essa história de perversão é o aspecto sexual da relação humana em abstrato. Enquanto a relação se mantiver abstrata, demasiado distante e fora do alcance da imaginação, os "outros" só podem ser oponentes abstratos, os assim denominados inimigos, e acho que, no meio disso, a porção sexual oponente se transforma em perversão. Ou seja, enquanto existirem mulheres abstratas, a transformação do homem em molestador de mulheres seria uma inevitabilidade. E, nesse caso, o molestador não é o inimigo da mulher, como em geral se acredita; pelo contrário, a mulher é que seria a inimiga do molestador. E se isso for verdade, seria até possível imaginar que o molestador não é a representação de uma sexualidade distorcida em extremo mas, isto sim, a forma mais mediana da sexualidade moderna.

Seja como for, os tempos atuais se definem pela impossibilidade de qualquer pessoa distinguir com facilidade o próximo do inimigo, como se fazia antigamente, por não estarem separados por claras linhas divisórias. Se você toma um trem, incontáveis inimigos põem-se bem junto de você, mais próximos que o seu próximo. Camuflados em material postal, existem inimigos que invadem sua casa, ou que, disfarçados em ondas de rádio, se infiltram até no interior de suas células, tornando-se impossível combatê-los. Por causa disso, o cerco inimigo se torna habitual e cotidiano, enquanto o próximo se transforma num ente tão indistinguível quanto uma agulha caída no meio do deserto. E na certa foi assim que surgiram pensamentos redentores do tipo "todos os outros são teu próximo", mas "os outros" têm de ser contados às centenas de milhares, e onde haveria de existir um estoque tão monumental de imaginação capaz de abranger tal conceito? Em vez de sonhar com coisas impossíveis, seria melhor resignar-se e aceitar, até como receita de sucesso, e também por ser mais prático, que "o outro" é sempre o inimigo. Talvez seja mais seguro tratar de se imunizar contra a solidão sem mais delongas.

E estando, assim, farto de solidão, não há nenhuma garantia de que tal homem não atue como um molestador de mulheres com relação ao próximo, ou até mesmo com relação à própria esposa. Nesse caso, minha situação também não deve representar uma exceção. Se reconheço que a máscara funciona, por pouco que seja, como uma abstração da relação humana... e ela talvez tenha se comprazido com aquela imaginação por ser a própria abstração... que direito teria eu de me considerar uma exceção, eu, que procurei aí uma solução? Isso mesmo, não adianta tergiversar: talvez a própria elaboração do plano já seja o delírio de um molestador de mulheres.

E, nesse caso, o plano da máscara não é um desejo excepcional só meu, mas a expressão de um desejo corriqueiro do abstrato dos seres humanos contemporâneos... e, além disso, embora parecendo à primeira vista que eu fora derrotado pela máscara, isso na verdade não acontecera de maneira alguma e...

Espere um pouco! E se "não ser excepcional" não foi apenas o plano da máscara? E se a própria sina de perder o rosto, sina essa que me obrigou a buscar a ajuda da máscara, não era exceção coisa alguma, mas o destino comum a todos os seres humanos contemporâneos? Realmente, eis aqui uma descoberta surpreendente... Pois o meu desespero derivava não do fato de ter perdido o rosto propriamente dito mas, antes, da inexistência de assunto algum em comum com as demais pessoas. Pois, veja bem, eu não conseguia deixar de sentir inveja até do canceroso pelo fato de partilhar o destino dele com outras pessoas. Mas se assim não for... se esse antro em que caí não é a boca de um velho poço que por acaso se abriu, mas uma cela de prisão situada num local perfeitamente conhecido de todo mundo, é claro que meu desespero também sofreria forte influência. Acho que você também é capaz de entender o que quero dizer. Ah, o desejo veemente de se masturbar que acomete rapazotes que começam a engrossar a voz ou meninotas que começam a menstruar, e o desespero solitário que experimentam enquanto pensam que tal desejo é uma anomalia só deles... Ou ainda o humilhante desespero dos dias em que imaginamos ser um crime vergonhoso só nosso o primeiro e pequeno furto – uma bolinha de gude, um pedacinho de borracha ou de grafite –, que na verdade é apenas um sarampo que todos contraímos... Se por algum infortúnio continuarmos desinformados da comezinha verdade por trás dessas situações por um período muito grande, seremos levados no final a um estado maníaco que poderia até nos transformar em verdadeiros criminosos sexuais ou em larápios. E para escapar dessa armadilha, de nada adiantaria aprofundar a consciência do crime. A estratégia mais eficiente para solucionar o problema será saber que todos nós somos réus do mesmo crime – e assim escapar da solidão.

Certamente por isso, mais tarde, quando regressei à cidade e, contrariando os meus hábitos, andei bebendo de bar em bar, experimentei uma sensação de afinidade que nunca antes havia sentido com relação a estranhos, forte a ponto de ficar com vontade de abraçá-los um a um, não importava quem – vou evitar a descrição dessa cena pois a faço mais adiante –, talvez também por ter considerado tais estranhos companheiros de desdita pela perda do rosto. Se bem que eu não estava sentindo a cordialidade do próximo e, como sentíamo-nos mutuamente numa relação abstrata de pura solidão, em que todos os que se tocavam eram inimigos, não era de esperar que, como personagens de novelas, fôssemos protagonizar cenas enternecedoras de cachorrinhos brincando sobre o morno cobertor elétrico da boa vontade...

Mas naquele instante, só o conhecimento de que do outro lado dessa parede de concreto havia outros prisioneiros compartilhando a mesma sorte representara uma descoberta formidável. Ao apurar o ouvido, gemidos da cela vizinha chegavam a mim com palpável nitidez. E quando a madrugada chegava, incontáveis suspiros, murmúrios e soluços se avolumavam como cúmulos-nimbos e preenchiam o antro com maldições reverberantes.

– Não estou só, não estou só, não estou só...

Mesmo em pleno dia, e se a sorte nos sorrir, poderá surgir uma oportunidade de partilharmos em sigilo nossos destinos por meio de olhares, gestos e sussurros durante os momentos que nos forem atribuídos para exercícios físicos e banhos.

– Não estou só, não estou só, não estou só...

Somando todas as vozes, me parece que o tamanho deste antro é espetacular. Não é para menos. Se o crime que lhes imputam é ter perdido o rosto, obstruir a relação com os outros, perder a capacidade de compreender a dor e a alegria dos outros, perder a alegria e o medo de perceber o desconhecido nos outros, esquecer o dever de criar para os outros, perder a oportunidade de ouvir música na companhia dos outros, isto é, crimes que representam a relação humana da atualidade, talvez este mundo inteiro seja uma ilha prisional. Isso no entanto não modifica em nada minha situação de prisioneiro. Além disso, eles perderam apenas o rosto espiritual, enquanto eu o perdi até fisicamente, fato que resulta em certo grau de diferença em termos de aprisionamento.

Apesar de tudo, não consigo deixar de ter esperança. À diferença de estar sozinho, vivo e enterrado, nas atuais circunstâncias existe de fato um elemento que me proporciona esperança. Pergunto-me se a causa disso seria o fato de que a carga de homem pela metade, que, sem a máscara, me impede de cantar, de me bater com o inimigo, de sonhar e até de ser um molestador de mulheres, deixou de ser só minha e se transformou em assunto comum de conversa com outros. Talvez seja isso mesmo. É isso mesmo.

Incidentalmente, como você seria nesse aspecto? Se não houver erro em meu raciocínio, você também não é nenhuma exceção e deve concordar comigo... Vai concordar, é claro... Se assim não fosse, você não teria rebatido a mão que eu movera até sua saia, levando-me à situação humilhante de macaco ferido, nem observado em silêncio indiferente enquanto eu caía na armadilha da máscara, nem me colocado na situação embaraçosa de escrever estas anotações. Por causa disso, seu rosto, que tão a propósito é do tipo ativo e conciliador, acabou evidenciando no fim das contas que não passava de uma máscara. Em outras palavras, éramos farinha do mesmo saco. O dever de carregar este peso não era apenas meu. No fim das contas, valeu a pena escrever estas anotações. Não é possível que elas não tenham encontrado eco em você. E até nesse aspecto creio que você concorda comigo.

Por tudo isso, insisto que não se deve nunca menosprezar o poder da escrita. Pois escrever não é apenas transpor a verdade em letras: a própria escrita é uma jornada de aventuras. Não é andar sempre pelos mesmos lugares estabelecidos, como um agente do correio. Há também aventuras, descobertas e realizações. Em certa época, comecei a sentir que escrever dava sentido a minha vida e até senti vontade de escrever sem parar. Mas agora consegui pelo menos pôr um término a essa aspiração. Sinto que não terei de me comportar de maneira ridícula como um monstro medonho que manda de longe um presente para sua donzela. Pelo menos não terei de me comportar como um sujeito indeciso que, para ganhar tempo, prorroga o prazo de entrega de três para quatro, cinco dias. Se você me fizer o favor de ler estas anotações, acho que a recuperação de nosso relacionamento se transformará em trabalho conjunto realizado por nós dois. Simples fanfarronada? Não, posso ter sido otimista, mas nunca presunçoso. Uma vez conscientes de que estamos ambos feridos, creio que não fará mal algum esperar compreensão mútua. Muito bem, vamos apagar as luzes sem apreensão. Uma vez apagadas as luzes, a cortina descerá também sobre a mascarada. Em meio à escuridão, onde não há rostos sem máscara nem rostos com máscara, seria muito bom tentarmos criar confiança um no outro uma vez mais. Meu desejo é acreditar sinceramente nessa nova melodia que com certeza se faz ouvir em meio a essa escuridão.

Desci do trem e a primeira coisa que fiz foi mergulhar num bar. Raras vezes senti tanta satisfação em ver gotas embaçando a superfície de copos gelados. Talvez por ter a pele do rosto impedida de respirar por causa da máscara, sentia a mucosa ressecada desde a garganta até o fundo do nariz. Como uma bomba de sucção, sorvo meio litro de cerveja sem parar para respirar.

Mas o álcool, experimentado depois de longo período de abstinência, subiu-me à cabeça com rapidez maior que a costumeira.

Nem por isso a máscara se ruboriza. Em compensação, as sanguessugas começam a se contorcer com coceira. Sem me importar com isso, continuo virando dois, três copos, um após outro, e a coceira começa a ultrapassar o ponto culminante. Entusiasmado, viro em seguida uma garrafa de saquê.

Aos poucos, a irritação que me atormentava começou a desaparecer e me senti estranhamente exaltado e agressivo. Pelo visto, o álcool começava a fazer efeito também na máscara. Rosto, rosto, rosto, rosto... Esfrego os olhos úmidos de lágrimas e não de suor e, abrindo caminho por entre fumaça de cigarro e burburinho, passeio um olhar feroz e triunfante por incontáveis rostos que lotam o estabelecimento. E aí, vão reclamar...? Aposto que não...! Claro que não, pois o próprio fato de estarem bebendo e falando bobagens, tropeçando na própria língua, é prova de que respeitam e idolatram a máscara... Vocês falam mal do chefe, se gabam que o amigo do amigo do amigo é alguém muito importante, ou seja, estão desesperados tentando ser algo mais que seus próprios rostos... Seja como for, que jeito de se embriagar mais deselegante... Fiquem sabendo que um rosto jamais conseguirá se embriagar com a classe de uma máscara... Na melhor das hipóteses, um rosto consegue apenas embriagar-se, nada mais... Pode quase morrer de tanto beber, mas o máximo que conseguirá será uma aproximação com a máscara, jamais será ela própria... Se pretende esquecer por completo nome, profissão, família e até identidade, o único recurso que lhe resta será recorrer a uma dose letal de veneno... Mas isso não acontece com a máscara... O jeito da máscara de se embriagar é genial... Ela é até capaz de se transformar em alguém que não é ninguém sem a ajuda de uma gota sequer de álcool... Aliás, como eu mesmo...! Eu...? Não, este sujeito *é* a máscara... Esquecida da trégua firmada há pouco, lá vinha ela se intrometendo outra vez... Mas eu também devia estar tão embriagado quanto a máscara e não me senti propenso a recriminá-la... Será que no pé em que estão as coisas consigo levar a bom termo os planos previstos para amanhã...? Mas não há muita urgência nem na voz que assim questiona e, sem que disso me tivesse dado conta, eu atendera à exigência de autonomia da máscara.

A máscara foi engrossando cada vez mais. No final, envolveu-me e avolumou-se até a espessura de uma fortaleza de concreto: coberto dos pés à cabeça nessa armadura de concreto, saí pelas ruas noturnas da cidade como membro de uma expedição de caça armada até os dentes. Ao espiar pela viseira, a cidade me pareceu um antro de gatos selvagens deformados. Todos andavam a esmo em busca de patas, pontas de rabo e orelhas perdidas, enroscavam-se uns nos outros como se estivessem esfaimados, narinas fremindo de desconfiança. Eu me abrigava à sombra da máscara sem nome, identidade ou idade, orgulhoso da segurança de que só eu desfrutava. Se a liberdade dessa gente era de vidro fosco, a minha era de vidro perfeitamente transparente. Meu desejo logo alcançou o ponto de ebulição, e eu não conseguia mais conter o desejo de experimentar essa liberdade sem demora. Isso mesmo, consumir a liberdade talvez seja o objetivo de uma existência. O ser humano por vezes se comporta como se o armazenamento da liberdade fosse o objetivo de sua vida, mas talvez isso não passe de uma ilusão resultante da carência crônica de liberdade. E por transformar bobagens como armazenamento de liberdade em objetivo, o ser humano acaba se vendo na difícil situação de discutir os confins do universo, só lhe restando o recurso de transformar-se em sovina ou fanático religioso... Isso mesmo, o plano de amanhã também não pode ser ele próprio um objetivo. Pois, se pretendo expandir o âmbito de validade de meu passaporte seduzindo você, tenho de considerar que meu plano é, na verdade, uma espécie de meio para atingir um objetivo. O importante é, indiscutivelmente, o *agora*. Esgotar *agora* a potencialidade da máscara.

PS *Isso tudo é apenas lenga-lenga de um indivíduo encharcado de álcool. Não tenho intenção alguma de lhe pedir que concorde – aliás, nem eu pretendo concordar – com esta minha argumentação, tão conveniente para mim, em que pareço sem pejo algum justificar o adultério instantes depois de lhe confessar meu amor. E exatamente por não ter essa intenção, estou aqui escrevendo estas palavras de despedida à máscara. Mas o que me incomoda um pouco é a persistente impressão que tenho de, mesmo em meus momentos de sobriedade, ter defendido argumentos idênticos a este como se fossem lógicos...*

"O objetivo não está no resultado da pesquisa; o objetivo é o próprio processo da pesquisa." Isso mesmo, palavras que qualquer cientista diria com a maior naturalidade... Embora à primeira vista pareçam assuntos não relacionados, pensando bem não posso me furtar à impressão de que falam das mesmas coisas. O processo da pesquisa é, em outras palavras, nada mais que consumo da liberdade material. Por outro lado, o resultado da pesquisa, convertendo-se em valores, estimula o acúmulo de liberdade. E é a essa altura que, confundindo objetivos e meios, muitas vezes tendemos a dar importância apenas aos resultados, e pode ser que a frase exista só para prevenir que isso aconteça. Penso que essa lógica é bastante sóbria, mas quando exposta desta maneira sua composição é idêntica à lenga-lenga da máscara bêbada! Deixa muito a desejar. E nesse caso, eu, que imaginei haver suplantado a máscara, estaria apenas sem saber o que fazer com ela? Ou será que a liberdade é, em princípio, remédio quando tomado em quantidade moderada, mas veneno capaz de efeitos colaterais nocivos quando em excesso? Gostaria de ouvir sua opinião a respeito. Se minha única opção é acatar o ponto de vista da máscara, todo o longo trecho anterior, em que explico a teoria da prisão da máscara, ou talvez este manuscrito inteiro poderiam ser considerados produto de um equívoco. Mas não consigo imaginar que você seja capaz de apoiar esse tipo de argumento, que justifica o adultério...

Muito bem, vamos ver agora de que maneira tratarei essa abundante liberdade...

Se alguém estivesse observando com olhar frio esse jeito ávido da máscara, na certa teria franzido o cenho, desgostoso. Mas, por sorte, como na origem a máscara *não é ninguém em particular*, não importa o que pensem, nada se pensou, em nada a afetou. Ela não precisa se envergonhar, nem se explicar, e essa sensação de liberdade proporciona indescritível conforto. Em especial a sensação de estar livre da vergonha me faz mergulhar até as orelhas numa espumante melodia.

NOTA *De fato, a recuperação da música é algo que tenho de enfatizar em letras garrafais. As luzes de néon, das propagandas, o céu opaco e esbranquiçado, as pernas femininas distendidas e contraídas em sincronia com as meias, a ruela esquecida, o gato morto no lixo, os tocos de cigarros, e também..., e também todas as coisas que eu jamais conseguiria enumerar até o fim, se transformavam uma a uma num som, numa reverberação, e tocavam uma melodia. E nem que seja só por essa melodia eu gostaria de acreditar na verdade desse momento de expectativa...*

PS *Nem é preciso dizer, a observação acima foi escrita antes da nota que a precede, provavelmente logo depois da redação do texto principal. No meu estado de ânimo atual, não consigo nem me lembrar de onde teria existido essa música. Mas, como tampouco tenho certeza suficiente para apagá-la, deixo aqui o registro.*

Não obstante, se o álibi da máscara era perfeito e ilimitada a liberdade prometida, perguntei-me se não seria até vergonhoso contentar-me com essa liberdade ansiosa que me fazia parecer atordoado como um pobre-diabo sem tostão furado que de repente se vê de posse de uma fortuna. À embriaguez resultante do álcool se acresceu a do sentimento de liberdade e me senti coberto de gânglios de desejo, a exata réplica de uma velha árvore enodoada.

E depois, a liberdade de até então, paga com restrições como idade, posição social e profissão, comparava-se à liberdade que me exibiam agora diante do nariz assim como a palavra *carne* se comparava à vividez de um naco de carne fresca gotejando sangue. Se permanecemos em silêncio, apenas contemplando, a saliva é até capaz de nos dissolver a boca. Longe de estar satisfeita, minha máscara abrira por completo a passagem, goela escancarada como um peixe-pescador à espera da presa.

Infelizmente, porém, eu não sabia que tipo de presa equivaleria ao consumo da liberdade. Terá sido pelo fato de eu ter estado muito tempo economizando liberdades? Desejos formavam gânglios por todo o meu corpo, mas o cômico era que eu tinha de deduzir a existência deles por intermédio da lógica, o que seria até compreensível se estivesse com carência de desejos.

Não que estivesse visando a um desejo respeitável. Meu desejo podia ser indecente ou desonesto, pois, de qualquer modo, eu já tinha um álibi garantido. Era até preferível que desdenhasse o bom senso e contrariasse a lei e a ordem, uma vez que o objetivo era desfrutar a condição de estar livre do meu próprio rosto. Acontece porém que, ao atender a tais requisitos, o que vinha à tona eram... pode até ser que o revólver de ar comprimido no bolso estivesse influenciando de maneira inconsciente... apenas chantagem, extorsão, latrocínio, atos condizentes com capangas de grupos criminosos. Claro que, para mim, a realização de qualquer um deles já representaria um grande feito. Caso a estranha combinação fosse desmascarada, viraria com certeza material de primeira página para noticiários. Se queria mesmo tentar, eu não ia impedir. Seja como for, deveria ao menos funcionar como uma lição para o bando de pseudomáscaras, fazendo-as acordar para o verdadeiro sentido da relação humana abstrata, ou no mínimo vingar as sanguessugas da insatisfação acumulada.

Mas, sem hipocrisia, não sei por que não sentia nenhuma inclinação para esse tipo de malfeito. As razões eram muito simples. Uma, porque para isso não precisava ser uma máscara genuína: bandagens serviriam perfeitamente. Outra, porque nem chantagem nem extorsão eram em si objetivos: eram, antes, um meio para angariar fundos destinados a comprar a liberdade. Além disso, eu ainda tinha oitenta mil ienes da quantia que me fora reservada para esta pretensa viagem de negócios esquentando meu bolso. Se o intuito era apenas me manter até amanhã, esse valor seria suficiente. O levantamento de fundos era um recurso a que deveria recorrer somente quando houvesse real necessidade.

E nesse caso, o que seria um objetivo puro, sem nenhum meio a ele interposto? O interessante é que a grande maioria das assim denominadas ilegalidades que anotei conforme me vinham à mente eram transferências ilegais do direito de propriedade, ou seja, crimes relacionados a dinheiro. Exemplificando, o ato de apostar, que dentre as ilegalidades é considerado uma concentração de paixões relativamente pura. Segundo psicólogos, uma espécie de desejo de fuga em que se substitui a ansiedade de uma tensão crônica e contínua por uma tensão instantânea e explosiva... Se for só isso, talvez de fato represente consumo de liberdade, pouco importando se é fuga ou não, mas... mesmo essa tensão instantânea, se dela eliminássemos o intercâmbio de dinheiro, não se transformaria em algo insosso? Em minha opinião o próprio fato de uma aposta criar condições para outra, e mais outra, e essa corrente possivelmente se estender ao infinito, até transformar-se em hábito, prova em última análise que se trata de um movimento pendular entre objetivo e meio. Mas mesmo em casos como estelionatos, desfalques, roubos, falcatruas e demais crimes mais representativos, não consigo nem pensar em algum que não inclua meio. Tudo indica que mesmo essa gente que, ignorando as leis, parece agir de maneira livre e despreocupada na verdade habita um mundo sem liberdade, desprovido de tudo. E então, objetivo puro seria pura ilusão?

Não que não houvesse anseios e impulsos de natureza bem diferente. Por exemplo, desejos de natureza prática tipicamente meus, como ameaçar o segurança do depósito do laboratório e pegar todo tipo de material que me interesse, ou arrebentar o armário trancado a chave do departamento administrativo e roubar relatórios de experiências e borderôs financeiros. Esses desejos, de motivação destituída de interesse financeiro, eram a expressão de meu descontentamento com a empresa, que só concedia liberdade nominal ao laboratório, e representavam sonhos ingênuos, daqueles que se tem vontade de transformar em seriado infantil de televisão. No entanto, não havia como negar que eram um meio e, sobretudo, o papel que eu tanto queria que fosse representado pela máscara talvez ficasse subaproveitado. Talvez me restasse margem para repensar tudo isso depois que a máscara conseguisse realizar habilmente as coisas que somente ela era capaz de realizar e o seu cotidiano se estabelecesse.

NOTA *Nem preciso dizer que eu tinha firmado a intenção de continuar para sempre a vida dupla de máscara e meu próprio rosto, a menos que algum imprevisto viesse a acontecer.*

Todavia, existia no meio dessa miscelânea de crimes um único que tinha a possibilidade de se transformar numa exceção. Os incêndios criminosos. Mesmo entre estes, existem alguns que são um meio evidente de armazenar liberdade, como os que visam levantar o seguro, ou apagar provas da cena de um roubo, ou a vontade de um bombeiro maluco de se tornar famoso. E depois, mesmo os incêndios motivados pelo ódio, que podem não ter componente de premeditação tão acentuado, não seriam, em última análise, em sua grande maioria, uma tentativa de recuperar a liberdade congelada ou confiscada? Mas tenho a impressão de que podem existir também incêndios puros, que não resultam em nenhum ganho, que representam de maneira direta a satisfação de um desejo... Labaredas ondulantes que lambem a parede, entortam vigas, rasgam o teto e se elevam em busca das nuvens, desprezando curiosos que se agitam de um lado para o outro e transformando em cinzas um pedaço da história que sem dúvida ali teria existido até há pouco, incêndios puros cuja dramática destruição é em si o nutriente capaz de satisfazer a fome de um espírito... Não penso que isso seja um desejo normal, claro. Se a piromania é por definição uma mania, é óbvio que foge à normalidade. Contudo, uma vez que a razão de ser da máscara é sua recusa a se ater ao comportamento normal, normalidade ou anormalidade não vêm especialmente ao caso desde que o consumo da liberdade esteja garantido.

Ainda assim, o que se poderia fazer uma vez que eu não tinha nenhuma inclinação para a piromania? Vagueei por uma viela estreita onde, lado a lado, cartazes com sugestivos apelos de cunho sexual disputavam espaço. Imaginei cenas em que, de repente, o fogo irrompia por baixo daquele beiral ou por essa brecha na argamassa, sem encontrar nada que me entusiasmasse. Não acredito que estivesse com medo. O instinto que inibe esse tipo de transgressão é, contrariamente às expectativas, muito incerto e pouco confiável, coisa que você logo entenderia caso usasse máscara alguma vez. Por exemplo, mesmo uma criança muito medrosa conseguirá assistir a um filme de monstros sem problema se cobrir o rosto com as mãos e espiar por entre os dedos. Dizem também que, quanto mais pesada a maquiagem de uma mulher, mais propensa ela estará a ser seduzida. A propensão a ser seduzida não é apenas no aspecto sexual, pois, segundo dizem, estatísticas comprovam a veracidade desse fato também quando entra em cena a cleptomania. Disciplina, tradições, comedimento – você pode esbravejar quanto quiser apregoando tais preceitos mas, no final, tudo isso não seria apenas um frágil castelo de areia sustentado pela fina pele de seu próprio rosto?

Mas, claro, eu não estava com medo. Àquela altura, não valia a pena temer a pecha de descarado e recuar. Para começo de conversa, a própria máscara era a cristalização do descaramento. Pois, embora não esteja proibido por lei, não deve haver tantos atos que ignorem regras convencionais como esse de disfarçar-se com uma máscara que ninguém percebe que é uma máscara. Ou seja, embora conseguisse até imaginar a mentalidade de um piromaníaco, eu não o era, só isso. Mesmo assim, quando me dei conta de que o único objetivo que me pareceu puro infelizmente não era o artigo que eu encomendara, comecei a desanimar um pouco. Mas se não houvesse nenhum plano alternativo, paciência, teria de ser esse mesmo. Melhor que não fazer nada. Não consigo, no entanto, imaginar que todos os desejos que formam cancros latejantes em todo o meu corpo têm a ver com meios. Pois isso seria por demais deprimente, por mais que se diga que fui obrigado a me acostumar à escassez de liberdade. Em todo caso, vamos deixar o incêndio criminoso como reserva e...

Espere, espere um pouco, só me dei conta disso depois de escrever até este ponto: não sei se de maneira intencional ou não, parece-me que deixei escapar um ponto muito importante. Se era para enumerar atos ilegais, o que eu devia ter mencionado em primeiro lugar era o do maníaco homicida, aquele que mata a esmo, levado apenas por impulsos repentinos. Uma outra mania... ou seja, mania homicida. Se a piromania podia ser contada na lista dos atos ilegais que visam puramente ao objetivo, não acho que esteja errado incluir o maníaco homicida nessa lista. Claro que eu não estaria errado. Talvez a mania homicida não tenha a exuberância visual da piromania mas, em sua essência, se constituía em ato destrutivo ainda mais grave que o homicídio comum. Mas como foi que me esqueci dessa candidata tão representativa? Talvez a tenha esquecido exatamente por ela ser tão representativa. Pode ser que tenha desconsiderado a mania homicida porque seu impulso destrutivo era um grau superior à da piromania e, uma vez que até mesmo esta não me atraíra, eu eliminara por completo a primeira.

Extrovertido e agressivo... ao ouvir a expressão "impulsos destrutivos", minha máscara, que se considera um caçador, dá para trás e se trai. Aliás, o tipo da história previsível; mas, que se há de fazer, foi exatamente o que aconteceu. Entretanto, reitero que não foi por medo. E, embora pareça estar me repetindo, não estou também negando porque não considero que medo seja algo que deva ser negado. Com efeito, por mais que procurasse, não me parecia possível encontrar nenhum tipo de mania criminosa, muito menos piromania e mania homicida. Naquele momento, a corrente elétrica de mil volts que instigava a máscara era algo cuja natureza diferia diametralmente de impulsos destrutivos... algo estranho, viscoso, que se apegava com insistência... Não consigo encontrar a descrição adequada mas, seja como for, considero que fosse algo de natureza diametralmente oposta a destruição.

Entretanto, seria excessivo afirmar que não havia em meu íntimo nem um pouco de impulso destrutivo. Não foi uma nem duas vezes que desejei arrancar a pele do seu rosto para que você também experimentasse o meu sofrimento, ou imaginei pulverizar gás venenoso das alturas a fim de paralisar o nervo óptico das pessoas do mundo inteiro e cegá-las. Lembro-me também de ter escrito algumas vezes maldades semelhantes no corpo deste manuscrito. Por essa razão, foi ainda mais inesperado, mas... pensando bem... todos esses impulsos que davam vazão às minhas frustrações foram anteriores à confecção da minha máscara. Depois, as queixas continuavam as mesmas, mas tenho a impressão de que estava ocorrendo uma sutil alteração. Decerto ocorria. E exatamente porque ocorria, a máscara desejava consumir sua própria liberdade em troca de algo bem diferente. Não algo desanimador do tipo apenas destruir e fazer a máscara colaborar na limpeza dos detritos resultantes da ação criminosa... Ah, como isso é irritante... afinal, que é que estou querendo dizer? Acaso procuro uma harmonia antiquada do tipo amor, amizade, compreensão mútua? Ou algo convenientemente doce, pegajoso, macio e tépido como um corpo humano... – ou seja, estaria querendo comer um algodão-doce do tipo vendido em barracas à beira da calçada em dias de festejos religiosos?

Irritado como uma criancinha incapaz de satisfazer sua vontade, mergulhei a esmo numa cafeteria e despejei sorvete e água gelada sobre os meus desejos encaroçados, que, como um punho, me subiam pela garganta. Queria fazer alguma coisa, mas não sabia o quê... A prosseguir nesse passo, ia acabar não fazendo nada ou fazendo algo que não me agradava nem um pouco... Já começava a me arrepender antes ainda de fazer qualquer coisa... Sentia-me úmido e deprimido como alguém que se vê forçado a usar meias molhadas... Debaixo da máscara estava quente como um banho turco, parecia até que eu ia começar a sangrar pelo nariz... Talvez fosse melhor eu começar a pensar seriamente em dar uma mãozinha à máscara... Consciente da situação cômica, eu me tornara analista de mim mesmo: punha em ordem meus desejos, analisava-os, passava-os por uma peneira a fim de descobrir a natureza do que se acumulava no interior dos caroços, e tinha de dar um nome ao meu mal.

Se necessário, posso começar pelo resultado. Era desejo sexual. Você está rindo? Em vista do raciocínio pomposo das anotações precedentes, o resultado é de fato um tanto desinteressante. Agora que já sei, posso dizer: não é que não tivesse nenhuma ideia do que estava acontecendo. Era de fato tão desinteressante quanto álgebra no começo da matéria, e talvez por isso eu não tenha suportado a ideia de aceitá-la sem provas porque isso me faria parecer muito ansioso. É surpreendente, mas o orgulho parece conviver sem problemas com algo tão incompatível quanto o descaramento.

Pois é, este terceiro caderno também está chegando ao fim. É inútil continuar apenas testando a maneira ideal de dirigir a máscara. Com receio de me tornar repetitivo, porém, acredito que tenho de falar a respeito desta conclusão: o consumo mais puro da liberdade era na realidade o desejo sexual. Pois penso que o consumo da liberdade, por mais puro que seja, ele próprio não gera um valor e... (valor é com a produção de liberdade) embora não tenha a intenção de insistir que meu raciocínio está cem por cento correto, minhas ações do dia seguinte foram todas orientadas por essa visão sexual. E, também, se lhe digo tudo isto é por pensar que tenho de ser honesto comigo mesmo, caso queira que você me julgue de maneira imparcial.

Compreender as razões por que a máscara deu as costas à piromania e ao homicídio não era tão difícil assim, contanto que me abstivesse de ser maldoso. Antes de mais nada, a própria máscara representava uma importante ação destrutiva das convenções sociais. Tanto assim que era difícil decidir, com base em simples senso comum, se a piromania e a mania homicida representariam destruições ainda mais graves. Caso quisesse estabelecer esse ponto além de qualquer dúvida, melhor seria iniciar uma produção em massa de máscaras tão elaboradas quanto a minha e imaginar a indignação pública que se seguiria à disseminação delas. As máscaras obteriam uma explosiva popularidade, a minha fábrica se expandiria sem cessar, e a produção seria insuficiente para atender a demanda mesmo trabalhando vinte e quatro horas por dia. Algumas pessoas desapareceriam de repente. Ao mesmo tempo, outras se dividiriam em duas ou três. Documentos de identidade ficariam inúteis, assim como fotomontagens de indivíduos procurados pela polícia, e fotos de candidatos a casamentos teriam de ser rasgadas e descartadas. Pessoas conhecidas e desconhecidas se tornariam indistinguíveis, e o próprio conceito do álibi seria destroçado. Todos perderiam a capacidade de confiar em estranhos assim como o motivo para desconfiar deles, e ficariam suspensos num tipo de relacionamento nulificado como se procurassem reflexos num espelho que nada reflete.

E isso não será tudo, pois haverá também necessidade de nos prepararmos para uma situação ainda mais difícil. Como as pessoas se tornarão mais transparentes que os estranhos que ficaram invisíveis, elas tentariam escapar da inquietação provocada pela invisibilidade e começariam a trocar suas máscaras de maneira rápida e contínua. E no momento em que o hábito de procurar uma nova máscara se tornasse cotidiano, a palavra *indivíduo* se transformaria num tipo de obscenidade que só se vê em parede de banheiro público, e receptáculos e envoltórios do indivíduo como lar, povo, direitos e deveres se transformariam em palavras mortas, compreensíveis apenas após minuciosa explicação.

E será que o ser humano teria condições de suportar a repetição de tantas nulificações e, até mesmo nessa situação de gravidade zero, descobrir novas convenções e construir novos costumes? Não tenho nenhuma intenção de negar categoricamente essa possibilidade, claro. O extraordinário poder de adaptação e transformação do ser humano já foi comprovado por nossa história, composta de guerras e revoluções. Mas... antes de permitir à máscara a propagação de tais desregramentos... penso ser mais importante estabelecer se temos ou não tolerância suficiente para não usar o esquadrão de prevenção à epidemia que nosso instinto de preservação se disporá a armar. Por mais fascinados que estejamos com a máscara, convenções sociais devem construir uma firme barricada e assumir uma atitude de resistência a desejos individuais. Por exemplo, proibindo o uso de máscaras durante o expediente em repartições públicas, empresas, delegacias de polícia e laboratórios. É possível imaginar também atitudes mais radicais, como por parte de celebridades cinematográficas, as quais reivindicariam o direito de propriedade de seus rostos e iniciariam um movimento contrário à livre confecção de máscaras. Um exemplo extraído do cotidiano seria o do marido e da mulher que, ao se jurarem amor eterno, prometeriam jamais possuir máscaras que o parceiro ou a parceira desconheçam. Será possível até que surjam novas regras de etiqueta, como a de que interessados em parcerias comerciais devam beliscar-se mutuamente a pele do rosto antes de iniciar os entendimentos. Talvez surjam também estranhos costumes, como o de candidatos a emprego espetarem uma agulha no próprio rosto para fazer o sangue escorrer por ocasião de entrevistas de trabalho. Um passo mais e estaríamos discutindo em corte judicial se um policial que apalpou o rosto de um detento por ocasião do interrogatório agiu dentro dos limites da legalidade ou se o ato se constituiu abuso de autoridade, momento em que acadêmicos publicariam extensas dissertações sobre o assunto.

A essa altura, jornais começarão a publicar quase todos os dias em sua coluna de "Conselhos sentimentais" lamúrias de mulheres que, iludidas por máscaras, teriam se casado com indivíduos errados, esquecidas de que elas próprias as usavam também. A resposta, no entanto, será vaga e irresponsável na mesma medida das lamúrias: "Não mostrar o próprio rosto durante todo o tempo do noivado é falsidade digna de reprovação, claro. Mas pergunto-me se você, que se queixa, não estaria ainda muito presa à concepção de vida sem máscaras? Uma máscara não engana nem é enganada – essa é a sua razão de ser. Nessa oportunidade, o que acha de mudar por completo a sua mentalidade, mandando confeccionar uma máscara para iniciar desse modo uma nova vida? Vamos, tanto você como seu marido devem esquecer o passado e não se preocupar com o amanhã, pois só assim estarão aproveitando plenamente a maravilhosa oportunidade de viver nesta era de máscaras etc. etc." No fim das contas, por mais que sejamos enganados ou, ainda, por mais que o ultraje de sermos enganados se torne tema de conversas e seja questionado, acho que de modo geral ele ainda não supera o prazer de enganar. Apesar das incongruências, acredito que, nesse estágio, o fascínio exercido pela máscara continua dominante.

Feitas as contas, uma parte surgirá claramente na coluna de perdas. A popularidade dos romances de mistério sem dúvida desabará de maneira espetacular, e romances de cunho familiar com personagens com dupla e tripla personalidade parecerão substituí-los durante algum tempo, mas, quando o estoque de máscaras atingir a média de cinco ou mais por pessoa, o intrincado enredo superará a tolerância dos leitores, sendo então possível que a própria razão de ser dos romances desapareça, exceto apenas para satisfazer a demanda de uma parte dos leitores, amantes de romances históricos. Não só romances, como também filmes e peças teatrais que eram de início uma exibição de máscaras se transformariam em algo extremamente abstrato e meio codificado pela impossibilidade de apresentar um ator determinado para o papel principal, motivo por que perderão também a capacidade de sustentar o interesse do público em geral. Além disso, a maioria dos fabricantes de cosméticos terá falido, salões de beleza encerrarão atividade e agências de publicidade verão sua renda diminuída para menos de vinte por cento do que era no início. É a essa altura que associações de escritores de diversos gêneros literários com certeza se erguerão esbravejando contra a destruição humana provocada pela máscara, e cosmetólogos e parte dos dermatologistas iniciarão amplas campanhas contra os males que a máscara exerceria sobre a pele.

Todavia, é duvidoso que surtam mais efeito que panfletos a favor da abstinência alcoólica. Além disso, minha empresa Fábrica de Máscaras S. A. terá se expandido e se transformado num enorme monopólio, com uma rede de fábricas, representantes e pontos de vendas em todo o território nacional, sendo portanto coisa fácil como torcer o braço de um recém-nascido o trabalho de calar as reclamações desse punhado de gente.

Os verdadeiros problemas decerto surgirão uma vez passada essa fase. No momento em que a difusão das máscaras atingir o ponto de saturação, e a fase de curiosidade e novidade houver passado, o uso cotidiano da máscara voltará à normalidade e aquele leve cheiro de ilegalidade e desonestidade – cheiro esse até então considerado simples tempero para melhorar ainda mais o sabor de estarem livres por fim da incômoda relação humana – começará a se transformar no mau cheiro típico das coisas excessivamente fermentadas... No momento em que as pessoas começarem a se dar conta de que a brincadeira de fantasias multicoloridas que pensavam ser parte de um cenário alegre, típico de festivais, não era brincadeira coisa alguma mas um incômodo crime que algum dia poderia lhes trazer prejuízos... No momento em que, para citar um exemplo, surgirem fábricas clandestinas especializadas em confeccionar máscaras idênticas a rostos originais de outras pessoas e certo deputado for visto cometendo falcatruas, um pintor famoso for denunciado como inveterado praticante do golpe do baú, o prefeito for preso acusado de roubar carros, um presidente do Partido Democrata for pilhado fazendo discurso de cunho fascista, o diretor de um banco for denunciado por roubo a banco... No momento em que tais ocorrências cômicas começarem a acontecer com frequência, as pessoas, que a princípio a tudo assistiam às gargalhadas, imaginando tratar-se de um espetáculo barato de saltimbancos, de repente se darão conta de que um estranho com cara idêntica à delas se dedicava a bater carteiras e a roubar lojas bem na frente delas... Aí está um cenário possível. Nessa situação, o tão precioso álibi pode se transformar em instrumento tanto para negar a culpa como também para negar a inocência, e talvez comece a ser percebido como um empecilho. Então, o prazer de enganar terá suas cores esmaecidas perante o medo de ser enganado. E quando as pessoas estiverem diluindo o remorso em saliva e a custo deglutindo-o, a frequência escolar das crianças cairá a prumo, talvez refletindo a perda de metas educacionais por parte dos professores – decorrência natural da perda do conceito de personalidade –, ocasião em que, ao ouvir que os estudantes passaram a vadiar pelas ruas em bandos, os pais, que compõem a maioria da sociedade, em pânico e agitados, mudarão drasticamente de opinião e sem dúvida passarão a amaldiçoar a sedução das máscaras. Em seguida, editorialistas de jornais, tão aptos a captar a direção dos ventos, começarão a propor um sistema de registro de máscaras mas, infelizmente, sistemas de registro e máscaras são conceitos tão contraditórios quanto prisões sem portas. Uma máscara registrada deixaria de ser uma máscara. A essa altura a opinião pública sofreria uma total transformação e as pessoas jogariam fora suas máscaras e passariam a pressionar por uma intervenção governamental no sentido de banir as máscaras. Esse movimento assumiria um formato historicamente raro de união do povo com a polícia, e a lei de proibição do uso de máscaras se tornará realidade de maneira espantosamente simples.

Não é de hoje que governos têm medo de excessos. A princípio, o controle seria do tipo dispensado a delitos leves. E essa pusilanimidade governamental faria parte da população se interessar por uma estrutura de produção e venda secreta, e logo estaríamos às voltas com tempos caóticos idênticos ao da Lei Seca dos Estados Unidos. Então, um tanto tardiamente, seríamos obrigados a fazer uma emenda legislativa. O uso de máscaras se daria apenas em casos de graves deformações faciais ou de prescrição médica visando ao tratamento de pacientes com sérios transtornos psíquicos, casos esses em que as agências governamentais competentes emitiriam documentos de autorização, cuja obtenção originaria um controle de máscaras tão rigoroso quanto o dispensado ao contrabando de drogas. Mas casos de falsificação de documentos e corrupção de técnicos se sucederiam uns após outros e, logo, até essa lei especial cairia em desuso, momento em que seriam nomeados inspetores especializados em máscaras, cuja produção também se transformaria em alvo de rígido controle. Ainda assim, os crimes envolvendo máscaras não declinariam e continuariam a alimentar as colunas dos jornais. Ao fim e ao cabo, surgiria um grupo de direita que atacaria personalidades do governo usando máscaras idênticas à guisa de uniforme e, reagindo a isso, a corte seria obrigada a opinar que o uso da máscara, apenas o seu uso, já caracterizaria crime hediondo e a opinião pública acataria sem hesitar tal decisão.

PS *Embora tenha imaginado tudo isso em meio à bebedeira, considero essa fantasia muito interessante. Se acaso o grupo fosse composto de cem pessoas, a cada membro do partido caberia um centésimo da suspeita e noventa e nove centésimos do álibi, e embora o ato ilícito existisse, não haveria agente do referido ato, trazendo um resultado extremamente enganoso. Embora à primeira vista pareça um crime intelectual, por que motivo ele me dá a impressão de uma crueldade animalesca? Talvez seja por causa da total anonimidade do ato criminoso. Anonimidade perfeita é oferecer em sacrifício o próprio nome a um grupo perfeito. Pergunto-me então se isso não seria, em vez de truque intelectual, tendência instintiva de um indivíduo que encara a morte. Da mesma maneira que, perante a invasão inimiga, povo, nação, grupos empresariais, sociais e religiosos procuram antes de mais nada erigir um altar denominado lealdade. O indivíduo é sempre uma vítima diante da morte, mas para um grupo perfeito a morte é apenas um atributo. O grupo perfeito assume primariamente características de vilão.*

Se citar como exemplo de grupo perfeito o exército, e de anonimato perfeito, o soldado, creio não haver dificuldade de compreensão. Mas, acompanhando esse raciocínio, percebo que talvez tenha havido certa incongruência em minha imaginação. Por que é que a corte, que não fora capaz de julgar o uniforme do exército como homicídio doloso, teria se portado com tamanho rigor com relação ao grupo da direita cujos componentes usavam todos a mesma máscara? O caso talvez não tenha sido o de a nação ter visto a máscara como um mal contrário à ordem, mas apenas de a própria nação ser uma enorme máscara que não admite a sobreposição de uma máscara diferente. E isso nos leva à conclusão de que o indivíduo mais inocente do mundo seria o anarquista, não é?

Pois bem, por todos esses motivos e desde que não permitamos que nossa atenção se desvie, atraída pela curiosidade, ficou claro que a própria existência da máscara é, por seu caráter, destrutiva. Uma vez que sua destrutividade foi equiparada à do homicídio doloso, nada ficaria a dever à da piromania, claro, e até se ombrearia com a da mania homicida. No momento em que a máscara, a própria materialização da destruição... perambula em meio às ruínas da relação humana que ela própria destruiu... seria até compreensível que ela não se sinta atraída por impulsos de destrutividade equivalentes ao dela. Destruição por destruição, à máscara bastava a própria existência, por mais que seus gânglios de desejo latejassem.

Desejos centrípetos da máscara recém-nascida, que não tem ainda quarenta horas de vida... Desejos de prisioneiro faminto que acaba de escapar, forçando a passagem por entre o ninho de sanguessugas... Que tipo de liberdade desejaria abocanhar, antes de mais nada, esse estômago ávido e esfaimado, com nítidas marcas de algemas?

Pois bem, falando com franqueza, não é que eu não soubesse a resposta a essa pergunta. Para começo de conversa, isso a que chamam desejo não é algo que deva ser explicado racionalmente, basta ser sentido. Não quero me fazer de rogado, vou falar de uma vez. Era aquele impulso convulsivo de se oferecer em sacrifício pelos semelhantes. Disso eu já me dera conta desde o momento em que fui para a cidade. E nesse caso, para que tive de dar voltas no mesmo lugar e apresentar tantas justificativas? Teria calculado que, tergiversando, conseguiria furtar-me à vergonha, por pouco que fosse? Nada disso: pode até parecer que sobreponho justificativas sobre justificativas, mas posso lhe jurar que, àquela altura, a vergonha pouco me importava. O que me importava era apenas uma coisa: a necessidade de ajustar a esse desejo minha relação com você.

Por minha relação com você me refiro àquela fantasia despudorada da máscara. O que quer que eu sinta, deseje ou queira experimentar, tudo se liga àquela fantasia, e o veneno do ciúme, a duras penas quase esquecido, revive e começa a se mover contra a corrente em meus vasos sanguíneos. E acho que não seria de estranhar se isso por sua vez se conectar ao plano de amanhã. A essa altura, até a máscara parece se sentir constrangida e na obrigação de estacar. A liberdade da máscara estava em sua relação abstrata com terceiros, mas do jeito que estava, ela era a própria imagem do pássaro de asas amputadas. A máscara, que a tanto custo escapara do banimento e conseguira uma trégua, via-se agora obrigada a balbuciar algo incoerente.

E então, numa tentativa de me acalmar e me agradar, a máscara me disse: Se você continuar indefinidamente imaginando coisas, correrá o risco de transformar não só a máscara, mas a você mesmo num meio... O rosto pode até ser máscara, mas o corpo continua sendo você mesmo, em nada se alterou... Vamos, cerre os olhos e pense que a luz se foi do mundo inteiro... No mesmo instante, eu e a máscara nos fundimos num único ser e já não havia em lugar algum alguém de quem eu devesse ter ciúme... Se sou eu que a toca, e aquele que é tocado por você também sou eu, que motivos tenho para hesitar?

NOTA *Pensando bem, este é um raciocínio bem conveniente. Por mais que sejamos um único ser do meu ponto de vista, se para os outros somos diferentes, não significaria que sou ao menos metade diferente? A nossa raça amarela também não era amarela desde o princípio. Passou a sê-lo quando raças de cor diferente assim nos denominaram. E ignorar o que foi convencionado para o rosto e considerar a metade inferior do corpo como referência de uma personalidade é um embuste, de fato. Se era para aderir a essa teoria de unidade com a metade inferior do corpo, eu devia também assumir a responsabilidade pelos atos de perversão sexual da máscara, nesse aspecto não havendo espaço para consideração de espécie alguma. Quanto descaramento da minha parte acusar você de traição sem pejo algum em minhas fantasias, e até tremer de ciúme, mas no momento em que fui eu o envolvido, chamar o fato de mera consumação da liberdade sem ao menos pensar no quanto a estava magoando. Pergunto-me se, no fim das contas, o ciúme não seria simplesmente coisa aborrecida que faz valer seus direitos sem reconhecer seus deveres, algo assim como um gato de estimação...*

Dessa forma, ao mesmo tempo que me repreendia com cara sonsa, como se nada estivesse sentindo, a máscara passou os desejos em geral pelo crivo das diversas espécies de peneira e teve de me fazer compreender que o que ali restara era o que de fato deveria restar e, também, que nunca estivera à espera do que quer que fosse. Se bem que as espécies de desejo no sentido puro eram surpreendentemente poucas e, caso fosse possível excluir os impulsos destrutivos, o restante não parecia oferecer dificuldade. Vou expor a seguir os exemplos que me vêm à lembrança.

Antes de mais nada, os três grandes desejos, a saber: o de comer, o sexual e o de dormir. Em seguida, os genéricos, como os de evacuar, saciar a sede, fugir, possuir, divertir-se etc. Cito agora os mais específicos, como o de suicidar-se, beber, fumar, intoxicar-se com narcóticos. E se os expandirmos, talvez possamos incluir o desejo de fama e o de trabalhar.

Mas, na primeira peneira denominada "consumação da liberdade", a grande maioria deles já terá sido excluída. Pois, por mais que a sonolência seja forte, não há possibilidade alguma de ela própria ser um objetivo em si. É, fundamentalmente, um meio para acordar outra vez e, por mais boa vontade que tenhamos, esse desejo pertence antes ao grupo da "provisão de liberdade". Pelo mesmo motivo, os de excreção, saciar a sede, possuir, fugir, ter fama e trabalhar também poderão ser excluídos da discussão. Entretanto, só este último, o de trabalhar, não poderá ser levianamente tratado como um meio da categoria da excreção, para não corrermos o risco de receber a pecha de imprudentes. Quando penso no que resulta dele, o trabalho é com certeza o desejo que deve reinar acima de todos os desejos. Se "coisas" não tivessem sido produzidas, não teria havido história nem mundo, e talvez nem se constituísse a noção de ser humano. Além disso, o desejo de trabalhar pode se transformar ele próprio em objetivo, bastando considerá-lo através da autonegação "trabalho pelo trabalho". E embora se transforme ele próprio em objetivo, não é repelente como o desejo de posse ou o da fama, nem dá impressão de decadência. E mesmo nessas condições, as pessoas apenas dirão com um aceno de aprovação: "Esse sujeito trabalha com seriedade". Talvez se ressintam, mas não criticarão. Pois no mundo só há trabalho que gera dinheiro, que é lucrativo ou que é respeitável.

Lamentável é que a máscara não conseguia suportar uma situação tão abençoada. Pois, se não houvesse algum tipo de contravenção, o uso da máscara não faria sentido. "Liberdade exclusiva da máscara" tinha de provir, acima de qualquer consideração, de um ato ilegal. (De fato, eu sentia sessenta por cento de satisfação com meu trabalho no laboratório... e caso fosse despedido, creio que sentiria noventa por cento de relutância em abrir mão dele... Ainda assim, consegui passar todo esse tempo sem a máscara.) Mesmo que o "trabalho pelo trabalho" tenha conseguido com certo custo passar pela primeira peneirada, no fim das contas ele estava destinado a não passar pela segunda. Deixe-me esclarecer que não estou discutindo valores. Estou apenas falando dos desejos do prisioneiro fugitivo que teve seu álibi garantido.

Aproveito o ensejo para falar que, dos desejos restantes, o de comer também me parece que não passará por essa segunda peneirada. Vamos começar desconsiderando o comer e o beber sem pagar, já que é mais um meio que um objetivo, mas me parece ter ouvido falar em algum lugar a respeito de uma lei que proibia empanturrar-se. Proibir a satisfação do desejo de comer não é uma ocorrência muito comum, isso só acontece em campos de batalha e em cadeias. Mas, se procurarmos com afinco, acho que chegaremos ao canibalismo ritual. Mesmo esse, porém, não é tanto um desejo de comer, pois me parece que nele existe uma nuance mais forte de homicídio. E conforme já determinei, homicídio é matéria de ressalva.

Além desses, o suicídio, embora também tenha sido considerado matéria proibida, podia ser praticado sem a máscara e, além do mais, a máscara tinha com muito custo escapado do "sepultamento em vida". Se era para tentar o suicídio àquela altura, seria melhor não ter feito nada. E quanto ao desejo de buscar diversão, prefiro não considerá-lo uma unidade independente, e sim outra forma de fuga ou, ainda, um tipo de trabalho sem objetivo. Quanto ao gosto por intoxicação, é, assim como a embriaguez, nada mais que uma imitação barata da máscara, de modo que... eu, que de fato andei em estado de embriaguez ideal... não acho que deva me incomodar com isso.

E assim, depois de passar muitas vezes por diferentes peneiras, o que sobrou por fim e mais correspondeu às condições foi o problemático impulso convulsivo de se sacrificar.

Por falar nisso, o que você pensa a respeito desse raciocínio? Isso mesmo, refiro-me apenas ao raciocínio, claro. Afinal, naquela noite consegui apenas chegar ao raciocínio de que só me restava apelar para o crime sexual caso quisesse ter uma experiência pura de liberdade mas, na verdade, não pratiquei ato algum nem de longe semelhante a um crime. Não me faltou vontade nem oportunidade, mas o fato é que nada fiz. É por isso que estou lhe perguntando apenas sobre o raciocínio.

Não pense que alimento a doce esperança de obter sua aprovação. Seus olhos com certeza já detectaram claramente em minha atitude uma falha risível. Não posso deixar de reconhecer a existência dessa falha, uma vez que eu mesmo já a experimentei de fato. Mas não a notei naquele momento e, mesmo agora, não consigo discerni-la. Isso pode significar que... ao assumir a atitude de quem se deixa vencer a contragosto pela veemente persuasão da máscara, eu talvez estivesse tentando enganar a mim mesmo ao não reconhecer que esse desejo era, na verdade, meu.

Por falar nisso, eu experimentava forte reserva quanto a derrubar com um pontapé a cerca restritiva do sexo mas, ao mesmo tempo, sentia-me atraído por ela com igual intensidade. Pensando bem, era compreensível. Viera me esforçando para não abordar essa questão mas, se não admitisse o crime sexual, o plano de fazer com que a máscara a seduzisse também não se sustentaria. Se o episódio de sedução se restringisse a uma única vez, talvez não houvesse problema. Mas se a minha intenção era fazer perdurar o relacionamento entre você e a máscara e disso construir um novo mundo, tinha de admitir a ideia de infringir a lei sexual. Caso contrário, como poderia suportar essa vida dupla sem que o ciúme me corroesse até a medula dos ossos? Na certa toda aquela lenga-lenga persuasiva da máscara era o resultado de uma provocação consciente de minha parte.

Pois é, por estranho que pareça, no instante em que obtive algo assim como um raciocínio de sustentação, me senti encampando, de maneira instantânea e total, os desejos da máscara. Quero deixar bem claro que não sentia necessidade de sexo com a premência do esfaimado ou do sedento de satisfazerem seus desejos. O que atraía a máscara era a simples violação do tabu sexual. Duvido até que sentisse aquele fascínio arrepiante caso não tivesse consciência do tabu. E enquanto encarava esse fascínio, me pareceu que o que mais me preocupava – o veneno do ciúme – também perdia rapidamente sua capacidade de envenenar, e me vi empenhado em mergulhar de cabeça no impulso da perversão sexual como se chupasse uma pílula de antídoto do veneno.

Ao observar ao redor agora com os olhos de um pervertido, a cidade inteira me parece um estranho castelo composto de placas proibindo a entrada do sexo. Seria até passável se fosse um cercado seguro e forte, mas havia sinais de corrosão por insetos e de pregos faltando em todas as cercas, ou seja, davam a impressão de que desmoronariam a qualquer momento. E embora cada placa pareça estar à espera de invasores e agite o ânimo dos transeuntes de toda a cidade, um cuidadoso exame de perto revela que tanto os sinais de corrosão como os de prego faltando são camuflagens, e que a cerca não permite a aproximação de ninguém. Sexo, proibição sexual – que seria isso? No instante em que nos perguntamos qual o sentido das camuflagens e qual a origem da cerca, todos nós obrigatoriamente nos pervertemos. E, claro, o próprio pervertido não é mais que uma dessas cercas. Eis por que o pervertido se vê obrigado a verter lágrimas de agonia e arrependimento por seu próprio desejo. Pois, no momento em que ele violar o tabu sexual, estará ao mesmo tempo pisando e esmigalhando sua própria cerca. Mas, uma vez que se pergunte a respeito da existência da cerca, ele não encontrará sossego enquanto não detectar a sua correta origem. O pervertido sexual é, quase sempre, um investigador honesto que, uma vez cônscio do mistério, se vê obrigado a solvê-lo à custa de qualquer sacrifício.

E então eu, na qualidade de investigador amador, resolvi começar espiando o interior de um bar. Não que estivesse à espera de que ali fosse acontecer algo especial. Apenas senti um leve interesse por esse estabelecimento cuja tabuleta exibia vistosos buracos de traça e marcas de pregos arrancados. Além de tudo, o que vendiam no interior do estabelecimento era uma falsa máscara denominada álcool. Aliás, era o local mais adequado para mim naquelas circunstâncias.

Ambiente acolhedor, conforme previ. Falsa escuridão obstruindo a falsa luminosidade... Falsa decadência sob falso sorriso... Desejo suspenso no ar, incapaz de perpetrar o mal ou de praticar o bem, como num sonho... Falsa bondade e falsa maldade em conveniente amálgama... Mal me sento, todos os poros do meu corpo começam a se abrir e eu peço um uísque com água; volto-me então para a garota de azul-marinho sentada a meu lado e começo a brincar com seus dedos. Isto é, não eu, mas a máscara. Os dedos da garota estão suados, mas o suor tem consistência seca de amido. A garota aceita tudo sem reagir, claro. Sua passividade é falsa, assim como sua irritação é. Faça eu o que fizer, é o mesmo que nada ter feito, e mesmo que nada faça, será o mesmo que tudo ter feito.

Eu minto, e a garota também mente. Logo, ela parece ter começado a pensar em outras coisas, mas é claro que finjo que não percebi. Acho que vou dormir com ela esta noite para me vingar das sanguessugas, de você e também de meu próprio rosto. Calma, não se preocupe, seja lá como for, neste lugar todas as coisas possíveis e imagináveis podem acontecer mas, ao mesmo tempo, nada jamais acontecerá. Torno a contar uma mentira e a garota também; depois, não sei bem como foi que o assunto surgiu, mas a garota de repente me pergunta se sou pintor e me deixa atônito.

– Por quê? Acaso tenho jeito de pintor?

– Mas não são os pintores que gostam de não se parecer com nada?

– Ah, entendi... E então, maquiagens são para mostrar ou para esconder?

– Para ambos, ora... – diz a garota, apanhando alguns salgadinhos com a ponta dos dedos e levando-os à boca... – E em ambos os casos, é expressão de sinceridade, não é?

– Sinceridade...? – eu disse, de repente desanimado, como se me tivessem mostrado os truques por trás de um número de mágica. – Bela bosta!

E então a garota franziu o nariz curto e disse, com frieza:

– Credo, que cara grosso! Para que falar desse jeito de coisas que são óbvias?

É verdade! Tinha me esquecido de que, neste lugar, qualquer coisa autêntica é uma magnífica falsificação, e toda falsificação serve como coisa puramente autêntica. Pelo jeito, naqueles lugares o convencionado era divertir-se pintando o desenho de uma abertura na cerca um passo antes de se perverter... Além disso, se me embriagar um pouco mais, corro o risco de esquecer que estou usando a máscara... Sob a palma de minha mão, a coxa da garota começara a bocejar como se já não suportasse tanto tédio, e tudo indicava que era chegada a hora de bater em retirada. Afinal nada aconteceu, mas isso não fazia mal. Creio que devo considerar que a colheita foi boa só pelo fato de ter sido possível tocar a cerca e me certificar de sua solidez. Querendo ou não, amanhã terei de investir contra a sua cerca como se disso dependesse minha vida...

Os acontecimentos posteriores parecem coisas vistas através de um binóculo, não tenho sequer noção de sua proximidade ou distância. No entanto, escapei de cometer inconveniências como arrancar a máscara levado pela bebedeira, e também consegui fornecer ao motorista do táxi o endereço do meu refúgio e não o da minha casa. Por mais que as superfícies de meu próprio rosto e da máscara sejam escrupulosamente ajustadas e por mais que o poder de aglutinação da cola seja potente, parece-me que não se pode preencher com facilidade a distância entre eles. E nesse mínimo espaço intersticial de desesperança sonhei a noite inteira com você. Acho que, no sonho, você me implorava algo sem parar. Tenho a impressão de que você me avisava que o molestador de mulheres estava se aproximando, mas talvez isso tenha sido algo que minha imaginação me impingiu depois. E acho também que sonhei uma vez com a cadeia.

Na manhã seguinte, acordei com uma tremenda ressaca. O rosto inteiro tinha inchado e ardia. Talvez eu tenha desenvolvido alergia pela cola por não ter me cuidado direito depois de chegar em casa. Senti-me um tanto melhor depois de lavar o rosto e esvaziar o estômago. Ainda faltava um pouco para as dez. Como pretendia sair depois das três da tarde, resolvi continuar na cama por mais duas ou três horas.

Mas como é que podia estar em situação tão lastimável justo quando ia apostar todo o esforço que despendera durante o último ano naquele único instante que chegaria dentro de algumas horas? Desgostoso comigo mesmo e sem conseguir voltar a dormir, rolei na cama buscando áreas frias entre as cobertas. Realmente, como é que fui me empolgar daquele jeito e beber feito doido? Afinal, o que me excitara àquele ponto? Sinto que há algo de que tenho de me lembrar, mas... Com a máscara no rosto, senti-me um homem invisível e vaguei pelas ruas... a cerca... o tabu... É isso, estava quase me transformando num pervertido... eu que, além de ser o administrador de um laboratório de pesquisa macromolecular, sempre fora um indivíduo sem sal nem pimenta, incontestavelmente inofensivo... Isso mesmo, para transpor a cerca, eu tinha de me transformar num pervertido...

Na tentativa de reviver com clareza as impressões da noite passada, tento de todas as maneiras raspar e eliminar os restos da bebedeira sob o crânio. Mas o ânimo do pervertido, que ontem me parecera tão nítido, se recusa a voltar. Talvez porque eu não estava usando a máscara. Era isso, com certeza. No instante em que a tiver no rosto, o contraventor haverá de ressuscitar. Mesmo no íntimo do mais inócuo do seres humanos com certeza se oculta um criminoso capaz de reagir a uma máscara.

Não estou dizendo que todos os atores têm tendência criminosa: minha intenção não é afirmar nada tão extremado. O caso do chefe do departamento administrativo da empresa onde trabalho, que demonstra grande interesse pelo desfile de fantasias por ocasião das gincanas dos funcionários e ficou famoso por seu talento nessa área, vem de fato comprovar o contrário, pois o sujeito é extraordinariamente feliz e vive muito satisfeito com sua realidade. Mas, no momento em que se tornar evidente que a vida correta do lado de cá não é tão segura quando comparada com o mundo criminoso do lado de lá, seriam eles ainda assim capazes de se manter intocados pelo crime? É um tanto duvidoso... As pessoas batem ponto todos os dias, mandam confeccionar seus carimbos de identidade, providenciam cartões de visita, neles imprimem seus títulos, cargos e posições sociais, fazem poupança, medem o tamanho do colarinho, fazem seguro de vida, registram seus imóveis, escrevem cartões de felicitações, colam fotos em carteiras de identidade mas... não consigo acreditar que, vivendo nesse mundo em que serão abandonados caso se esqueçam de uma só dessas providências, haja alguém que nunca sentiu vontade de se tornar invisível...

Suponho que dormitei por um breve instante. O vento começava a soprar e acordei com o barulho da veneziana batendo. A dor de cabeça e a náusea parecem ter-se acalmado um pouco, mas ainda não recuperei minha condição física normal.

Pensei em tomar um banho mas, para meu azar, estávamos sem água. Talvez não haja pressão suficiente no cano para fazê-la subir até o meu andar. Tomo coragem e resolvo ir a um banho público. Depois de hesitar por instantes entre usar as bandagens ou a máscara, opto enfim pela última. Além do fato de me sentir inseguro ao pensar na impressão que as bandagens causariam nos demais usuários, queria também testar a máscara em todas as circunstâncias e eventualidades. (E de fato, bastou vestir a máscara para sentir o ânimo voltar no mesmo instante.) Apalpei o bolso do paletó em busca de minha carteira e senti algo duro. Eram o já referido revólver de pressão e o ioiô dourado. Pensando na possibilidade de encontrar a filha do zelador, envolvo o ioiô e o sabonete numa toalha de mão e saio levando-os comigo.

Infelizmente, não vi a garota. Não tive nenhum tipo de premonição mas, em vez de ir para o banho público perto dali, resolvi me dirigir ao do bairro vizinho, à distância de um ponto de ônibus. Havia poucos usuários porque o estabelecimento acabara de abrir as porta, e por isso a água da vasta banheira estava límpida e transparente. Mergulhei e, enquanto ali me deixava ficar durante algum tempo suportando o calor para expulsar os vapores da bebedeira, notei que no canto oposto ao meu havia um homem dentro da banheira ainda vestindo uma camiseta preta. Não, não era uma camiseta, era tatuagem. O reflexo da luz não me permitia discernir muito bem, mas parecia que ele esfolara um peixe e vestira a sua pele.

A princípio, fingi não tê-lo visto, mas, uma vez que meu interesse por ele já fora despertado, foi se tornando cada vez mais difícil despregar os olhos daquela figura. Não que o desenho da tatuagem tivesse me interessado, mas o próprio ato de tatuar começou a me incomodar tanto quanto o nome de uma pessoa que fica entalado na garganta e persiste em não vir aos lábios...

Talvez tenha sentido seu parentesco com a máscara. De fato, máscara e tatuagem têm notável característica comum: ambas são alterações de pele infligidas artificialmente ao ser humano. A intenção de destruir a pele e transformá-la em algo diferente é idêntica em ambos os casos. No entanto, há também pontos discrepantes, claro. A máscara é um rosto substituto, enquanto a tatuagem se integra à pele e se torna parte dela. Além disso, a máscara nos oferece um álibi, enquanto a tatuagem expõe a própria pessoa e a faz exibir-se. Nesse aspecto, talvez eu tenha mais afinidade com uma máscara de ocultação – caso das bandagens – do que com uma máscara comum. E se a questão é apenas exibir, meu ninho de sanguessugas não fica nada a dever à tatuagem.

Entretanto, o que não consigo compreender é que raios a tatuagem quer tanto exibir... Pode ser que o próprio tatuado não tenha a resposta a essa pergunta e... talvez na própria impossibilidade de responder esteja o sentido de exibir. Para começo de conversa, quase sempre monstros gostam de charadas e fazem a vida impingindo questões incompreensíveis aos outros e arrancando multa dos que não conseguem respondê-las... Pois me parece que a tatuagem também tem uma espécie de característica indagadora que exige uma resposta.

Como prova disso e sem que disso me tivesse dado conta, ali estava eu, desesperado por encontrar a resposta. Por exemplo, finjo que o tatuado sou eu e tento tatear essa sensação pelo lado de dentro. E então, senti antes de mais nada os olhares dos outros caindo sobre mim como uma chuva de dardos. Isso me foi fácil compreender porque essa experiência eu já vivenciara com meu ninho de sanguessugas. Em seguida, o céu foi aos poucos se afastando e... embora houvesse em torno uma cintilante luminosidade de pleno dia, a tarde caíra só ao meu redor... É mesmo, se não me engano, criminosos sentenciados à deportação eram marcados para sempre com uma tatuagem... E por sinalizar o crime, até a luz deixou de se aproximar... Mas, não sei por quê, não me sinto nem acuado, nem contrafeito... Muito natural... pois, se gravei em meu corpo a marca do crime por vontade própria e por vontade própria me sepultei e desapareci... a essa altura não devo ter nada do que me arrepender...

Quando o homem emergiu da água quente, a figura de um demônio soterrado em flores de cerejeira contorceu-se e derramou gotas ambarinas de suor. Senti-me cúmplice e considerei revigorante sua atitude de rejeição. É isso, a relação de parentesco entre máscara e tatuagem nada tinha a ver com formas, e sim com esta questão: de que lado da linha limítrofe traçada pela máscara sobre a superfície do rosto elas vivem? Uma vez que existem pessoas capazes de suportar uma tatuagem, não existe razão alguma por que não se possa suportar uma máscara.

Mas ao sair da casa de banho, fui abordado bruscamente pelo homem da tatuagem, que vinha tirar satisfações. Agora que a tatuagem estava encoberta pela camisa de manga comprida, o homem parecia mais novo, menor e muito insignificante, mas como todo animal cujo corpo exibe cores sematológicas, sua arte de intimidar era algo digno de respeito.

Com voz rouca, o homem me acusou de encará-lo com descortesia e exigiu que me desculpasse. Se ele exigia, na certa eu fizera algo que o irritara. Devia ter me desculpado, conforme ele demandava, mas aquele não era o meu dia de sorte: a área inferior da máscara fervia como sopa em ebulição por causa da minha prolongada permanência na água quente e eu estava prestes a desmaiar porque minha pressão baixara demais. Sem conseguir pensar direito, eu disse:

– Mas tatuagens são para ser vistas, não são?

Nem havia acabado de falar ainda quando um soco veio voando em minha direção. Mas o instinto de proteção à máscara também estava tão aguçado quanto a reação do homem. O primeiro golpe se perdeu no ar, mas isso o irritou ainda mais. Ele veio forçando um corpo a corpo e, com safanões aleatórios, parecia procurar uma brecha para tornar a alojar outro soco no meu rosto. Logo me vi acuado contra uma cerca de madeira e não sei se o braço dele ou o meu – estávamos tão enredados que não posso ter certeza – moveu-se de baixo para cima e atingiu o meu queixo de viés, arrancando e derrubando a máscara instantaneamente.

Senti um choque como se me tivessem arrancado a calça em público. Mas o susto do homem também parece ter sido tão grande quanto o meu. Com voz insegura e medrosa que destoava de seu comportamento, resmungou alguma coisa ininteligível e fugiu às pressas com passadas indignadas, como se fosse ele a vítima. Eu mesmo me sentia meio morto, mas enxuguei o suor e tornei a pôr a máscara. Muito compreensivelmente, não tive coragem de olhar ao redor. Se fosse eu na plateia, na certa teria rido a valer... A próxima vez que sair de casa, não me esquecerei de carregar o revólver de pressão.

NOTA *Que impressão teria causado minha pequena tragicomédia nos curiosos ali presentes e, claro, no homem da tatuagem? Poderiam rir à vontade, mas risadas não seriam suficientes para eliminar a impressão. Na certa o acontecimento permaneceria indelével na memória de todos para sempre. Mas... de que jeito? Espetado no coração como um fragmento de granada...? Ou atingindo em cheio seus globos oculares e contorcendo-lhes a imagem do mundo...? Seja como for, posso afirmar uma coisa com segurança: aquelas pessoas nunca mais conseguirão olhar fixamente para o rosto dos outros. Estranhos se tornarão transparentes como fantasmas e, o mundo, cheio de fissuras como um quadro pintado sobre vidro com tinta rala. Tal como a máscara, o próprio mundo começará a parecer inacreditável, e uma indescritível solidão invadirá essas pessoas. Mas nem por isso preciso me sentir responsável pelo que lhes aconteceu. Pois o que estão vendo é a verdade. E também porque conseguiram enxergar uma verdade ainda mais profunda: apenas a máscara é visível, e a verdade não é perceptível ao olhar. E por mais que vê-la seja doloroso, na mesma medida a verdade um dia haverá de compensar o sofrimento.*

O acontecimento é de mais de vinte anos atrás: vi o cadáver de um bebê abandonado. O corpo jazia de costas no meio do mato atrás da escola. Se não me falha a memória, eu tinha ido até lá pegar uma bola de beisebol e o encontrei por acidente. O cadáver estava inchado como uma bola de borracha e apresentava uma coloração um pouco rosada. Achei que a boca tinha se movido e olhei com mais atenção, quando então vi que incontáveis larvas de insetos tinham rompido a pele dos lábios e ali se contorciam. Completamente atordoado, fiquei durante alguns dias sem conseguir me alimentar. À época, só tive uma impressão de crueldade e medo, mas com o passar dos anos, o cadáver talvez tenha crescido comigo, pois, envolta em serena tristeza, restou-me apenas a lembrança do leve tom róseo daquela pele lisa que lembrava cera. Hoje em dia, já não penso em fugir daquela lembrança. Pelo contrário, venho até alimentando certa ternura por ela. Pois toda vez que me lembro daquele cadáver recupero as emoções comuns a todos os seres humanos. Recordo-me de que além do mundo de plástico existe um outro que minhas mãos conseguem tocar. Aquele cadáver haverá de viver para sempre comigo como símbolo desse mundo.

Não, não pense que esteja me justificando para benefício de completos estranhos. A esta altura, essa preocupação começa se relacionar também com você. Mesmo que o ferimento lhe pareça profundo demais, quero que acredite em mim. Isso não é um ferimento, é apenas uma lembrança um tanto forte demais que espiou por baixo da máscara. Chegará o tempo em que você provavelmente se lembrará disso com o mesmo carinho com que me lembro do pequeno cadáver.

Na verdade, planejava passar antes em algum lugar para comprar artigos como isqueiro, caderneta e carteira para uso privado da máscara, mas... já em cima da hora de sair, acabei perdendo tempo considerável cuidando de meus ferimentos, trocando a cola... de modo que fui direto para o local a que pretendia ir, chegando ao ponto do ônibus diante da estação ferroviária às quatro em ponto. Pretendia aguardá-la na saída de seu curso de trabalhos manuais das quintas-feiras. Estava na hora de o tumulto de fim de tarde começar e, embora o ambiente, saturado como o interior de uma barrica de picles, transbordasse com a cacofonia típica de pontos de encontro populares, por alguma razão para mim incompreensível eu me sentia envolto num estranho silêncio semelhante ao existente no interior de um bosque repleto de árvores que começam a perder as folhas. O choque experimentado havia pouco podia ainda estar me influenciando os cinco sentidos, pressionando-os de dentro para fora. Fechei os olhos e uma incontável quantidade de estrelas que emitiam um forte clarão redemoinhou como um enxame de pernilongos. Era provável que minha pressão também estivesse alta. De fato, o choque fora sério. No entanto, nem tudo pareceu negativo. A humilhação trabalhara como estímulo terapêutico e me empurrou para a transgressão.

Resolvo me abrigar sob a marquise de uma agência bancária um tanto afastada do tumulto da rua. Por estar um degrau acima do nível da calçada, tenho boa visão do entorno e, uma vez que outras pessoas também transformaram o local em ponto de encontro, não corro o risco de ficar exposto demais. Não preciso portanto me preocupar com a possibilidade de ser visto antes de vê-la. Como sua aula vai até as quatro da tarde, você deverá chegar dentro de dez minutos, mesmo contando com a eventualidade de ter perdido um ônibus.

Nunca imaginei que seu curso me seria tão útil. Se me permite a ousadia, acho que o próprio fato de você ter sido capaz de frequentar esse curso inútil durante tantos anos seguidos é uma boa prova da ambiguidade da existência feminina. Em especial, me parece simbólico o fato de você ter escolhido a confecção de botões e se dedicado a isso.

Entre graúdos e miúdos, quantos teriam sido os botões que você raspou, esculpiu, coloriu e lustrou até hoje? Sem ter nada específico para abotoar com eles, é digna de admiração sua capacidade de vir produzindo algo prático de modo geral, de maneira pouco prática de um modo geral. Não, não me interprete mal, não quis censurá-la. Tanto assim que nunca me opus à sua atividade. Se você se dedica com real paixão a ela, devo até felicitá-la do fundo do meu coração por seu ingênuo objetivo.

Contudo, daqui em diante você também é uma das protagonistas e não vejo necessidade de explicar cada fato passado. O que preciso é virar do avesso minhas pregas mentais e expor ao sol o rosto da perversão, esse verme parasitário que ali se oculta. Logo, o terceiro ônibus chegou e você, que acaba de desembarcar, passa diante de mim, que estou parado diante da agência bancária. E começo a andar no seu encalço. Visto por trás, seu vulto tem uma inquietante vitalidade e uma estranha suavidade, o que me deixou um tanto inseguro.

Eu a alcanço no semáforo do cruzamento diante da estação. E tenho de seduzi-la de alguma maneira nos poucos minutos que faltam para chegar à estação. Não devo me impor, mas isso não significa que posso perder tempo com rodeios. Como quem não quer nada, fingi ter apanhado do chão um botão de couro que você havia feito e que eu preparara de antemão, mostrei-o e lhe disse de supetão a frase que havia preparado:

– Você não teria deixado isto cair?

Sem esconder o espanto, você ergueu a sacola para verificar se o fundo não estava rasgado, examinou o fecho da bolsa para tentar descobrir por que razão o botão teria caído e, aparentando incompreensão, lançou um minúsculo olhar em minha direção. Sabendo que iniciar o diálogo era decisivo, eu não podia deixar escapar a oportunidade e acrescentei o golpe fatal:

– Talvez do seu chapéu...

– Chapéu?

– Em números de magia, até coelhos costumam saltar dele, não é?

Mas você nem se dignou a sorrir. Pelo contrário, fixou em minha boca um olhar penetrante, do tipo usado por médicos durante exames físicos. Um olhar absorto e fixo do qual talvez você mesma nem se desse conta. Se aquele olhar tivesse durado mais três segundos, eu teria chegado à conclusão de que fora desmascarado e talvez houvesse batido em retirada. Mas isso era impossível. Minha máscara já havia sido testada e aprovada em inúmeras circunstâncias. Não havia nenhum perigo de despertar desconfianças, só mesmo se fosse arrancada – como acontecera havia pouco no confronto com o homem tatuado –, ou pelo contato direto de nossos lábios (não havia como ocultar a diferença de temperatura). Além de tudo, eu havia baixado um pouco o timbre da minha voz para modificá-la e, mesmo sem contar com isso, os sons labiais como *ha*, *ma* e *wa* soavam alterados por causa dos lábios artificiais sobrepostos aos meus.

Pelo visto, eu me preocupara desnecessariamente, pois você logo desviou o olhar e retomou sua costumeira expressão ausente. Mas ao deparar com aquele olhar fixo, minha perversão pareceu se intimidar por completo e, se você naquele momento tivesse se afastado sem nada dizer, pode ser que eu também houvesse concluído que fora melhor para nós dois e abortado meu plano sem pestanejar. Seja como for, o sol ainda ia alto e, diante de você, a fabulosa eficácia da máscara parecia ter-se diluído. Entretanto, houve também certa hesitação momentânea de sua parte. Além do mais, em torno de nós a multidão redemoinhava à semelhança de ávidos seres marítimos que sugam pensamentos emergentes antes mesmo de terem a oportunidade de se propagar. Sem tempo para examinar direito o significado da deformação do campo magnético que surgiu entre nós em consequência de sua momentânea hesitação, eu já lançara na direção dessa hesitação a segunda fala do roteiro que havia preparado.

NOTA *esta expressão "deformação do campo magnético" veio mesmo a calhar. Pois me parece que havia intuído, embora de maneira vaga, a importância espetacular daquele instante. Ter intuído apenas não me serve como motivo de vanglória ou como desculpa, mas caso não tivesse nem ao menos intuído e estas poucas linhas não existissem... arrepio-me inteiro só de pensar... eu teria sido sentenciado ao ridículo pelo crime de estupidez, tudo o que tivesse feito só seria motivo de riso e até estas anotações não seriam um registro da máscara, mas registro de um simples palhaço. Nada contra palhaços, mas o que não quero de modo algum é ser um palhaço que não tem ideia de que o é.*

Não sei se você se lembra, mas então lhe perguntei, como se já estivesse cansado de perguntar aqui e ali, onde era o ponto de determinado ônibus. Não sei também se você se deu conta, mas a escolha daquele ponto de ônibus não foi feita às pressas com o único intuito de ganhar tempo, mas foi, isto sim, uma cilada genial elaborada depois de muita deliberação.

Antes de mais nada, embora dentre as linhas que percorriam itinerários semelhantes a do referido ônibus fosse a única que se conectava com a estação, seu ponto se localizava num lugar pouco apropriado, de difícil acesso e pouca visibilidade. Depois, o ponto se situava do outro lado da estação, aonde só se conseguia chegar depois de dar uma enorme volta por um pontilhão sobre a estrada de ferro, a não ser que se usassem com eficiência as passagens subterrâneas. Em terceiro lugar, a disposição dessas passagens subterrâneas era muito intrincada, sendo também difícil de explicar verbalmente onde e de que maneira se interligavam as diversas entradas e saídas da estação. Sobretudo, e por último, tanto usando essas passagens subterrâneas como andando por dentro da estação, a distância que você percorreria até a plataforma do trem que estava por tomar não se alteraria muito. E, claro, você conhecia o referido ponto de ônibus.

Acho que fiquei muito tenso enquanto aguardava sua resposta, aliás, algo perfeitamente compreensível. Desesperado para não dar a perceber minha verdadeira intenção, senti-me desajeitado e rígido e, se não estivesse usando a máscara, talvez não fosse capaz de acompanhá-la, mesmo que você tivesse concordado em me servir de guia pelos meandros subterrâneos da estação. Pior ainda, me parece duvidoso que tenha conseguido disfarçar a respiração ofegante. Sentindo-me aprisionado dentro de um pote de vidro fino – mais fino ainda que uma folha de papel e frágil a ponto de se pulverizar a um simples espirro – esperei. Não posso negar que estava nervoso, mas é também verdade que você demorou a responder. Por que é que você hesitava? Eu não me conformava com o fato de você hesitar. Pedidos desse tipo devem ser aceitos ou recusados sem hesitação. Quanto maior o vacilo, mais a situação se torna estranha e a pessoa acaba se sentindo alvo de suspeitas infundadas. Se não lhe agradava, você deveria simplesmente ter dito que não sabia a localização do ponto e tudo estaria resolvido; no entanto, você hesitava, e isso era prova de que você já concordara pela metade. E se concordou, mesmo que pela metade, você já não tinha motivo para recusar. Talvez fosse melhor acrescentar mais alguns argumentos. Naquele momento, um jovem apressado passou entre nós empurrando-nos com pouca cerimônia. Dei-me conta então de que tínhamos nos transformado em visível obstáculo ao fluxo da multidão, a qual formara um redemoinho em torno de nós. E no meio daquela multidão você se aprumou a custo e, voltando-se para mim, me lançou um olhar inquiridor. Desta vez, seu olhar resvalou a metade superior do meu corpo como se virasse uma folha de calendário. Olhar desagradável, pensei, enquanto diminuía a distância que nos separava e já ia abrindo a boca para dizer qualquer coisa destinada a estimulá-la a resolver de uma vez a situação quando você por fim me deu sua resposta.

No entanto, no instante em que a ouvi, senti intimamente que, de um lado, eu batia palmas e me congratulava pelo sucesso e, de outro, que uma amargura inexplicável me invadia, como se eu tivesse sido traído. Ainda bem que seu interlocutor era eu mesmo, mas que aconteceria se fosse um estranho total? Depois de hesitar um pouco, você concordou... Ou seja, acabou dando à aceitação um sentido de hesitação... e deu também a entender a existência de algo semelhante a uma cerca restritiva... E se, além de ciente de tudo isso, você concordou em andar comigo algumas centenas de metros ou cerca de sete a oito minutos, você não estaria em situação de reclamar se sua boa vontade fosse interpretada como algo mais que isso... Se você pretendia agradecer pelo botão que eu encontrara, estava pagando um preço demasiado alto... E se me permite a franqueza, significaria que você tinha consciência da perversão em seu interlocutor e, mesmo assim, o provocava... E se o provocava conscientemente, você também...

Espere, estava tudo certo. Afinal, meu plano previra aquela situação e portanto não tenho nenhum direito de reclamar. Se, contrariando a previsão, você tivesse recusado, todo o meu trabalho de até então teria ido por água abaixo. Sempre havia a possibilidade de tentar de novo num outro dia, mas o que na primeira tentativa poderia passar por mera coincidência, na segunda com certeza daria uma impressão forçada, serviria apenas para aumentar ainda mais o seu senso de precaução. Isso mesmo, estava tudo certo. Recuperar você por intermédio da máscara e, por seu intermédio, todos os outros não era apenas algo superficial, insosso e inodoro como se poderia imaginar em palavras; pelo contrário, significava destruir a cerca do tabu sexual e me dedicar de corpo e alma a ser descarado. Não fora isso que eu tivera de reconhecer ainda ontem à noite? Uma vez que procurava passar por cima da cerca restritiva, não tinha direito algum de fazer estardalhaço àquela altura só porque você mostrava sinais de querer fazer o mesmo. Não posso lançar mão da desculpa de que não me dei conta disso. Se quero romper a cerca mas não quero que você também o faça, o único recurso que me restaria seria o estupro. Mas perversão com mão única de direção não seria de modo algum capaz de recuperar um relacionamento. Após esse único ato, a máscara teria de desaparecer para sempre deste mundo. E sem deixar rastro de sua existência. Além disso, se um simples estupro resolvesse a questão, meu próprio rosto transformado em ninho de sanguessugas serviria perfeitamente ao propósito, não teria havido necessidade alguma de pedir a colaboração da máscara.

Ora, como simples tese podia ser isso mesmo. Mas enquanto eu descia a seu lado a escadaria da passagem subterrânea lotada de estranhos, fui me sentindo pressionado pela poderosa noção de sua presença e me perturbei, me confundi, senti-me sufocar por uma angústia indescritível. Se me acusarem de ser pobre de imaginação, não tenho como me esquivar mas, por outro lado, devem ser raros os casos de imaginar algo pelo tato.

Não é que eu a considerasse uma boneca de vidro ou um símbolo composto apenas de palavras, mas esta percepção tátil de uma existência só se torna possível quando nos aproximamos tanto que se torna possível tocá-la com os dedos. Minha metade mais próxima a você se tornou sensível como se eu tivesse me exposto ao sol em demasia, e todos os meus poros ofegavam com a língua de fora, como cães desesperados de calor. E ao pensar que você, a fonte dessa percepção, se preparava para aceitar um estranho, senti-me deprimido como se, além de ter sido transformado em marido de adúltera, fosse um indivíduo imprestável expulso de casa. Se era para me sentir dessa maneira, teria sido mais razoável a imaginação egoísta e despudorada de ontem. Até o estupro não seria mais saudável que isso? Trouxe à mente as feições da máscara como se ela fosse um estranho e comecei a sentir repugnância e ódio pela cara de caçador barbudo, que usava óculos escuros o tempo todo e se vestia de maneira estranhamente pretensiosa. Ao mesmo tempo, sentia em você uma mulher desconhecida que não recusara de modo peremptório essa cara, e a contemplei como se visse um veneno coberto de pedras preciosas.

Mas a máscara não. A máscara absorveu minha angústia e parecia ter o poder de transformá-la em nutriente, pois seu desejo era uma planta de pântano de galhos e folhas frondosos. Dando a entender que já a tinha no papo só pelo fato de não ter sido repelida por você, a máscara cravara com firmeza as presas de sua imaginação no pescoço semelhante a um favo sumarento que sobressaía, desenvolto, do decote careca de sua blusa. De nada adiantaria repreender sua falta de modos, já que, para mim, você era você, mas para a máscara, apenas uma mulher que o agradara. Isso mesmo, a distância que me separava da máscara era grande a esse ponto, havia um abismo de profundidade estonteante entre nós dois. Mas a diferença, embora existisse, era de apenas alguns milímetros de superfície facial, e como o resto era todo compartilhado, talvez o que eu disse acima possa ser tomado como simples jogo de palavras. Agora, gostaria que você trouxesse à mente as ranhuras de um disco. Um mecanismo tão simples quanto esse é capaz de reproduzir algumas dezenas de tons e timbres diferentes. Não seria portanto de espantar que o espírito humano reproduza dois tons antagônicos ao mesmo tempo, seria?

Mas você não haveria de se espantar, claro. Pois, na verdade, você mesma tinha se dividido. Assim como eu, você também tinha dupla existência. Se eu era outra pessoa usando uma máscara, você era outra pessoa usando sua própria máscara. Uma outra pessoa usando a própria máscara... Combinação de fato pouco excitante... Eu havia urdido essa trama com o intuito de compor um reencontro mas, contrário à expectativa, o resultado poderia trazer uma nova separação.

Ora, mas se eu percebera tudo isso, devia ter dado para trás de imediato... Aliás, nem precisava ter dado para trás, bastava ter aceitado a indicação do ponto do ônibus conforme solicitara e desistido do restante da trama...

Por que me aferrei à máscara e fui em seu encalço...? Não tenho certeza de que esta explicação seja adequada mas, acuado e traído, meu amor se transformara em ódio e, esquivado, meu anseio por recuperar o relacionamento se transformara em desejo de vingança. E, já que a situação chegara àquele ponto, resolvi, embora a motivação fosse oposta, acompanhar os passos da máscara para me certificar até onde iriam você e a sua infidelidade. Mas, espere um pouco, tenho a impressão de que, no começo destas anotações, usei muitas vezes a palavra *vingança*... Isso mesmo, usei... À época, creio que enganar você com uma máscara e assim me vingar da arrogância dos rostos genuínos foi em linhas gerais a desculpa para a confecção da máscara. Com o passar do tempo, o pensamento se inclinou para a recuperação dos outros, e o significado de seduzi-la também foi se transformando em algo muito mais mental e contemplativo; todavia, conforme a ele se agregou o elemento carnal, ocorreu uma explosão emocional em forma de ciúme, e através desse ciúme fui acometido por uma espécie de amor convulsivo muito semelhante à sede, o qual, cerceado pela barreira restritiva, se transformou em perversão, que, no final, se tornou uma vez mais presa da vingança.

Neste último desejo de vingança, porém, há algo difícil de ser explicado, e isso me preocupa. Pois que espécie de vingança obteria certificando-me de que você é infiel? Iria confrontá-la com provas para ouvir sua confissão ou exigiria o divórcio? Nunca, jamais abriria mão de você por tão pouco! Tudo bem, se a minha relação com você só se tornará possível se eu espiar sua infidelidade por uma fresta na cerca restritiva que você e a máscara pisaram e destruíram, assim será: espiarei, nem que seja pelo resto da minha vida. E a vingança talvez se concretize em sua plenitude pela continuação desse tipo de perversão. Pois tanto no meu caso como no seu, teremos de continuar suportando a divisão de nossas existências para sempre. Nem amor, nem ódio... nem máscara, nem rosto... pelo jeito, eu havia vislumbrado uma espécie de equilíbrio em meio a uma forte cor cinzenta.

No entanto, a máscara, que deveria ter ficado alvoroçada com meu estado de resignado desânimo, começou pelo contrário a demonstrar inquietação. Passados dez minutos, a frase que você disse, distraída, naquele restaurante localizado num canto subterrâneo da estação enquanto mexia o café com uma colher destruiu a confiança da máscara e a levou a um solilóquio como se estivesse diante de dois espelhos que se refletem um ao outro.

– É que o meu marido viajou a trabalho e...

E o quê? Você não explicou o resto nem a máscara procurou saber. Se bem que, numa interpretação rasa, dava para entender que você estava se justificando: aceitava o convite para comer fora porque não precisava voltar para casa e preparar o jantar. Todavia, na sombria frieza de suas últimas palavras havia algo resoluto, como se você estivesse se afirmando, e parece ter tido o efeito de um piparote aplicado na ponta do nariz da presunçosa máscara. Que foi mesmo que tínhamos conversado antes disso...? Ah, a máscara elogiou a beleza dos seus dedos com uma frase de efeito que leu em algum lugar e, aproveitando, perguntou sobre a cicatriz na almofada do seu polegar direito, adquirida na confecção dos botões; e quando se certificou de que nem assim sua mão procurou se furtar ao olhar fixo dela, a máscara tentou sondar seus sentimentos conversando sobre relações humanas desprovidas de dados como nome, profissão e endereço, detalhe que as tornava semelhantes a equações algébricas. E acho que foi pouco depois disso. Ao ver que você passava à frente com simplicidade, à máscara, que esperava com avidez pelo momento de manipular você à vontade sem ao menos se perguntar a quem cabia o papel de liderar a sedução, só restou permanecer atônita e desapontada como uma criança que de súbito se vê jogada longe pelo golpe magistral de um adversário que lhe jurara entregar o jogo.

NOTA *Por falar nisso, lembro-me que naquele momento fui acometido por um pavor insano de que você talvez tivesse me descoberto por trás da máscara.*

Na verdade, pensando bem, não existe garantia alguma de que quem seduziu foi a máscara e a seduzida foi você. Podia ser também que, independentemente de qualquer artifício empregado pela máscara, você estivesse sendo seduzida por sua própria vontade e risco. Nem por isso a máscara podia começar tudo de novo, de modo que o único recurso que lhe restou foi comportar-se como um sedutor, nem que fosse apenas para encorajar a si própria.

A máscara podia até se comportar como um perfeito sedutor, mas isso não tornava você menos *mulher seduzida*. Se a máscara conquistasse um braço, eu era traído na exata medida de um braço, e se conquistasse os dois braços, na mesma medida eu seria traído. Por exemplo, a máscara se esforçou por não tocar outra vez no tema "seu marido" durante todo o tempo que permanecemos naquele restaurante. Pois, a crer nos indícios, você era muito capaz de transformar o ninho de sanguessugas em tema de conversa com a maior tranquilidade e, embora a máscara estivesse convencida de que "o marido" era um completo estranho, ainda assim se sentia temerosa. Quando você, porém, não deu mostras de tocar no assunto, a situação se tornou realmente ridícula, pois agora eu é que comecei a ficar irritado. Aquilo era um claro sinal de que *ele*, ou seja, eu mesmo, estava sendo ignorado. Talvez pudesse ser definido como um sinal de desprezo muito desagradável. O problema era que, se me perguntassem se eu queria ser mencionado, não poderia responder que sim com convicção. Se você falasse *dele*, isso inibiria a máscara. No papel do sedutor, a máscara só podia desejar que você continuasse apenas como cúmplice do crime.

Eu me atormentei porque você sorriu de modo estranho, contraindo apenas o lábio inferior... E me incomodei porque seu olhar passava por mim e se fixava por muito tempo num ponto distante... Censurei-a por ter recusado a cerveja que lhe foi oferecida... Impliquei porque começou a tomá-la com muito gosto... Parecia-me estar imerso em gelo enquanto me jogavam água fervente sobre a cabeça. Sem falar que, se meu olho esquerdo sem dar-se conta mirava com olhar de conquistador contemplando troféu de guerra seus dedos que partiam o pão – exceto pela cicatriz que lhes restou de um corte ao confeccionar botões, eles eram macios como pele de coelho embebida em água –, no mesmo instante o olho direito se contorcia de dor como marido traído perante cena de adultério da mulher. Ali estava um verdadeiro triângulo amoroso com um único personagem interpretando dois papéis. Aliás, um triângulo amoroso essencialmente antieuclidiano, em que "eu", "máscara = outro eu" e "você", quando esquematizados, resultavam numa simples linha reta.

Quando a refeição terminou, o tempo ao redor pareceu de repente solidificar-se em estado gelatinoso. Talvez por causa do peso do teto. Uma coluna, robusta a ponto de destoar do ambiente, se erguia no meio do espaço e sugeria o peso sobre ela. Além disso, o restaurante subterrâneo não tinha janelas. Não havia possibilidade alguma de o tempo solar, medido em unidades de vinte e quatro horas, se esgueirar para o interior daquele espaço. O que havia era apenas iluminação artificial aperiódica. Logo do outro lado da parede havia uma camada de terra escavada perpendicularmente assim como rios subterrâneos, e o que ali corria era um tempo medido em unidades de, no mínimo, algumas dezenas de milhares de anos. Sobretudo, "seu marido", que deveria chegar para apressar o nosso tempo, não chegaria nunca enquanto ali continuássemos à espera. Tempo, condensa-te com rapidez, transforma-te num pote e envolve apenas a nós dois. Dessa maneira, cruzaríamos a cidade dentro de ti e, aonde quer que chegássemos, ali seria o nosso leito nupcial.

Todavia, nem eu nem a máscara sabíamos direito qual era a sua verdadeira intenção. Pois você aceitou com tanta facilidade o convite – aliás, uma óbvia estratégia destinada a fazê-la aceitar, primeiro, um café e, depois, um jantar – que chegou a parecer que já o esperava... Por momentos, a máscara sentiu que tudo corria às mil maravilhas e se entusiasmou, mas... a atitude firme que você adotou, tão firme que sugeria argamassa derramada em todos os cantos e recantos de sua consciência, logo levou a máscara a mergulhar outra vez em suspeitas e dúvidas. Mas você não se mostrou ríspida o tempo todo. Se, apesar de ter aceito o convite, você se comportasse com rudeza, isso seria prova de que tinha aguda consciência da cerca restritiva e seria até uma presa mais fácil, mas não foi isso que aconteceu: você se comportou com razoável gentileza e não se esqueceu de demonstrar uma sutil solicitude. Sem traços de timidez, parecia ousada, natural e descontraída. Ou seja, você era você, a mesma de sempre, sem nada tirar nem pôr.

E foi esse seu jeito de ser costumeiro que fez a máscara titubear. Onde em você se esconderia a excitação da expectativa, aquela respiração típica de mulher seduzida, oprimida e densa como bala derretida, ou aquele olhar que parece atordoado por lampejos íntimos? Ou seria essa relação entre nós dois, ali sentados com uma mesa redonda de permeio, uma simples flor excêntrica presa entre páginas do tempo solar?

Seria afinal simples indicativo de presunção e arbitrariedade por parte da máscara, essa espera tensa do momento em que, com as mãos na cerca restritiva, você também emprestaria sua força para que a destruição se consumasse? Pois, se esse era o caso, o término da refeição marcaria ao mesmo tempo a conclusão arbitrária desse encontro arbitrário...

Com um atendimento educado e cheio de floreios desprovidos de sentido, o garçom limpou a mesa. A superfície da água no copo se encrespou, provável indício de que um trem acabara de passar. Ansiosa, a máscara falou sem parar e usou diversos artifícios para introduzir de tempos em tempos palavras de conotação sexual, mas você não reagia positivamente a tais provocações; pior ainda, tampouco negativamente. Com olhares de soslaio, contemplei o apavoramento da máscara e, irônico, cheguei a incentivá-la, enquanto por outro lado sentia-me levemente desapontado pela perspectiva de não conseguir certificar-me de sua infidelidade.

No entanto, quando essa situação se prolongou por quase vinte minutos... Você se lembra...? A máscara, que por fim começava a perder a paciência, esticou a perna de repente e pressionou com a ponta do sapato o seu tornozelo. Uma perturbação quase imperceptível perpassou suas feições. Seu olhar fixou-se num ponto no espaço. Uma sombra caiu sobre o seu cenho e seus lábios tremeram de leve. E então, com a serena indulgência de céu de amanhecer aos poucos se iluminando, você absorveu a travessura da máscara. O riso se expande no avesso da máscara. Mas o riso não tem saída e, como que eletrificado, entorpece o eixo da máscara. Pelo visto, a máscara conseguiu abater a presa. Não havia nada com que se preocupar. Com quase toda a sua atenção voltada para a sensação que lhe chegava pela ponta do sapato, a máscara enfim se calou e pareceu em vias de recuperar a capacidade de apreciar o diálogo mudo.

Na realidade, uma vez iniciado o diálogo, mesmo o mais trivial dos assuntos representou considerável perigo. Por exemplo, plantas do jardim começavam a apresentar estranhas coincidências, casais sem filho surgiam de supetão no meio da conversa, palavras do jargão químico despontavam em meio a metáforas e adjetivos e, se bobeasse, tudo isso poderia se transformar numa sucessão de provas capazes de trair a máscara. Pelo visto, o ser humano vai contaminando o cotidiano com seus excrementos numa proporção incomparavelmente maior que o cão com sua urina.

O golpe, porém, foi cruel para mim. Seu jeito tranquilo e descontraído de ser seduzida mostrava uma faceta sua cuja existência eu nem imaginara e, como eu tinha vaga noção de quão sedutora a situação pareceria à máscara, esse golpe representou para mim impacto ainda mais terrível. Sobretudo, o pé que tocava seu tornozelo era mesmo o meu e disso eu tinha nítida consciência, embora a impressão permanecesse indireta como uma fantasia distante, capaz de ser focada apenas por um intenso esforço de concentração.

De fato, se o rosto era diferente, o corpo também o era. Eu já esperara que assim fosse, mas ao me ver confrontado por essa realidade, a angústia que senti pareceu retorcer-me o corpo. Se fiquei nesse estado só por causa do tornozelo, pergunto-me se serei capaz de manter a sanidade mental quando sentir seu corpo inteiro. Serei então capaz de resistir ao impulso de arrancar a máscara?

Seria o nosso triângulo amoroso surrealista, já no limite da tensão, capaz de manter seu formato enquanto se opunha uma pressão ainda maior?

Ah, não posso nem explicar como consegui, dentes cerrados, suportar tanta mortificação naquele quartinho de hotel barato. Sem arrancar a máscara e sem estrangular você, amarrei-me inteiro com muitas voltas de corda, me meti num saco com dois buracos apenas para os olhos e tive de observar imóvel enquanto você era violentada.

Um grito inoportuno rolava em minha garganta, obstruindo-a. Fácil demais...! Demais... Por mais que eu pense, foi demasiado fácil; afinal, só se haviam passado cinco horas desde o nosso encontro... Você podia ao menos ter resistido, nem que fosse só mais um pouquinho... Mas, nesse caso, quanto tempo de resistência me satisfaria? Seis horas? Sete horas? Oito horas? Que bobagem, esse tipo de raciocínio chega a ser cômico! Cinco, cinquenta ou quinhentas horas, o tempo não alteraria em nada a sua depravação...

Nesse caso, por que não me armei de coragem para pôr um ponto final nesse triângulo amoroso destorcido? Por vingança? Talvez. Mas creio que houve algo mais. Se o que me movia era somente a vontade de me vingar, nada seria mais eficiente do que arrancar a máscara naquele momento e me mostrar a você. Eu estava era apavorado. Claro, tinha muito medo da crueldade da máscara, que revolvera meu pacífico cotidiano sem dó nem piedade. Todavia, mais que isso, estava apavorado diante da perspectiva de voltar àqueles dias de reclusão sem rosto. Medo amparou medo e, como um pássaro que perdeu os pés e não consegue pousar, eu tinha de continuar voando para sempre. Creio porém que não foi só isso... Se a situação era mesmo insuportável, restava-me ainda o recurso de permitir que a máscara vivesse e matar você... Seu adultério era agora uma realidade incapaz de ser alterada e, além disso, o eu mascarado tinha um álibi, por sorte... Aquilo sim era uma contravenção importante... Satisfaria até a máscara...

Mas nem isso eu fiz. Por quê? Porque não queria perdê-la? Não, pois o fato de eu não querer perdê-la era também o próprio motivo de querer matá-la. Não adiantava buscar lógica no ciúme. Veja, veja bem, você, que me repelia tão duramente, que manteve sempre o rosto desviado de mim, está agora partida em dois e esparramada sob a máscara! Pena que a luz estava apagada e não consegui verificar com meus próprios olhos, mas... A área sob o queixo onde maturidade e imaturidade convivem de maneira estranha... a verruga cinzenta da axila... a cicatriz da apendicectomia... o tufo de pelos crespos entremeados de brancos... os lábios acastanhados entre as pernas tesas... Tudo isso tinha sido violentado e estava para ser conquistado. Desejei ver tudo sem nada omitir, se possível em plena luz do dia. Afinal, você, que *viu* o ninho de sanguessugas e o repeliu, *viu* a máscara e a aceitou, não estaria em posição de reclamar por ter sido *vista*. No entanto, a claridade seria um problema para mim mesmo. Em primeiro lugar, porque não poderia remover os óculos. Depois, porque devia haver características físicas, como a marca em minha coxa daquela vez em que fomos esquiar juntos, e outros mais que, embora eu não conheça, você pode conhecer muito bem.

Em troca, todavia, concentrei-me em apoderar-me de você pondo em ação, além da minha visão, todos os sentidos existentes em joelhos, braços, palma das mãos, dedos, língua, nariz, ouvido... Não deixaria escapar nada, nenhuma manifestação proveniente de seu corpo, nenhum ofego, suspiro, movimento de articulações, distensão e contração muscular, vibração de cordas vocais, grunhido, víscera...

Mesmo assim, não consegui ser carrasco. Corpo inteiramente drenado e sentindo-me seco como folha de papel, tive de suportar a imoralidade, suportar essa batalha por longas horas. Em meio ao suplício, a morte perderia a gravidade que costumamos atribuir-lhe e mesmo o homicídio não passaria de um simples ato de selvageria, porém... pergunto-lhe agora: que foi que me fez optar por suportar tudo isso? Você talvez estranhe o que vou dizer, mas foi a dignidade que você manteve o tempo todo, mesmo enquanto era estuprada. Espere, *dignidade* é um termo incorreto... Pois aquilo nunca foi estupro, nem crime cometido apenas pela máscara: creio que aquilo deve ser visto como cumplicidade criminosa, uma vez que você em nenhum momento demonstrou a intenção de recusar... E cúmplice se comportando com dignidade perante o parceiro do crime seria cômico... Acredito que aquilo deva ser descrito com maior correção como atitude de confiante cumplicidade... Eis por que a máscara acabou não conseguindo se transformar nem em estuprador nem em reles pervertido apesar de ter tentado de todas as maneiras possíveis e imagináveis... Você era literalmente inviolável... Isso porém não alterou o fato de você ser adúltera e infiel... nem o fato de eu me sentir violentamente agitado, como alcatrão dentro de caldeira, como fumaça expelida por cratera de vulcão logo que a chuva estia, como lodo em água termal fervente... Mas sua inesperada inviolabilidade a tornou inconquistável para a máscara, me pegou de surpresa e me encheu de espanto.

Mesmo agora, não consigo afirmar que compreendi direito o que significou esse adultério transbordante de convicção. Não me parece que seja o que em geral chamam lascívia. Porque, se esse fosse o caso, deveria sobressair algo semelhante a faceirice em sua atitude. Mas você nunca perdeu a circunspecção, comportando-se o tempo todo como se estivesse cumprindo um ritual. Não entendo. Não consigo seguir o rastro do que acontecia em seu íntimo naquele momento. Pior que tudo, a sensação de derrota instalada em mim naquele momento permanecerá... pelo menos até o momento em que escrevo estas linhas... como uma mancha indelével. E esse flagelo que eu mesmo impus ao meu íntimo é mais temível que uma crise de ciúme. Usei a máscara, desimpedi a via de acesso com muito custo e imaginei tê-la feito entrar, mas você passou por mim e se foi sem perda de tempo. E então fiquei para trás, tão solitário quanto antes de usar a máscara.

Ah, não consigo compreendê-la. Não acredito que você seja do tipo capaz de aceitar o convite de qualquer um e em seguida fazer o papel de mulher em grande estilo mas... não tenho nenhuma prova de que não seja. Você teria sido prostituta por natureza sem que eu tivesse nem ideia disso? Não, prostitutas não seriam capazes de representar uma mulher tão digna. Se fosse uma prostituta, seria capaz de satisfazer o pervertido, mas não haveria nunca de castigar-lhe a insignificância, nem de afogá-lo em autocensura. Que era você, afinal? A máscara tentava em desespero de causa arrebentar a cerca, mas você passou por ela e se foi sem sequer tocá-la. Como vento, como uma deusa...

Não consigo compreendê-la. Se quiser testá-la além do que já fiz, só me restará o caminho da autodestruição.

Na manhã seguinte... ou melhor, já era quase meio-dia... não falamos quase nada até sair do hotel. Sonhei sem parar que me pressionavam a partir logo para algum lugar, ou que perdera a passagem a caminho e, no intervalo entre os sonhos, despertei diversas vezes com medo de que a máscara tivesse se descolado e caído, de modo que o cansaço se transformara em estaca pontiaguda e se cravara bem fundo em meu cenho, até a medula. Graças à máscara, porém, não demonstrei nem o cansaço nem a vergonha, tal como você. Contudo, graças também à máscara, não consegui fazer a barba nem lavar meu rosto. O mal-estar é intenso, pois a máscara, inalterável, pressiona meu rosto inchado e os pelos da minha barba que começam a crescer, empurrando-os de volta. Naquelas circunstâncias, a máscara representava uma imposição aflitiva. Queria me separar de você o mais rápido possível e voltar para o meu esconderijo.

Ao vestir a última peça do vestuário, meu próprio rosto, a quem até então só coubera papéis desvantajosos, intrometeu-se tentando dizer alguma coisa que provocasse em você uma crise de autocensura, mas você me apresentou hesitante o conhecido botão verde-cobalto e me fez sobressaltar. Não aquele que eu pegara do chão, mas acho que aquele outro com o qual você andou às voltas por quase meio mês. Na ocasião, apenas me irritei com a intensidade de sua concentração, mas ao observá-lo com cuidado naquele momento, acho que compreendi seus sentimentos. Sobre uma base grossa feita de diversas camadas de laca sobrepostas, riscos verde-prateados semelhantes aos que resultam de arranhões feitos com a ponta de uma agulha bruxuleavam num emaranhado misterioso. Parecia que seu grito, inaudível, ali se encontrava enclausurado. O botão me fez imaginar um gato solitário criado com extremo carinho por uma mulher idosa. Podia-se dizer que tinha sido um gesto ingênuo de sua parte... Mas se o considerássemos um grito de protesto contra "ele", que nem sequer uma vez se voltou para observar de perto seus botões, aquele seria um gesto inenarravelmente doloroso, repleto de pesar... Eu, que tencionava repreender, acabara ao contrário repreendido e, pelo visto, minha derrota se tornou indiscutível. Quem foi o idiota que disse que mulheres precisam ser conquistadas?

Fora, tudo tremeluzia numa luminosidade cromada. De real, havia apenas o cheiro do seu suor preso a minhas narinas. Depois de tratar superficialmente o meu rosto, caí na cama e, quando acordei, a madrugada já vinha chegando. Pelas contas, dormira quase dezessete horas. Meu rosto ardia como se tivesse sido lixado. Abri a janela e, enquanto contemplava o céu que aos poucos começava a adquirir uma transparência azulada, molhei uma toalha em água morna e apliquei diversas compressas no rosto. Aos poucos, o céu adquiriu a mesmíssima tonalidade do botão que você me deu e, em seguida, aquela cor de mar que, revolvido por uma hélice, vai desaparecendo no rastro de um barco. Senti um agudo desamparo e apertei a carne de meus braços e peito com tanta força que gemi sem querer.... Que pureza estéril! Nada se pode obter vivendo em meio a este azul. Que bom seria se eu pudesse estrangular os acontecimentos de ontem e de anteontem e fazê-los desaparecer para sempre. Se considerarmos apenas o aspecto formal do meu plano, talvez se pudesse dizer que obtivera algum resultado, mas, que diabos, quem colheu o que desse resultado? Se houve alguém capaz disso, foi você, que, sem se intimidar, representou em grande estilo o papel de uma mulher e, qual sombra densa e gigantesca, atravessou a máscara. Mas o que tenho aqui agora é apenas o azul do céu e a dor em meu rosto... A máscara, que devia ser a parte vitoriosa, ali estava sobre a escrivaninha como uma gravura pornográfica depois que exauriu todo o desejo, parecendo mais que nunca uma bobagem... Devia era transformar essa coisa maldita em alvo e treinar tiro com o meu revólver de pressão... E que tal se, depois disso, eu a recortasse em mil pedaços de modo a não restar nada e fazer de conta que ela nunca existiu...?

No entanto, conforme o azulado esmaecia e a cidade passava a exibir sua feição matinal, minhas lamúrias emotivas secaram como casca de ferida antiga e caíram, e me vi uma vez mais arrastado para a inescapável realidade do ninho de sanguessugas. Embora não me fosse possível àquela altura confiar à máscara a realização de meus sonhos, tão espetaculares quanto fogos de artifício, não queria de maneira alguma desistir dela e me enterrar vivo, voluntariamente, numa cela de pedra desprovida de janela.

De ontem para hoje, ainda não tive oportunidade de firmar os pés, mas se algum dia conseguir estabelecer o eixo correto desse nosso triângulo amoroso, talvez se torne possível, com um pouco de destreza, manter o equilíbrio e usar a máscara à minha vontade. Por mais violentas que possam ser as emoções passageiras, o fato é que um plano bem traçado deve ser mais veemente.

Mal fiz minha refeição matinal, saí com certa antecedência de meu esconderijo. Como enfim tinha de retomar o papel de "eu mesmo" depois de uma semana de viagem a negócios, hoje terei que usar a máscara de bandagens. De saída, vi meu reflexo no vidro da janela e me sobressaltei. Que coisa horrível! Reconheci com clareza uma vez mais a gratificante sensação de liberdade que a máscara proporcionava. E se voltasse para casa agora mesmo? Se até para mim a imaginação era excitante... em você, que deve conservar ainda em seu corpo as sensações da noite passada, o impacto de minha presença deverá ser considerável. Algo a testar, sem dúvida. Mas só se eu mesmo fosse capaz de suportar o teste. Pena, mas não tinha certeza disso. Sensações da noite passada ainda permanecem também em mim. É provavel que tenha uma crise e revele tudo numa explosão e, quase louco, cobre explicações suas. Por mais angustiante que fosse a situação, ainda queria manter o triângulo amoroso intocado. Será melhor me encontrar com você como "eu mesmo" depois de estabelecer contato com o desiludido mundo externo e me acalmar um pouco.

Mas será que o mundo externo era mesmo desprovido de paixão? As portas do laboratório ainda estavam fechadas. Quando entrei, passando pela portinhola de serviço, o vigia, que tinha uma escova de dentes na boca e, distraído, remexia alguns vasos, assustou-se tanto que perdeu a voz por alguns instantes. Impedi-o de sair correndo pelo laboratório para destrancar a porta de entrada e lhe pedi apenas a chave. O cheiro familiar dos produtos químicos era tão reconfortante quanto um par de sapatos muito usado. Mas um laboratório sem presença humana é como uma mansão mal-assombrada onde residem apenas ecos, passos e odores. Para reconciliá-lo com a realidade, viro minha placa expondo meu nome no quadro de presenças e visto às pressas meu jaleco branco. No quadro-negro estava o relatório parcial de uma experiência cuja realização eu deixara a cargo de um assistente do grupo C. O resultado era bastante promissor. E isso foi tudo em que consegui pensar. Tenho até a impressão de que, no interior daquele prédio, o homem que sentia despertar seu espírito competitivo, que buscava a notoriedade, que sentia ciúme, que tentava levar a melhor importando catálogos estrangeiros, que se desgastava com problemas de relacionamento humano, que tinha crises histéricas por causa de diferenças entre experimentos e cálculos, ou seja, o homem que trabalhava com afinco e com isso se realizava, na verdade não era eu, e sim um outro parecido comigo: eu mesmo nada mais sou que algo da mesma espécie de ecos, odores e passos. Mas desse jeito não pode ficar. Não fora esse o trato. Pois a área técnica é regida por suas próprias leis, e não é possível que sofra a influência de rostos, não importa o que aconteça com eles. Ou será que, se o ser humano não tiver em si todas as etapas do relacionamento humano como o que existe entre baratas-d'água, águas-vivas, vermes e parasitas, porcos, chipanzés e ratos, nem química nem física fariam sentido? Que absurdo! O relacionamento humano não deve ser nada mais que um apêndice do trabalho humano. Não sendo assim, melhor desistir de vez desse teatro de máscaras improvisado e me matar...

Não, é apenas impressão minha... Odores e passos se destacam porque não tem ninguém aqui, é só isso... Não é possível que simples cicatrizes numa parte da pele, as quais aliás não incomodam nenhuma outra pessoa além de mim, exerçam influência até sobre o trabalho... O trabalho aqui desenvolvido é apenas meu, não importa quem diga ou o que digam... Posso ficar invisível, sem nariz, com cara de hipopótamo, não importa... Enquanto me sobrar a capacidade de manipular aparelhos e de pensar, este compasso que se chama "eu" terá sempre os dois pés firmemente plantados sobre este trabalho.

De repente, pensei em você. Dizem que as mulheres têm os ponteiros do compasso fixados sobre o amor. Não sei se o dito existe de fato, mas parece que elas são capazes de ser felizes só por amar. Nesse caso, você estaria feliz neste momento? De repente, senti vontade de usar minha voz para chamá-la, e de ouvir a sua voz me respondendo... Tirei o receptor do gancho, girei o disco, mas cortei a ligação no começo do segundo toque. Ainda não estava preparado espiritualmente. Na verdade, estava com medo.

Logo os funcionários começaram a aparecer e, ao ser cumprimentado com exclamações de surpresa mescladas com expressões de carinho, recuperamos, eu e o prédio, o cheiro humano. Era de fato imaginação exacerbada. Não me senti especialmente bem, nem muito mal. Resolvi que, no laboratório, faria do trabalho a via de comunicação com os outros e, se essa via não fosse suficiente, compensaria o que faltava com a máscara. E quando me acostumasse com essa vida dupla me transformaria num ser humano completo. Não, a máscara não seria apenas um substituto de meu próprio rosto: como a ela foi concedido o privilégio do passe livre para todas as cercas de restrição – aliás, um sonho tornado realidade para o meu rosto –, poderei viver não só a vida de um ser humano completo, como também diversas vidas ao mesmo tempo. Seja como for, a questão toda se resume na necessidade de me habituar. Habituar-me a trocar de roupa de acordo com a hora e a situação. Desse modo, conseguiria tocar diversos tons ao mesmo tempo, como ranhura na superfície de um disco.

À tarde, houve um pequeno incidente. Como um pequeno grupo de quatro a cinco pessoas se juntara num canto do laboratório, aproximei-me como por acaso, momento em que um jovem assistente no centro do aglomerado tratou de esconder alguma coisa. Perguntei o que acontecia e descobri que organizavam um abaixo-assinado contra o desembarque de coreanos clandestinos, ou seja, ali não havia nada que precisasse ser escondido. Além disso, embora eu não o tivesse censurado, o rapaz se pôs a desfiar longas explicações enquanto os demais observavam o desenrolar dos acontecimentos com expressão constrangida.

Ah, então era isto: quem não tem rosto não está qualificado nem para assinar uma petição por coreanos... Meu jovem assistente não era mal-intencionado, claro, apenas intuíra a existência de um fator capaz de me irritar e tentara afastá-lo de mim por simples compaixão. Com efeito, se desde o princípio seres humanos não fossem dotados de rosto, é duvidoso que tivessem surgido problemas envolvendo preconceito racial como os existentes entre japoneses, coreanos, russos, italianos, polinésios etc. Ainda assim, como é que esse jovem, tão tolerante com coreanos que têm rostos diferentes, era tão preconceituoso com relação a mim, que não tenho rosto? Quer dizer então que, durante o processo de evolução, o ser humano se distinguiu não por suas mãos e pelo uso de ferramentas, conforme dizem, mas por seu rosto?

Mas, sem me revoltar, resolvi pedir-lhe que me permitisse assinar também a petição. Sem demonstrá-lo, todos pareceram suspirar de alívio. Todavia, restou no ar um travo amargo, uma sensação desagradável... Por que me vira forçado a fazer algo que nem me passara pela cabeça se não devia nada a ninguém...? Paredes invisíveis denominadas "rosto" me obstruíam a passagem para onde quer que me voltasse... Mesmo assim, seria possível dizer que o mundo era desiludido...?

De repente, um cansaço insuportável me invadiu e inventei uma desculpa qualquer para voltar mais cedo para casa. Ainda não podia afirmar que recuperara o estado de espírito de quando andava com meu próprio rosto, contudo, não me pareceu que a situação melhoraria caso aguardasse mais algum tempo. E já que estava com as bandagens, não corria o risco de você perceber caso eu viesse a me perturbar emocionalmente, sobretudo porque a perturbação não deveria ser apenas minha. Aliás, muito mais estressante talvez fosse eu mesmo ter de fingir que não via a sua. Adverti-me sem cessar que, caso você demonstrasse algum descontrole emocional, eu não deveria ser afetado a ponto de perder a compostura.

Mas você, que me via depois de uma semana de ausência, não demonstrou nem sombra de constrangimento e me recebeu com um sorriso visível em todos os seus atos e expressões, deixando-me atônito por um momento com o tamanho da sua despreocupação. Era você de uma semana atrás sem nada tirar nem pôr, parecia que a tinham trazido para mim num caminhão frigorífico. Teria me transformado em algo tão rarefeito que já não demandava, de sua parte, nenhum esforço para ocultar segredos? Ou você seria um lobo em pele de cordeiro, e esse exorbitante descaramento, a sua verdadeira natureza? Naquela situação, também resolvi ser maldoso e lhe solicitei um relatório dos acontecimentos ocorridos durante a minha ausência. Imperturbável, você continuou a arrumar minhas roupas e, com a inocência de uma criança que brinca com blocos de madeira, discorreu longamente a respeito de assuntos tipicamente domésticos, como a briga entre vizinhos iniciada por alguém que aumentara a própria casa além do permitido por lei, briga que originara uma enxurrada de reclamações de outros vizinhos à Prefeitura, os quais começaram também a se queixar de uma infinidade de situações conflitantes, como da árvore que avançava para a rua, do cachorro que latia sem parar e não deixava uma criança dormir, da janela que devia ser fechada quando a televisão estivesse ligada, ou ainda de certa máquina de lavar roupa muito barulhenta que deveria ser trocada por um modelo novo mais silencioso, criando enfim um pandemônio. Esta seria a mesma mulher madura de ontem à noite, cujas emoções transbordavam como uma fonte? Não consigo acreditar... Eu, que teoricamente me preparara o suficiente para essa divisão entre a máscara e meu próprio rosto, me esgotava lutando com unhas e dentes para mantê-la, enquanto você suportava com placidez a sua inesperada divisão sem demonstrar sombra de remorso... Que significaria isso...? É por demais injusto! E se lhe lançasse ao rosto que sei tudo, do início ao fim? Ah, se tivesse em mãos aquele botão que você me deu, sem dúvida o teria esfregado em sua cara sem nada dizer.

Mas, no fim, só me restou continuar mudo como um peixe. Revelar o truque da máscara seria o mesmo que ter minhas armas confiscadas. Tê-las confiscadas até seria aceitável caso com isso eu pudesse arrancá-la do seu pedestal e rebaixá-la até o meu nível. Mas esse resultado não me seria vantajoso. Pois, por mais que desvendasse sua hipocrisia, sua máscara tem mil camadas e novas surgirão umas após outras, enquanto a minha tem apenas uma e, depois que a arrancarem de mim, nem rosto restará.

Sobretudo, esta minha casa, a que regresso depois de uma semana de ausência, me parecera inabalável e sólida com suas paredes, teto e tatame impregnados de cotidiano, mas qualquer um que experimentasse ao menos uma vez a máscara seria obrigado a se dar conta de que a solidez dela era na realidade uma espécie de cerca restritiva transformada em hábito. E então, comecei a achar que, da mesma maneira que a cerca em vez de realidade era mera convenção, eu mesmo sem a máscara era um ser de contornos estranhamente esmaecidos como um fantasma, e a máscara – ou melhor, aquele outro mundo que contatara através da máscara – era uma existência muito mais consistente. E comecei a achar isso não só a respeito das paredes de nossa casa, como também de você mesma... Não se passaram nem vinte e quatro horas desde aquela sensação desesperadora de derrota apenas comparável à morte e eu, este ser incorrigível, já começava a sentir uma fome paralisante daquela presença que se revelara para mim através do tato, ou seja, você. Dizem que, para não ficar neurótica, a toupeira precisa sempre de ter algo tocando a ponta de seu bigode; da mesma maneira, eu também procurava tocar em algo com a ponta de meus dedos... ciente de que o veneno é potente, mas desesperado como um viciado em regime de supressão de drogas... De fato, parece-me que já começava a sentir os efeitos da supressão de drogas.

Já não estava suportando mais nada. Queria nadar rápido para alcançar terra firme o mais rápido possível. Aquilo que pensava ser nossa casa era afinal moradia provisória e só a máscara – ela que eu sempre imaginara um rosto provisório – começou a me parecer a verdadeira terra firme e único lugar onde me curar da mareagem. Dando a desculpa de que me lembrara de uma experiência que se atrasara por causa da minha viagem mas precisava ser concluída com urgência, resolvi sair assim que terminei de jantar.

Talvez precisasse dormir no laboratório porque a referida experiência não podia ser interrompida, disse a você. Embora isso nunca tivesse acontecido antes, você não mostrou nenhum sinal de desagrado. Afinal, um monstro sem rosto pode dormir fora ou apresentar a desculpa que bem lhe aprouver, quem se importa?

Quando cheguei às proximidades do meu esconderijo, não aguentei e telefonei para você.

– E ele? Voltou?

– Voltou, mas disse que tinha trabalho a fazer e saiu em seguida...

– Que bom que você atendeu. Se tivesse sido ele, eu teria desligado... – disse eu em tom despreocupado e procurando ser coerente com a minha atitude temerária, mas depois de se manter calada por alguns instantes, você respondeu com voz quase inaudível:

– Tenho pena dele...

Suas palavras caíram em mim como gotas de álcool puro e se espalharam rapidamente por todo o meu organismo. Pensando bem, aquela era a primeira vez que você externava algum tipo de opinião a respeito *dele*. Mas não podia ficar me preocupando com isso. Um tronco, um tambor de lata vazio – precisava que me lançassem qualquer coisa ao alcance de minhas mãos ou me afogaria. Se *ele* existisse de verdade, esse encontro poderia ser considerado o cúmulo da temeridade. *Ele* poderia voltar a qualquer momento e por qualquer motivo. E mesmo que não voltasse, poderia ligar. Ainda se fosse durante o dia, mas de que maneira você justificaria o fato de não estar em casa àquela hora tardia? Imaginei que você ia externar tal receio e relutar. Mas você concordou sem hesitar. Da mesma maneira que eu me debatia, teria você também estado à procura de algo em que se agarrar, enquanto bracejava em vão acima das ondas? Afinal, você também era uma pervertida sexual desavergonhada. Fingida, hipócrita, cara de pau em busca de prazeres momentâneos, devassa, pervertida... xinguei, rilhando os dentes e deixando um fino sorriso transparecer por baixo das bandagens, mas logo em seguida um calafrio gelado silenciou os rangidos e congelou meu sorriso.

Quem é você, afinal?

Quem é você que nunca recusa nem se constrange, passa pela cerca sem quebrá-la e jamais se deixa violentar? E por falar nisso, você também nunca procurou saber nome, sobrenome ou profissão da máscara... como se já houvesse descoberto sua identidade... A liberdade e o álibi fornecidos pela máscara perdem seu colorido diante do seu comportamento... Se Deus existisse, deveria nomeá-la para a função de caçadora de máscaras... Assim, um dia eu também seria caçado por você...

No beco que dá para a escada de incêndio, alguém me interpela. Era a filha do zelador. Viera reclamar o ioiô. Pego de surpresa, já ia lhe responder mas, em seguida, quase pulei de susto e saí correndo. Tinha certeza de que quem prometera o ioiô não fora eu e, sim, a máscara. A custo me contenho, mas o pavor era tamanho que mal consegui gesticular para dar a entender minha incompreensão. Para que a situação não me fugisse completamente do controle imaginei que a garota se confundira.

Mas a garota parecia não dar importância alguma ao meu teatro e continuava a me pedir o ioiô. Teria a garota imaginado, em sua simplicidade, que, como "máscara" e "bandagem" eram irmãos, o que um prometera fora automaticamente transmitido ao outro?

Mas essa esperança foi destruída de maneira espetacular com as palavras seguintes da garota:

– Não se preocupe... Estamos brincando de guardar segredos, não é?

Ela tinha me desmascarado desde o começo! Ainda assim, como foi que ela descobriu? Onde foi que cometi o deslize? Será que ela espiara pela fresta da porta enquanto eu vestia a máscara?

Mas a garota só sacudia a cabeça da esquerda para a direita, repetindo sem parar que não entendia o que é que eu não entendia. Então, isso quer dizer que minha máscara é no fim das contas algo incapaz de enganar até os olhos dessa menina com deficiência intelectual... Não, o certo seria dizer que fui desmascarado justamente por causa de sua deficiência. Da mesma maneira que a máscara não consegue ludibriar um cão, a intuição, por ser indiferenciada, é por vezes muito mais acurada do que o olhar analítico de um adulto. Mas não consigo acreditar que uma máscara que conseguiu enganar você por completo apresente um defeito tão grande.

Nada disso, o sentido dessa minha experiência não era algo tão simples como a busca de álibi. De repente, me dei conta da insondável profundeza dessa "intuição indiferenciada" e me senti incapaz de conter o estremecimento que aos poucos brotava de meu íntimo. Tudo levava a crer que essa intuição era algo capaz de reduzir a pó o total das experiências que obtivera no decorrer de um ano. Pense um pouco: isso não seria sinal de que a garota, sem se prender a aparências como bandagens e máscaras, havia visto a minha essência? Olhos desse tipo existiam de fato! Visto por essa garota, o que eu fazia devia parecer muito cômico.

De repente, tanto o fervor da máscara como o ressentimento para com as sanguessugas começaram a me parecer insuportavelmente nebulosos, e o triângulo amoroso que até então girara zumbindo aos poucos começa a perder seu ímpeto e a parar, como um brinquedo de parque de diversões que sofreu pane elétrica...

Deixei a garota esperando do lado de fora do meu quarto e fui buscar o ioiô. "Vamos guardar segredo...", sussurrou a garota mais uma vez, enroscando o dedinho no meu em sinal de promessa, e, ingênua como o sorriso mal contido que lhe surgiu no canto dos lábios, se afastou correndo escada abaixo. Lágrimas me vieram aos olhos sem motivo algum. Lavei o rosto, removi a pomada, esfreguei a cola e vesti a máscara, mas uma enorme brecha já se abrira entre ela e o meu rosto. Não faz mal... Tenho de acreditar naquele olhar, repetia inúmeras vezes para mim mesmo com simplicidade confiante e com aquela ponta de tristeza que se revela na superfície de um lago calmo sob céu nublado. Se desejamos de fato conhecer outras pessoas, o único recurso que nos resta talvez seja, antes de mais nada, empenharmo-nos todos em retornar àquela espécie de intuição.

Naquela noite, ao voltar do meu segundo encontro com você, resolvi por fim começar a escrever este manuscrito.

Para falar a verdade, naquela noite quase removi a máscara no meio do ato. Pois não suportava a ideia de que você estivesse sendo seduzida por uma máscara cuja identidade até a garota do zelador conseguira desvendar com facilidade. Além disso, já me cansara. A máscara não era mais um recurso para reaver você, ela era agora uma câmera oculta destinada a me provar a sua traição. Havia feito a máscara com o intuito de me recobrar, mas, uma vez pronta, ela fugira de mim. Já que optara por agir assim, resolvi por meu lado aceitar o desafio e tirar proveito de sua fuga, mas eis que eu mesmo surgira à frente dela para barrar-lhe a fuga. E em meio a isso, só você permanecera inabalável. Se esse tipo de situação persistisse, qual seria o resultado? "Eu" continuaria a planejar o assassinato da máscara a cada vez que surgisse uma oportunidade, e a máscara por seu lado tentaria impedir a minha retaliação usando todos os recursos diversionários de que pudesse dispor. Por exemplo, me impondo em contrapartida um plano para assassinar você.

No fim, para que a situação não se tornasse mais séria do que estava, não vi outro recurso senão fazer você também participar e tentar resolver o triângulo amoroso com a anuência das três partes interessadas. E por isso comecei a escrever estas anotações... A princípio, a máscara menosprezara esta minha resolução e, embora continuasse a fazer pouco dela, não interferiu por saber que eu não a executaria... Desde então, quase dois meses se passaram. Nesse ínterim, encontramo-nos cerca de dez vezes e a cada vez senti-me estraçalhado fisicamente ao pensar na separação que se avizinhava. No meu caso, não era simples figura de linguagem, pois meu corpo seria mesmo rasgado. Perdi a confiança, e não sei quantas vezes pensei em interromper estas anotações. Cheguei até a dormir com a máscara na esperança de que, ao acordar certa manhã, ela estivesse milagrosamente colada em mim e transformada em meu próprio rosto como num conto de fadas. Mas esse tipo de milagre nunca poderia acontecer. Só me restava continuar escrevendo.

Nessas ocasiões, o que mais me animava era observar a referida garota entretida com o ioiô, em silêncio, à sombra da escada de incêndio pouco frequentada. Essa garota, sobre cujos ombros recaíra uma infelicidade grande a ponto de torná-la incapaz de perceber a própria infelicidade, era no entanto inenarravelmente mais feliz que certas pessoas felizes atormentadas por suas próprias infelicidades. Na certa ela não temia perder coisa alguma e deve ter sido essa atitude que a ajudara a formar sua intuição. Eu também gostaria de suportar perdas do mesmo jeito que ela.

Por acaso, vi estampada no jornal desta manhã a foto de uma máscara estranha. Devia ser de algum povo primitivo. Marcas semelhantes às deixadas pela compressão de uma corda sobre a pele compunham um padrão geométrico que cobria o rosto inteiro, um nariz que lembrava uma centopeia coleava pelo centro do rosto e se projetava acima da cabeça, e do queixo pendiam diversos objetos inexplicáveis de formato irregular. A impressão era borrada, mas a contemplei durante muito tempo, fascinado. E então o rosto tatuado de um homem primitivo se sobrepôs à máscara e, em seguida, sobre ele, rostos de mulheres árabes veladas; e então me lembrei da história que alguém me contou a respeito das mulheres que surgem na *História de Genji*: elas consideravam que mostrar o rosto era tão vergonhoso quanto expor as partes íntimas.

Alguém, não, *você* me contou! Fora a história que a máscara ouvira por ocasião de um dos encontros. Por que você teria contado essa história? Essas mulheres consideravam correto mostrar apenas o cabelo para os homens e dizem que escondiam o rosto com as mangas do quimono ao morrer. Enquanto eu procurava sondar qual tinha sido sua intenção e me recordava de tudo o que sabia a respeito de mulheres de rosto velado, essa época desprovida de rosto de súbito se revelou diante de mim como um rolo de gravuras antigas que se descerra e me fez sobressaltar. Isso significaria que em outros tempos rostos não eram expostos: eles foram trazidos à luz pela civilização, a qual só então posicionara neles o centro do homem? Se o rosto era algo que não existia mas foi feito depois, eu também posso ter pensado que fiz uma máscara quando, na verdade, o que fizera não era máscara coisa alguma, e sim o meu próprio rosto, enquanto o meu próprio rosto, este sim, seria uma máscara… Chega, vou parar por aqui, a esta altura tais particularidades não importam mais… Pelo visto, a máscara também resolvera fazer algumas concessões de modo que também vou pôr um fim neste ponto… Gostaria apenas, se possível, de ouvir em seguida as suas confissões… Não sei qual será o nosso destino de agora em diante mas acredito que ainda estamos em condição de trocar ideias…

Ontem lhe entreguei o mapa deste esconderijo para que possamos nos encontrar pela última vez. E a hora prometida se aproxima. Será que não me esqueci de escrever alguma coisa? Mesmo que tenha, não me resta mais tempo. A máscara reluta em se separar de você. O referido botão é da máscara, de modo que penso em sepultá-lo com ela.

Muito bem, aqui termina a sua leitura. Sob o cinzeiro à cabeceira da cama você encontrará uma chave. Use-a para abrir o armário. À sua frente, você vai encontrar um par de galochas e, dentro da bota esquerda, o cadáver da máscara e o botão. Confio em você para lhes dar o fim que lhe parecer melhor. Eu mesmo irei para casa primeiro. E estarei desejando do fundo do coração que você volte como se nada tivesse acontecido…

desconhecido; mesmo assim, não havia como negar que seu desaparecimento representava uma calamidade. Espio dentro do armário. Não havia nenhum sinal de que máscara ou botão tinham sido tocados.

Mas, espere... Esse perfume... Isso que se destaca de leve em meio ao cheiro de mofo e pó é o seu perfume, não há dúvida alguma. Isso quer dizer que você veio até aqui, conforme eu previra. Mas o fato de que até o meu bilhete parece intocado indica que você ignorou por completo os cadernos... Por que cargas-d'água você haveria de tomar essa atitude depois de se dar ao trabalho de vir até aqui?

Passo os olhos distraído pelo meu bilhete e me sobressalto. É o mesmo papel que eu usara, mas a letra não. Era uma carta dirigida a mim escrita por você no verso do meu bilhete. Pelo jeito, você desapareceu depois de ler os meus cadernos. Tudo indicava que eu estava enfrentando a pior das situações imaginadas.

Aliás, não devo mais usar levianamente expressões como "a pior das situações". O conteúdo da carta superava todas as minhas mais negras previsões e me tomou de surpresa. Comparados àquilo, todos os meus temores, perplexidades, angústias, sofrimentos e preocupações não eram nada. Como num desses desenhos enigmáticos em que o acréscimo de um traço transforma uma pulga num elefante, tudo o que eu havia tentado se transformara em algo muito diferente do que intentara. A decisão de usar a máscara..., a ideia da máscara..., a luta contra meu rosto... e tudo o que almejara conseguir por intermédio destas anotações se transformara numa farsa inconsequente. Pavoroso! Quem haveria de imaginar que eu humilharia a mim mesmo dessa maneira?

Nota destinada a mim mesmo, escrita a partir da última página do caderno cinza virado de cabeça para baixo nenhuma possível... a não ser que você tenha se equivocado na leitura destas anotações...

E então, de repente me pus a esbravejar imprecações. E sempre praguejando aos berros, enrolei as bandagens em meu rosto com mãos apressadas e aflitas, e disparei porta afora sem ao menos me certificar de que trancara direito a casa.

Molengão! Se era para sair à procura dela, devia tê-lo feito há muito! Talvez seja tarde demais! Tarde demais? Tarde demais para quê? Eu mesmo não conseguia compreender por que dissera isso, mas a premonição era negra como o interior da garganta de um monstro e repleta de vapores agourentos.

E a premonição se revelou certeira. Quando cheguei ao apartamento, faltavam alguns minutos para a meia-noite. As luzes do quarto estavam apagadas e não havia sinal de presença humana. Praguejando à vontade contra a presunção que me fizera esperar em casa durante tanto tempo, subi a escada de emergência e abri a porta ao mesmo tempo que engolia em seco. Um som fino e crepitante que lembrava papel parafinado se amassando parecia provir da área entre queixo e coração. Depois de me certificar que no aposento reinava silêncio total, acendo a luz com cautela. Você não estava lá. Tampouco o seu cadáver. O aspecto do aposento era idêntico ao de quando saí. Sobre a mesa, viam-se os três cadernos perfeitamente empilhados, e até o recado em papel à parte em que lhe pedia para abrir ao menos a primeira página do primeiro caderno, houvesse o que houvesse, ali continuava sobre os cadernos, preso sob um vidro de tinta. Isso significaria que você nem sequer chegou a este quarto...? Agora sim é que não entendo mais nada...

Se você não leu e desapareceu, o dano é um pouco menor do que ter lido e se mandado para algum lugar atacando... Nesse caso, você devia ao menos me ligar... Por mais gosto que você tenha por tarados... Não, isso está errado. Existem coisas que podem ser ditas e outras que não, mesmo em tom de brincadeira... Aquela experiência tem pele sensível, fina demais, jamais poderia ser abordada dessa maneira...

Se a situação me preocupava tanto, eu bem que poderia ir até lá. Calma, não se precipite, se sair a esta altura, o que vai acontecer é que acabaremos nos desencontrando, só isso. Se fosse apenas uma questão de ler, você já teria terminado há muito, mas você deve estar perdendo um tempo inesperado tentando compor suas impressões antes de falar comigo. E tem também a questão do enterro da máscara, que deixei por sua conta. Mesmo que você conserve os cadernos como comprovantes, suponho que a máscara e o botão serão picados e esfarelados para apagar por completo todos os traços deste pesadelo, e nisso você deve ter perdido um tempo maior que o previsto. De todo modo, é apenas uma questão de tempo. Talvez você já esteja bem perto daqui. Em três minutos, você estará de pé no pórtico e apertará a campainha duas vezes, como sempre faz... É isso, daqui a dois minutos... um minuto...

Não deu certo, vou começar de novo. Daqui a cinco minutos... quatro minutos... três minutos... dois minutos... um minuto...

Comecei tudo de novo algumas vezes e, enquanto isso, já eram nove horas, dez horas e, por fim, quase onze horas. De tanta tensão meus sentidos se transformaram num tubo de aço aberto, repercutindo o burburinho da cidade distante, ora urrando, ora perguntando num sussurro titubeante. Que raios de imprevisto poderia ter acontecido? Que outros destinos haveria além de voltar para cá? Mas nenhuma resposta me ocorreu... Claro... Pois não havia iniciasse um ataque dirigido ao rosto das pessoas comuns. Por ódio? Ou haveria por trás disso uma motivação de cunho prático, qual seja, a de destruir rostos comuns com o intuito de aumentar a fileira dos companheiros? As duas motivações são importantes, cada qual à sua maneira, porém, mais que isso, parece que o que me movia era a intensa vontade de me soterrar na condição de soldado nessa tempestade denominada motim. De fato, um soldado é um ente cem por cento anônimo que, mesmo sem rosto, não tem dificuldade alguma em cumprir sua missão, sem falar que a ele foi atribuída uma esplêndida razão para existir. Pode até ser que um exército de sem-rostos se mostre o grupo ideal de soldados. Talvez seja o corpo de combate ideal, que, sem nunca hesitar, avança com o firme propósito de destruir por destruir.

Pois é, talvez seja assim no mundo da imaginação. Mas, na realidade, estou sozinho, como sempre. Eu, que mesmo com um revólver de pressão em meu bolso, até agora nem sequer assestei a mira num reles passarinho. Em total desânimo, desligo a televisão e, ao olhar o relógio, descubro que a hora prevista já tinha se passado havia muito.

A essa altura, senti-me completamente desnorteado. Ouvido atento a ruídos provenientes da rua e consultando o relógio a cada poucos minutos, senti que minha inquietação se tornava insuportável conforme o nível da enchente de insegurança pouco a pouco aumentava. Escute, são passos! Mas deve ser um estranho, pois o cachorro do vizinho se pôs a latir. E agora...? Também não é ela... Suas pisadas não soam como as de alguém que mal suporta o peso do próprio corpo. Pouco depois, um carro estacionou e ouvi uma porta abrir e fechar, mas infelizmente o barulho provinha do beco atrás de casa. Começo a ficar cada vez mais inquieto. Que raios poderá ter ocorrido? Um acontecimento imprevisto? Acidente de trânsito, tarado

– No começo deste longo e terrível verão, os temidos distúrbios raciais de Nova York tiveram o resultado previsto por especialistas e as ruas do Harlem transbordam com mais de quinhentas pessoas entre negros, brancos e policiais usando capacetes, levando a uma situação de alerta semelhante à do verão de 1943. Reuniões de protesto estão sendo realizadas em cada igreja, simultaneamente à missa de domingo. Desprezo e desconfiança tingindo os olhares tanto de policiais como da população negra...

Senti um incômodo soturno e insuportável, como se houvesse uma espinha de peixe pontuda encravada entre meus dentes. Pensando bem, entre mim e os negros, não existe quase nada em comum além do fato de sermos ambos objeto de preconceito. Negros têm companheiros a quem se associar, mas eu sou apenas eu e mais ninguém. A questão dos negros é capaz de se tornar importante problema social, mas meu caso é essencialmente pessoal, jamais se afastará um passo sequer desse estereótipo. Mas, ao ver o distúrbio, o que me fez quase perder a respiração foi algo que me veio à mente, talvez por associação de ideias: uma situação em que se agrupavam milhares de homens e mulheres que, como eu, perderam o rosto. Seria possível que, da mesma maneira que os negros, nós também nos erguêssemos com bravura contra o preconceito? Não há possibilidade alguma de isso acontecer. Talvez fosse o caso de esperar, por exemplo, que começássemos a nos espancar mutuamente, cansados de aturar a feiura comum a todos nós ou, na melhor das hipóteses, que indivíduos semelhantes começassem a formar grupos que fugiriam a toda a velocidade até desaparecerem de vista. Não, se isso acontecesse até que seria compreensível. A verdade, porém, é que eu mesmo me sentia bastante atraído por esse motim.

Sem que houvesse nenhuma necessidade e por um mínimo de provocação, nosso grupo de monstros talvez o ego como a imaginação, por excessivos, acabam impedindo a distinção entre elas mesmas e as outras? Assim eu raciocinava, mas, como me desviara do tema almejado, não me pareceu que curaria minha ojeriza à maquiagem.

(Agora, porém, seria diferente. Fosse agora, continuaria o raciocínio da seguinte maneira. Mulheres conseguem não sentir ciúme de si mesmas maquiadas talvez porque percebem intuitivamente a desvalorização de seus rostos. Como nada tiveram a ver com linhas sucessórias e heranças, mulheres haviam se dado conta por intuição que o valor de seus rostos nada mais era que uma relíquia antiga, do tempo em que patrimônio hereditário era uma espécie de garantia de posição social. São muito mais realistas que os homens, que até hoje se agarram com unhas e dentes à autoridade do rosto, e mais lógicas também. No entanto, essas mesmas mulheres proíbem às crianças o uso de maquiagem. Sentiriam um quê de insegurança, apesar de tudo? Mesmo que sintam, a culpa disso deve ser creditada ao conservadorismo do ensino fundamental e não à insegurança das mulheres. Se a eficácia da maquiagem fosse ensinada desde o primeiro ano nas escolas, homens também poderiam aceitá-la sem resistência e... Não, vamos parar por aqui, pois, por mais que eu teime em aventar diferentes possibilidades, estaria apenas demonstrando que não quero dar-me por vencido. No fim das contas, a única certeza era que mesmo a máscara não conseguira curar minha latente ojeriza à maquiagem.)

Para me distrair, liguei a televisão. Quando a sorte é madrasta, ela não nos sorri até o fim: era hora do noticiário internacional e estavam naquele exato momento transmitindo um levante de negros americanos. Sobre a imagem de um negro franzino sendo levado por um policial branco, o locutor falava em tom eficiente:

e vinte minutos, com sorte você já deve estar terminando a leitura... Mas deve haver trechos em que você sentirá a necessidade de se demorar, enredada como ficará em considerações. Em outros, terá de cerrar os dentes e suportar, como alguém nauseado pelo balanço de um barco. Ainda assim, e ainda que tenha se atrasado muito, você deverá estar aqui dentro de uma hora mais. Mal pensei, ergui-me de chofre sem razão aparente e, embora pensasse em seguida que não houvera necessidade alguma de me pôr em pé, não tive vontade de tornar a me deitar. Vou acender a luz e aproveito para pôr a chaleira no fogo. Enquanto voltava da cozinha, senti de repente o seu cheiro roçar-me as narinas. Pelo jeito, provinha dos cosméticos no toucador, à entrada de seu quarto.

E então, fui assaltado por um espasmo de náusea, semelhante àquele que nos acomete quando nos pincelam a garganta com solução de lugol. Talvez já seja a reação ao ninho de sanguessugas exposto. Mas eu, que já fora protagonista de uma mascarada, estaria em condição de criticar a maquiagem alheia? Tinha de me tornar mais tolerante. Precisava aposentar de vez essa atitude infantil de implicar com maquiagens e perucas. E então, inspirado no processo de cura da ofidiofobia, resolvo concentrar toda a minha atenção na psicologia da maquiagem. Maquiagem... Produção do rosto... Isso é sem dúvida a negação de um rosto... É um esforço heroico de aproximação com outros pela simples reformulação da expressão fisionômica... Mas se a maquiagem surtir o efeito esperado... conseguirão as mulheres não sentir ciúme da maquiagem? Não vejo nenhum sinal de que sintam... Que coisa mais curiosa, realmente... Por que razão elas, tão propensas ao ciúme, não mostram nenhuma reação à outra que lhes açambarcou o rosto? Consequência de uma eventual falta de imaginação, ou espírito de sacrifício? Ou então tanto

Como um marionete cujas cordas foram cortadas, deixei-me desabar sobre o tatame da sala de estar, empenhando-me apenas em resistir o mínimo possível à passagem do tempo. O retângulo de céu esbranquiçado visível entre a moldura da janela e o alpendre da casa vizinha me parece a continuação do muro de uma prisão. Mas, em vez de tentar desviar o olhar, esforcei-me por pensar que assim era. Imaginar que não era o único ser humano preso, e sim que todo este mundo era uma vasta prisão, condiz perfeitamente com o meu atual estado de espírito. E todos sem exceção – penso, ampliando a imagem – tentam fugir deste mundo. Contudo, o rosto, esse elemento que na verdade teria se tornado inútil assim como o cóccix, se transforma num inesperado empecilho e nem um único ser humano parece ter sido capaz de escapar com êxito... Mas isso não ocorre comigo... Eu, e apenas eu, vivenciei, embora por um brevíssimo momento, o mundo além do muro... E apesar de ter voltado logo em seguida por não ter sido capaz de suportar a excessivamente densa demais, ainda assim eu sei... Enquanto a existência do muro não for negada, o rosto, que não passa de uma imitação imperfeita de uma máscara, não pode ter base alguma para se sentir superior a mim... E você também: uma vez que já ouviu minha confissão, penso que não poderá, ao menos com relação a este assunto, sustentar uma opinião diferente...

Mas conforme o muro de concreto que esconde o céu aos poucos perde a luz e se dilui na escuridão, uma irritação incapaz de ser anulada só pelo esforço de não contrariar a passagem do tempo foi se apossando de mim. Até que ponto você teria avançado em sua leitura? Se ao menos soubesse a média de páginas por hora, teria uma ideia aproximada... A uma página por minuto, seriam sessenta páginas por hora... E como já se passaram quatro horas anotações. E caso a situação se torne ainda mais insustentável do que aquela que existia antes da máscara e nossa relação acabe presa num bloco de gelo, ainda assim estaria preparado para aceitar as consequências, encarando-as como uma espécie de solução.

Isto é, mesmo que não chegasse a ser uma solução, serviria ao menos para destravar a situação. Amargo remorso, nervosismo, fracasso, maldições, autorrecriminações – um suspiro de resignação envolveu todos esses sentimentos aflitivos e preencheu todo o meu espírito: bem ou mal, tinha cumprido uma dura tarefa. Não nego que, no íntimo, desejava um desfecho satisfatório para o caso, mas o próprio fato de ter optado por escrever estas anotações, em vez de me erguer num impulso da cama e arrancar a máscara, já era um sinal de que eu sacudia uma bandeira branca. Seja qual for o resultado, é óbvio que é muito melhor que aquele triângulo amoroso incomum e a autointoxicação por ciúme, esse veneno que, sem descanso, se alastra como um câncer.

Além disso e, pensando bem, creio que colhi algum resultado. À primeira vista, talvez parecesse que depois de muito esforço tudo tivesse voltado à estaca zero, mas uma experiência das dimensões que vivenciei não pode desaparecer sem deixar rastros. Só o fato de ter descoberto que um rosto não passa de uma máscara imperfeita foi uma conquista e tanto. É possível que eu esteja sendo excessivamente otimista mas esse conhecimento pode um dia transformar-se em formidável força e, mesmo que acabemos encerrados num bloco de gelo por toda a eternidade, sinto que serei capaz de descobrir dentro dele uma vida adequada que nunca mais me obrigue a lutar inutilmente. Mas tudo isso poderá ser considerado com calma depois que você voltar trazendo consigo as condições para a minha rendição. No momento, só me resta esperar...

E continuei esperando você... Como broto de trigo que, pisado repetidas vezes durante o inverno, apenas aguarda o sinal de que já pode se erguer, eu apenas esperei sem nada sentir...

Transformado num protozoário dotado de uma única fibra nervosa de espera, flutuei imóvel numa expectativa vazia, sem cor nem luz, enquanto a imaginava avançando na leitura dos meus três cadernos, sem parar nem para estirar os pés no interior daquele meu apartamento que parece já ter nascido com cara de velho.

Por mais estranho que pareça, conseguia trazer à mente apenas a sua imagem, mas me sentia incapaz de acompanhar as marcas que minhas anotações com certeza estariam imprimindo em seu íntimo. Não só isso como também não conseguia encontrar nem a ponta da meada que me levaria a lembrar o próprio conteúdo destas anotações – de tanto tê-las lido e relido eu devia saber de cor todos os seus cantos e recantos –, o qual então me parecia paisagem vista através de uma vidraça suja. Eu me sentia uma lula semidesidratada, gelada e salgada. Teria sido porque me resignara ao fato de que um recomeço seria impossível àquela altura, por mais que me contorcesse? Por falar nisso, experimentava essa espécie de vazio nos momentos em que terminava uma série de experimentos e suspirava de alívio. E quanto mais trabalhoso fosse o experimento, tanto mais profundo era o vazio.

Portanto, estava pronto para delegar a você todas as consequências dessa temerária aposta, fossem quais fossem os números que os dados revelassem. Tinha plena consciência de que, ao revelar a verdade sobre a máscara, eu haveria de feri-la e de humilhá-la, mas você também me traiu e me feriu: feitas as contas, creio que o resultado indica empate. Isso porém não significa que tenha resolvido me voltar contra você. Não tenho nenhuma intenção de hostilizá-la, seja lá qual for a sua reação a estas minhas

Carta escrita por minha esposa

O morto no interior da bota não era a máscara, mas você. Quem sabia a respeito da máscara não era só a garota do ioiô. Desde o primeiro instante... desde aquele instante que, todo envaidecido, você denominou de "deformação do campo magnético", eu também havia desvendado toda a farsa. E não vá me envergonhar ainda mais perguntando como foi que consegui descobrir tudo. Perdi a cabeça, fiquei desnorteada, apavorada, é claro. Pois seu comportamento era por demais audacioso, inimaginável para aqueles que conhecem seu dia a dia. Mas enquanto eu observava sua atitude transbordante de confiança, fiquei confusa. Era óbvio que, você também devia saber que eu desvendara sua farsa. E sabendo disso, me convidava a continuar a farsa sem nada dizer. A princípio, tive muito medo, mas logo me refiz e comecei a pensar se tudo não seria uma maneira que você encontrara de demonstrar a atenção que me dedica. No mesmo instante, seu comportamento, apesar de denotar leve constrangimento, se revestiu de uma delicada sensibilidade, como um terno convite para dançar. E depois, enquanto observava seu jeito tão sério de se fingir traído por mim, senti meu coração se encher cada vez mais de gratidão por você, razão por que reagi daquela maneira cândida e fui atrás de você.

Mas você se enganou redondamente a respeito de tudo, não é mesmo? De acordo com suas anotações, você dá a entender que o rejeitei, mas isso é mentira. Na verdade, você não teria rejeitado a si mesmo? Tive a impressão de que compreendi essa sua vontade de rejeitar a si mesmo. E se assim era, conformei-me até certo ponto, achando que a única solução que me restava era compartilhar seu sofrimento.
E exatamente por isso sua máscara me trouxe grande satisfação. Feliz, cheguei mesmo a pensar o seguinte.
Que o amor consiste em arrancar um do outro as respectivas máscaras e que, para que isso se torne possível, é preciso empenharmo-nos em vestir uma máscara para o benefício daquele a quem se ama. Pois, se máscaras não existissem, não haveria também o prazer de arrancá-las, não é verdade?
Você é capaz de compreender o sentido do que estou dizendo?

Não é possível que não compreenda. Pois você mesmo desconfiou, no final, que aquilo que você achava ser a máscara era o seu próprio rosto e o seu próprio rosto era na verdade a máscara! É isso mesmo, todo aquele que se disponha a ser seduzido só é seduzido por estar consciente disso.

Mas a máscara não voltará jamais. Você também tentou voltar a si mesmo por meio da máscara, mas sem que disso se desse conta, acabou considerando-a um disfarce para fugir de si mesmo. Mas, desse jeito, a máscara deixa de ser uma máscara e passa a equivaler a um outro rosto seu, não é? Viu, agora o peguei. Não me refiro à máscara, mas a você mesmo. Só faz sentido usar uma máscara quando se dá a conhecer ao seu parceiro que a está usando, não acha?

A maquiagem feminina, que você tanto odeia, também nunca procura esconder o fato de que é uma maquiagem.

No fim, a culpa não é da máscara, mas sua: você é que foi por demais ignorante a respeito da maneira de manipulá-la.

Prova disso é o fato de usá-la e nem assim ter sido capaz de realizar coisa alguma. Foi incapaz de realizar coisas boas ou más. Apenas andou pelas ruas da cidade e, depois, escreveu esta confissão longa e tediosa que por dar voltas sem sair do mesmo lugar mais parece uma cobra abocanhando o próprio rabo. Rosto queimado ou não, mascarado ou não, você mesmo não se alterou, não é? Você já não é capaz de chamar a máscara de volta. E se a máscara não volta para você, não vê que eu também não posso?

Ainda assim, que confissão medonha! Senti-me levada à força para uma mesa cirúrgica sem que nada houvesse de errado comigo, e depois retalhada às cegas por centenas de bisturis e tesouras de formatos os mais estranhos possíveis e de uso e utilidade desconhecidos. Experimente reler o que você escreveu, agora sob esse prisma. Tenho certeza de que também será capaz de ouvir meus gritos. Se eu tivesse tempo, gostaria até de explicar um a um o significado desses gritos. Mas se eu não me cuidar, você é capaz de voltar a este local e disso eu tenho medo, muito medo, de fato. Você fala que o rosto é a via de comunicação entre os seres humanos, mas você, meu marido, só pensa em cuidar do seu lado da porta, é um fiscal de aduana, um caracol todo enrolado sobre si mesmo. Você, meu marido, só me agarrou do lado de dentro da cerca porque eu ali estava desde o começo, mas, exibido como um pavão, não sossega enquanto não faz um tremendo escarcéu, como se tivesse transposto um muro tão alto quanto o de um presídio e violentado uma virgem. A despeito de tudo isso, você, meu marido, perdeu completamente a compostura quando o foco começou a se firmar em meu rosto e tratou de cerrar a porta da máscara com tábuas e pregos. Tem razão, conforme você diz, pode ser que a morte esteja atulhando o mundo. Mas lhe pergunto se quem espalhou as sementes da morte não teriam sido indivíduos como você, gente que não sabe dos outros?

O que você precisa não é de mim, mas de um espelho, sem dúvida. Pois, para você, o outro, não importa quem seja, não passa de um espelho destinado a refletir sua própria imagem. E não desejo nunca mais voltar para esse deserto de espelhos. Meus órgãos estão prestes a estourar de escárnio, de escárnio acumulado em quantidade tão grande que sinto não poder digeri-lo nem que leve a vida inteira.

(*Seguem-se duas linhas tão cuidadosamente apagadas que não se consegue discernir nada das marcas restantes.*)

Que golpe inesperado! Você sabia que era uma máscara e continuou fingindo que fora enganada! Uma enorme onda de vergonha dotada de patas semelhantes a centopeias escolheu as áreas mais propensas a se arrepiar, como axilas, espinha dorsal e as laterais do torso, e por elas avançou como um exército. É verdade, os nervos responsáveis pela sensação de vergonha parecem habitar a área superficial da pele. A urticária da humilhação deixou meu corpo intumescido como cadáver de afogado. Que ridículo dizer pomposamente que eu não gostaria de ser um palhaço que não tem consciência de o ser quando, na verdade, a própria frase já é a fala de um palhaço! E você tinha desvendado tudo! Mas isso é como se eu, certo de ter-me tornado invisível graças a alguma fórmula mágica de mentira, tivesse representado sozinho uma peça teatral sem ao menos desconfiar que todos me viam! O exército da vergonha se pôs a arar a minha pele. E por entre os sulcos da pele arada, se pôs a plantar espinhos de ouriço. Não demora muito, vou fazer parte da espécime dos equinodermos...

E ali me deixei ficar em pé, oscilando de leve por muito tempo. Minha sombra também oscilava, de modo que não era impressão minha, eu oscilava de verdade. Seja como for, que terrível engano fora cometer. Pelo visto, tomara um ônibus errado em algum lugar. Até onde teria de voltar para poder baldear para um outro que me levasse na direção correta? Sempre oscilando, retracei o caminho em minha memória orientando-me por um mapa repleto de manchas e de leitura difícil.

À madrugada de ciúme opressivo em que decidi escrever estas anotações... À tarde da sedução, quando a abordei pela primeira vez... Aos momentos anteriores e posteriores àquele em que me ocorreu transformar-me num pervertido sexual... À madrugada com as cores de um fino sorriso irônico... À noite pressagiando chuva em que me decidi pela confecção da máscara... E por fim ao longo período de bandagens e ninho de sanguessugas que antecedeu essa noite... Esse tanto de retrocesso ainda não bastaria? Se não me era possível baldear nem depois de retroceder até ali, teria de procurar o ponto do equívoco mais além, num período ainda anterior. Significaria que, conforme você afirma, o meu conteúdo era desde o princípio água podre, qualquer que fosse o receptáculo?

Não estou dizendo que aceitei todas as suas afirmações como corretas. Não concordo sobretudo com a sua opinião de que quem andou semeando a morte foram pessoas ignorantes dos outros, como eu. Considero a expressão "ignorante dos outros" contundente e muito interessante, mas tomá-la por algo mais que uma consequência só pode ser um equívoco da sua parte. Pois a ignorância dos outros é sempre consequência e nunca causa, não há dúvida alguma quanto a isso. Pois... conforme escrevi em minhas anotações... o que a sociedade moderna necessita é tão somente de um relacionamento humano abstrato e, por isso, mesmo pessoas como eu, que perderam o rosto, conseguem ao menos receber seu salário sem problemas. Como decorrência natural, o próximo – relação humana objetiva – acaba recebendo cada vez mais tratamento de artigo inútil, conseguindo mal e mal sobreviver apenas em livros ou em grupos de ilhas solitárias denominadas família. Por mais que na televisão novelas continuem a entoar loas às famílias, é apenas no mundo externo – onde só restaram inimigos e tarados – que as pessoas têm seus valores avaliados, seus salários estimados e seus direitos à vida protegidos. O cheiro de veneno e morte está impregnado nos outros e as pessoas acabarão sendo vítimas da doença alérgica aos outros. A solidão é pavorosa, claro, mas ser traído pela máscara do próximo é ainda mais. Não gostaria de representar o papel do otário que alimenta ilusões a respeito do próximo e se vê alijado da atualidade. Estes nossos dias que parecem se suceder uns aos outros de modo tão banal pelo visto não passam de campos de batalha cotidianos. As pessoas baixam venezianas sobre seu rosto, trancam-no com chaves, e se empenham em impedir a entrada dos outros. E sonham com coisas impossíveis, como fugir do próprio rosto e se tornar invisíveis – exatamente como minha máscara. Os outros não são conceitos simples: não os podemos conhecer só porque assim desejamos. Nesse aspecto, não estaria você, que se julga capaz de abater os outros com a simples expressão "ignorante dos outros", muito mais gravemente afetada por essa ignorância?

Se bem que, a esta altura, não adianta ficar implicando com esse tipo de bobagem. Teses ou opiniões não importam, o que importa é a realidade. Ou seja, aquelas duas observações que me infligiram ferimento certeiro e mortal, e me abateram. A primeira, nem preciso dizer, é a revelação cruel de que você havia desvendado a verdadeira natureza da máscara e ainda assim continuou fingindo que caíra no logro. A segunda é o implacável golpe de misericórdia que você me aplicou ao dizer que, embora eu falasse bonito a respeito de álibis, anonimato, objetivos puros e quebra de tabus, às palavras não se seguiu nenhuma ação, e eu acabei só conseguindo escrever estas anotações que mais parecem uma cobra abocanhando a ponta da própria cauda.

Minha máscara, que eu esperava que tivesse resistência de aço, se esfacelara como lâmina de vidro e não me deixara nem espaço para uma réplica. De fato, começa me parecer que aquela máscara, muito mais que máscara, era algo mais próximo de um novo rosto. E se eu for me apoiar em minha própria teoria de que rosto não passa de uma imitação barata de máscara, quer dizer que tive um trabalho insano para construir uma imitação de máscara.

Talvez seja isso mesmo... pensei de repente, me lembrando da máscara do homem primitivo que vira no jornal de alguns dias antes. Ou talvez aquilo fosse a verdadeira máscara. Uma máscara talvez adquirisse o direito de assim se denominar apenas quando se distanciava por completo de um rosto, como naquele caso. Olhos esbugalhados, bocarra cheia de dentes pontiagudos, nariz tecido com contas e galhos serpenteando em remoinhos por todo o rosto, da base e das laterais desse nariz, ao passo que longas penas de pássaros rodeiam o conjunto, compondo círculos raiados que lembram cata-vento. Quanto mais a contemplo, mais a monstruosidade me parece arrepiante e irreal. Mas no instante em que me imagino usando a máscara, aos poucos começo a compreender seu intuito. Pelo visto, é a expressão de um fervente desejo de ir além da condição humana e de se enturmar com os deuses. Que imaginação arrepiante! É a condensação de uma vigorosa vontade de contrariar a proibição da lei natural. E já que ia me dar ao trabalho de fabricar uma máscara, devia tê-la feito nos moldes desta. Pois, nesse caso, não precisaria ter agido às escondidas, como se procurasse escapar do olhar alheio.

Mas que besteira é essa? É por causa desse meu hábito de falar sem pensar que acabo ouvindo ironias a respeito de bisturis e tesouras de formatos complicados cujos usos são desconhecidos. Se um monstro servia, não havia necessidade alguma de recorrer à máscara, o ninho de sanguessugas já teria sido mais que suficiente. Deuses mudaram, mas o ser humano também. De uma época em que se alteravam as feições por vontade própria, passamos pelos tempos de rostos velados das mulheres árabes e da *História de Genji* para enfim alcançarmos os tempos de rostos descobertos atuais.

No entanto, não tenho a pretensão de chamar essa passagem de progresso. Pois tanto é possível imaginar que representa a vitória da humanidade sobre deuses, como também que é sinal de subserviência a eles. Quem sabe o que trará o dia de amanhã? Talvez amanhã voltem os tempos de rejeição à cara limpa. Mas este é o tempo dos homens e não dos deuses. Não sem razão minha máscara se baseou num rosto natural.

Não, vou parar por aqui. Chega de falar de motivos. Argumentos existem aos montes, basta procurar. Mas por mais argumentos que consiga enfileirar, não serei capaz de derrubar a verdade de suas duas observações. Pois acabaria tendo de endossar a segunda em especial, aquela em que você acusa minha máscara de não ter conseguido realizar coisa alguma e de servir apenas como uma desculpa. E chega de passar vergonha. Ainda se fossem apenas palhaçadas e fiascos, mas perceber que uma experiência daquela importância não representou quase nada é tão deprimente que me sinto constrangido até de explicar. Falar de decepção soa ainda mais falso. Álibi perfeito, liberdade sem limite, e nada a colher. E pensar que eu mesmo me dediquei a destruir esse álibi ao escrever este relatório com toda a dedicação! Desse jeito, é o mesmo que ser um vagabundo maltrapilho desprovido de pênis mas com exacerbado apetite sexual teórico.

Creio porém que preciso escrever ao menos sobre o filme. Acho que era começo de fevereiro. Nas minhas anotações acabei não falando dele não por falta mas por excesso de pertinência... Além disso, acho que teria o efeito de um balde de água fria sobre o entusiasmo com que encarava a confecção da máscara... Eis por que evitei falar do filme de propósito. Mas já que cheguei a um ponto de onde não há mais volta, acredito que não adianta bancar o supersticioso a esta altura. Além de tudo, talvez porque as circunstâncias mudaram, minha impressão também se alterou. Realmente, aquilo já não é simples crueldade. Por ser uma obra um tanto diferente, não se tornou muito conhecida, mas se eu disser *Um lado do amor*, você também será capaz de se lembrar dele, ou ao menos do título.

Num cenário duro e silencioso, uma garota esguia com um vestido sóbrio de aspecto asseado caminha com passos deslizantes, mostrando para a câmera o perfil de seu rosto translúcido como o de uma ninfa. Como avança da direita para a esquerda na tela, exibe apenas a metade esquerda do corpo. Ao fundo, há prédios de concreto e a garota vai andando com o ombro direito, invisível, rente às construções, quase roçando-as. Dá a impressão de que o mundo a ofusca, e isso condiz com o perfil de seu rosto triste, reforçando ainda mais a impressão de delicada beleza.

Na mesma calçada, mas beirando a rua, três rapazes de aspecto mal-encarado estão à espera de uma presa recostados no *guard-rail* ou com um pé apoiado nele. Um deles logo percebe a chegada da garota e assobia. Mas a garota não tem a menor reação, parece até não possuir nenhum órgão capaz de detectar estímulos externos. Instigado, outro rapaz se destaca do grupo e se aproxima dela. Com gesto experiente, pega o braço esquerdo da garota por trás e a puxa para si dizendo algo obsceno. A garota parece se conformar e para, voltando-se devagar na direção do rapaz. E então... surge a metade direita do seu rosto, focado pela primeira vez pela câmera: repuxado por queloides essa parte da face está deformada de maneira trágica, totalmente destruída. (Não há nenhuma explicação minuciosa, mas como mais adiante surgem diversas referências a Hiroshima em meio à fala dos atores, tudo indica que a garota seja uma das vítimas da bomba atômica.) O rapaz emudece, para de maneira abrupta e a garota volta a mostrar seu perfil de ninfa e se afasta como se nada houvesse acontecido...

Em seguida, a garota cruza duas ou três ruas e, toda vez que se vê em locais sem prédios à sua direita ou ainda em encruzilhadas que precisam ser atravessadas, luta contra uma desesperadora provação (totalmente emocionado, por pouco não me levantei da cadeira) e chega enfim a um aglomerado de barracos cercado por arame farpado.

A construção também é estranha. Como se tivéssemos retrocedido vinte anos no tempo, soldados do antigo exército, vestindo uniformes idênticos aos antigos, andam a esmo pelo pátio interno. Com expressões vagas como se tivessem acabado de ressuscitar e saído de seus túmulos, alguns dão ordens e repetem os movimentos por eles mesmos ordenados, enquanto outros se imobilizam a cada três passos prestando repetidas continências. E no meio deles, quem mais impressionava era um velho soldado que parecia instigado a cantar sem descanso uma canção militar. As palavras, desgastadas, haviam perdido o sentido, apenas o aspecto geral e o ritmo da canção conservavam o formato original.

O local era um hospital psiquiátrico do antigo exército. Ignorantes da derrota que haviam sofrido, esses homens viviam fielmente o passado num remanso do tempo estagnado havia vinte anos. Mas os passos da garota que cruza esse cenário terrível parecem agora irreconhecíveis em sua leveza e despreocupação. Não chegam a se cumprimentar, mas percebe-se que há entre eles o carinho e a consideração dos que têm em comum o fato de terem sido roubados de seus tempos. Logo, a garota se dedica ao trabalho de lavar a roupa num canto do prédio em meio aos agradecimentos dos encarregados do local. Este é um trabalho que a garota escolheu fazer voluntariamente uma vez por semana. Quando ela ergue a cabeça, surge por entre os prédios um terreno baldio banhado de sol onde crianças estão absortas jogando beisebol.

Depois, quando a cena muda, surgem quadros do cotidiano da garota em sua casa. A casa – uma pequena fábrica de prensagem de lata usada na produção de brinquedos – tinha aspecto prosaico e desolado, mas quando esse cenário começa a se colorir com o acréscimo frequente do perfil ora direito, ora esquerdo da garota, o quadro monótono sofre uma torção sutil e até as prensas baratas operadas com os pés e enfileiradas na área de trabalho começam a gritar tristemente. E enquanto os detalhes desse cotidiano se desdobram com irritante fidelidade, aos poucos fica evidente que todas as coisas ali existentes se retorcem, expressando pesar pelo amanhã da garota, que nunca chegará, e pela bela metade de seu rosto, que nunca será compensada. Entende-se também que esse tipo de compaixão tem o efeito contrário de oprimir a garota e de tornar-lhe a situação insuportável. Por essa razão, não seria inesperado se num momento de crise ela resolvesse algum dia jogar ácido na metade sadia do rosto para deixá-la feia como a outra. Lógico, essa atitude não resolveria nada. Contudo, uma vez que não ocorre a ninguém uma medida alternativa, ninguém está apto a criticá-la.

Em outro dia ainda, a garota diz de repente para o irmão mais velho:

– Vai demorar muito para a guerra começar, não vai?

Mas no tom da garota não se nota nem sombra de intenção de amaldiçoar os outros. Pelo visto, não é nenhum desejo obscuro de vingança contra os que permaneceram ilesos que a leva a fazer esse tipo de observação. Tudo indica que ela alimenta a singela esperança de que, quando a guerra começar, todos os valores sofrerão uma reviravolta e o foco de interesse das pessoas se concentrará muito mais no estômago do que no rosto, assim como mais na própria vida do que nas aparências. O irmão parece ter compreendido muito bem esse aspecto, pois responde no mesmo tom calmo:

– Acho que não, ao menos por um bom tempo... Mas ninguém sabe o que vai acontecer amanhã, nem mesmo o serviço meteorológico, concorda?

– É, se o amanhã fosse tão fácil de prever, a profissão de adivinhos deixaria de existir.

– Isso mesmo, tanto guerras como o que quer que seja, a gente só percebe que começaram depois de começadas.

– É verdade. Acidentes também: eles nem existiriam se a gente soubesse que aconteceriam.

O fato de a guerra estar sendo comentada como se estivessem aguardando a chegada de uma carta cria uma atmosfera tão dolorosa que a torna quase insuportável.

No entanto, nas ruas não há nenhum indício de que estômagos e vida serão reabilitados. Num gesto de consideração para com a garota, a câmera percorre todas as ruas da cidade, mas o que capta é saciedade, plena a ponto de estrebuchar, e vida, impiedosamente desperdiçada. Mar profundo de gases de exaustão... incontáveis canteiros de obra... chaminés de incineradores de lixo em contínua gemedeira... carros de bombeiro correndo de um lado para o outro... multidões de olhar ensandecido em lojas em liquidação e em parques de diversão... telefones de postos policiais tocando sem parar... comerciais de televisão esbravejando pregões...

Por fim, a garota considera que não consegue esperar mais. Que não deve esperar mais. Então, ela, que quase nunca pede nada, se volta para o irmão e implora. Leve-me ao menos "uma vez na vida" para algum lugar distante, suplica com insistência. O irmão logo se dá conta de que a ênfase está em "na vida" e não em "uma vez", mas incerto quanto a obrigar a irmã a continuar sua vida solitária, e já que não havia outro meio de salvá-la, pergunta-se se fechar os olhos e compartilhar sua infelicidade não seria o único meio de demonstrar seu amor por ela.

Dessa forma, algumas semanas depois, os irmãos viajam para uma região litorânea. No quarto de uma hospedaria modesta que dá para o mar, ao entardecer a garota mergulha na escuridão o lado direito ferido do rosto e, cuidando para mostrar apenas o lado esquerdo e belo para o irmão, ata uma fita em seus cabelos, parecendo feliz como havia muito não se mostrava. A irmã diz que o mar é inexpressivo e o irmão replica que o mar é o maior tagarela, mas essa é a única vez que a opinião dos dois diverge: a sonoridade de qualquer palavra, por menor que seja, parece dobrar quando a ela se acresce o trinado do parceiro, como costuma acontecer quando dois amantes conversam. A garota finge que fuma o cigarro que o irmão lhe dá. Logo, a emoção se transforma em agradável sensação de cansaço e os dois se deitam nas cobertas arrumadas lado a lado. Pouco depois, da janela deixada aberta para possibilitar a apreciação do luar, uma gota dourada pinga e se espalha pela linha limítrofe entre céu e mar, e a irmã, ao ver isso, chama o irmão, mas este já não responde.

Enquanto contempla o dorso da lua, que aos poucos se ergue no horizonte qual baleia dourada, a garota parece estar à espera de alguma coisa, mas logo se dá conta de que o intuito daquela viagem é parar de esperar. Põe então a mão sobre o ombro do irmão, sacode-o e sussurra:

– Beije-me.

Apavorado, o irmão não consegue fingir que dorme. Abre um pouco os olhos e, enquanto contempla o perfil da irmã, translúcido como porcelana, não encontra coragem nem para repreendê-la, nem para concordar. Mas a garota não desiste. Amanhã, talvez comece uma guerra... – sussurra ela arfando, quase como se suplicasse ou como se rezasse, juntando os lábios aos do irmão.

E é assim que, presa entre as duas marretas assincrônicas da ira e do desejo, uma desesperadora destruição do tabu inicia sua louca combustão imperfeita. Amor e repugnância... ternura e ímpeto homicida... fusão e rejeição... carícia e agressão... Jogados de um lado para outro por emoções conflitantes, em queda livre que jamais lhes permitirá voltar a si mesmos... Mas se chamarmos a isso de depravação, indivíduo algum destes tempos talvez escape de envolvimento com esse crime.

A Terra gira, dá meia-volta sobre seu eixo e, quando a manhã se aproxima, a irmã começa a se trocar, atenta ao ressonar do irmão. Deposita à cabeceira do leito do irmão dois envelopes contendo cartas que preparara de antemão e sai do quarto pé ante pé. No mesmo instante em que a porta divisória se fecha, o irmão, que devia estar adormecido, abre os olhos. Dos lábios semicerrados escapa um gemido bestial e uma lágrima escorre na direção do ouvido. Ele sai da cama, rasteja para a beira da janela, espia pelo vão do parapeito e, batendo os dentes ruidosamente, vê a garota surgir qual pássaro branco e correr na direção do mar que se avoluma negro diante dela. O pássaro branco é rechaçado diversas vezes pelas ondas, mas enfim consegue transpô-las e, ora emergindo, ora submergindo, nada com firmeza para alto-mar.

Quando a dor dos joelhos apoiados sobre o tatame se torna insuportável para o rapaz, uma fileira de luz avermelhada surge à distância e no brevíssimo instante em que sua atenção se desvia, a irmã, então não mais que um ponto branco na imensidão do mar, havia desaparecido para sempre sem deixar rastro.

Parece que a história do patinho feio sempre acaba em canto de cisne. Dizer que é oportuno é pouco. Mas experimente pôr-se na pele do cisne. Por mais que os outros exaltem seu fim, ele morre, o que significa que ele é derrotado, sem sombra de dúvida. Não quero isso para mim. Recuso tal fim. Mesmo que eu morra, ninguém haverá de achar que sou um cisne e, além disso, tenho boa chance de sucesso. Irritado, foi o que pensei logo depois de assistir a esse filme, mas hoje já não penso assim. Hoje, não consigo deixar de sentir inveja daquela garota.

Seja como for, ela agiu. Conseguiu arrebentar o tabu de forma magnífica e, mesmo a morte, foi ela própria que a escolheu, o que é infinitamente melhor do que não fazer nada. Eis por que ela conseguiu fazer estranhos sentirem o gosto amargo do remorso e também o medo da cumplicidade.

Muito bem. Também concederei uma nova oportunidade à máscara, que, por sorte, sobreviveu. De algum modo hei de conseguir uma abertura na situação atual por meio de uma ação, e impedir assim que minhas tentativas se percam no nada. Por sorte, conservara minha muda de roupa, assim como o revólver de pressão. Desfiz as bandagens e, mal vesti a máscara, ocorreu uma mudança no espectro psicológico. Por exemplo, da disposição "já tenho quarenta anos" do meu próprio rosto para outra do tipo "só tenho quarenta anos". Espiei meu reflexo no espelho e me senti reencontrando um saudoso amigo. Com um ruído que lembra o de insetos, começa a recarga da bateria da embriaguez e da segurança, sensações típicas da máscara mas esquecidas nos últimos tempos. É por isso que digo: nunca tire conclusões apressadas. A máscara não estava certa nem errada. Nem sempre a resposta certa é a única que existe em todas as situações.

Na madrugada silenciosa, avanço impetuoso pelas ruas da cidade, como se estivesse usando armadura. Àquela hora tardia não havia transeuntes e o céu, trêmulo como um mísero cão resfriado, parecia ter descido até a borda dos telhados. Pelo vento úmido que parece arder no fundo da garganta, deduzo que logo teremos chuva. Numa cabine de telefone público próxima, abro a lista telefônica e tento dois ou três locais onde talvez você se refugiasse. A casa de seus pais, de sua prima e de sua colega da faculdade.

Mas os três não deram em nada. Em cada local a reação tinha sido ambígua, tanto era possível acreditar nas respostas como desconfiar delas. Como já esperava por isso, não cheguei a me decepcionar. Se era assim, tinha de ir pessoalmente. Restava ainda algum tempo até a saída do último trem e, caso o perdesse, bastaria tomar um táxi.

Aos poucos, a raiva vai se avolumando. Não é que eu não compreenda a sua revolta mas, afinal, não se trataria apenas de uma questão de orgulho e vaidade feridos por ter sido obrigada a contracenar com um palhaço? Não pretendo atribuir ao seu orgulho o valor de um cóccix, mas me pergunto se a questão foi grave a ponto de você precisar romper relações comigo. Deixe-me então perguntar-lhe: qual dos dois lados do rosto da irmã o irmão teria beijado naquele filme? Tenho certeza de que você não sabe a resposta. Pois você não teve comigo nem o tanto de consideração que esse irmão teve pela irmã. Você reconheceu a necessidade da máscara, mas de uma máscara domesticada, que jamais quebraria o tabu. A partir de agora, muito cuidado! Desta vez, a máscara que a atacará será uma besta-fera. Uma vez que sua identidade já se tornou conhecida, esta máscara não tem fraquezas desconcertantes como o ciúme, e conseguirá se dedicar integralmente à quebra do tabu. Você acabou cavando a própria sepultura. Você tem razão, nada proveitoso resulta do ato de escrever, jamais.

De repente, ouço um ruído agudo proveniente de sapatos femininos. E então, desapareço e resta apenas a máscara. Sem ao menos pensar, oculto-me num átimo no terreno baldio ao lado, solto a trava de segurança do revólver de pressão e prendo a respiração. Por que a máscara age dessa forma? Estaria apenas fazendo teatro para testar a si mesma, ou estaria de fato tramando alguma coisa? É provável que ela própria não saiba a resposta até que a mulher entre em seu raio de ação e o decisivo instante final chegue.

Mas, vamos pensar. Serei mesmo capaz de me transformar num cisne agindo dessa maneira? Serei capaz de fazer os outros sentirem a tristeza de uma cumplicidade? Inútil pensar. Um fato, no máximo, é claramente previsível: serei um pervertido sexual solitário, abandonado por todos. Não há nenhuma recompensa, apenas me livrarei do crime de ser ridículo. Talvez esta seja a diferença entre filme e realidade... Paciência, pois só me resta esse recurso para vencer o rosto. Sei que a responsabilidade não é apenas da máscara, que o problema está em meu íntimo... No entanto, esse íntimo não é só meu, esse íntimo é partilhado por todos, de modo que não compete a mim arcar sozinho com o problema... Isso mesmo, não permitirei que me imputem esse crime... Passarei a odiar o ser humano... Nunca reconhecerei a necessidade de me justificar perante ninguém!

Os passos se aproximam...

Mas nada mais será escrito daqui para a frente. Penso que escrever só é preciso quando nada aconteceu.

KOBO ABE é o pseudônimo de Kimifusa Abe, escritor e dramaturgo nascido em Tóquio, em 1924. Líder da vanguarda japonesa do pós-guerra, sua obra se relaciona com o marxismo, o surrealismo e o existencialismo. Antes de sua morte, em 1993, Abe já era considerado uma das vozes mais importantes do Japão moderno e seus romances se tornaram sucesso de crítica e de público. Interessou-se também por fotografia e cinema, tendo roteirizado e codirigido – com Hiroshi Teshigahara – dois de seus romances: *O rosto de um outro* e *A mulher da areia*.

CAPA E ABERTURA Fotogramas do filme *Tarin no Kao* [*The Face of Another*], dirigido por Hiroshi Teshigahara com roteiro de Kobo Abe. Japão, 1966.

COORDENAÇÃO EDITORIAL Heloisa Jahn
ASSISTENTE EDITORIAL Raquel Toledo
PREPARAÇÃO Carlos A. Inada
REVISÃO Cristina Yamazaki e Maria Fernanda Alvares
PROJETO GRÁFICO Elaine Ramos e Arthur Vergani
PRODUÇÃO GRÁFICA Mariana Tavares Geraldo

Nesta edição, respeitou-se o novo Acordo Ortográfico da Língua Portuguesa.

Dados Internacionais de Catalogação na Publicação (CIP)

Abe, Kobo [1924-1993]
O rosto de um outro: Kobo Abe
Título original: *Tanin no kao*
Tradução: Leiko Gotoda
São Paulo: Cosac Naify, 2015
288 pp.

ISBN 978-85-405-0876-7

1. Ficção – Literatura japonesa I. Título

CDD 895.6

Índices para catálogo sistemático:
I. Ficção: Literatura japonesa: 895.6

COSAC NAIFY
rua General Jardim, 770, 2º andar
01223-010 São Paulo SP
cosacnaify.com.br [11] 3218 1444
atendimento ao professor [11] 3218 1473
professor@cosacnaify.com.br

apoio

JAPANFOUNDATION

FONTES Euclid e Marat
PAPEL Pólen Soft 80 g/m²
IMPRESSÃO Geográfica